Das werde ich dir sagen, begann der Oberst, ich bin hierhergekommen, um die Vergangenheit zu planieren, Bilanz zu machen und die Lücken der Erinnerung zu schließen; ich muß herausbekommen, wo Mackenbrandt ist. Wenn es mir gelungen ist, bin ich zufrieden, dann habe ich die durchgerissene Nabelschnur geflickt. Dann übersehe ich, woran ich gekettet bin. – Capito?

– Nix capito, sagte die erste Ratte, findest du, daß das eine sinnvolle Antwort ist?

– Völlig sinnlos, hechelte die zweite, völlig abstrus. Los, ran an die Wade. Es hat doch keinen Zweck.

– Ihr irrt euch, sagte der Oberst, das Verlangen, sich noch einmal in seiner Vergangenheit zu begründen, ist nicht sinnlos.

Siegfried Lenz, 1926 im ostpreußischen Lyck geboren, gestorben 2014 in Hamburg, zählt zu den bedeutendsten und meistgelesenen Schriftstellern der deutschsprachigen Nachkriegs- und Gegenwartsliteratur. Seit seinem Debütroman *Es waren Habichte in der Luft* von 1951 veröffentlichte er alle seine Romane, Erzählungen, Essays und Bühnenwerke im Hoffmann und Campe Verlag. Für seine Bücher wurde er vielfach ausgezeichnet, u. a. mit dem Goethepreis der Stadt Frankfurt am Main, dem Friedenspreis des Deutschen Buchhandels und mit dem Lew-Kopelew-Preis für Frieden und Menschenrechte.

SIEGFRIED LENZ

Duell mit dem Schatten

Roman

Hoffmann und Campe

1. Auflage 2022
Copyright © 1953 Hoffmann und Campe Verlag, Hamburg
Copyright dieser Ausgabe
© 2022 Hoffmann und Campe Verlag, Hamburg
www.hoffmann-und-campe.de
Umschlaggestaltung: © Rothfos & Gabler, Hamburg
Umschlagabbildung: © DEEPOL by plainpicture / Anna Wiewiora
Satz: Dörlemann Satz, Lemförde
Gesetzt aus der Minion
Druck und Bindung: GGP Media GmbH, Pößneck
Printed in Germany
ISBN 978-3-455-01324-5

HOFFMANN
UND CAMPE

Ein Unternehmen der
GANSKE VERLAGSGRUPPE

Erstes Kapitel

Ein barfüßiges Mädchen mit schwarzem, gefettetem Haar trat ein und erschrak: der Oberst lag in einem Rohrsessel, schlaff und still. Sein Hemd stand über der unbehaarten Brust offen, und sein Kopf hing kraftlos zurück. Die Augen waren nach oben in den Schädel hineingedreht; die Lider halb herabgezogen: ein Mann, kleiner als seine Vergangenheit, erloschen, mürbe, ausgebrannt. Er hielt die Füße weit von sich gestreckt und die Hände über dem Leib gefaltet. Sein Atem ging eilig, aber regelmäßig.

Das Mädchen stellte eine Flasche und ein Glas auf den fleckigen Marmortisch und ging auf Zehenspitzen rückwärts zur Tür.

– Sind wir unter uns? fragte der Oberst plötzlich. Er hob unter großen Anstrengungen den Kopf und setzte sich zurecht, und der Rohrsessel knisterte. Sie war schon an der Tür, sie hatte eine Hand schon auf der Klinke, da traf sie sein Blick. Sie lächelte ihn fremd und zaghaft an, und er lächelte müde zurück.

– Hast du mir das gebracht? fragte er und zeigte auf die Flasche. Sie nickte.

– Gut, sagte der Oberst, dann gieß mir auch ein Glas ein. Sie verstand ihn nicht. Sie lächelte und drückte langsam die Klinke herab.

– Nein, sagte der Oberst, hierbleiben sollst du. Komm, ich

sag dir, was du tun sollst. Er winkte sie heran. Sie folgte zögernd seinem Befehl und ließ sich erklären, was er meinte. Während sie das Glas füllte, starrte sie ihn fragend an.

– Gut, sagte er, nun kannst du gehen, und er machte ihr ein Zeichen. Das Mädchen verließ das Zimmer, und der Oberst trank angestrengt, und nachdem er getrunken hatte, erhob er sich und ging ans Fenster: das Auto war noch nicht da.

El Dabuh, das kleine weißglühende Dorf, regte sich nicht – die Beute der Zeit und der Sonne. Es war schwer zu sagen, welche der Hütten bewohnt waren und welche nicht, denn alle waren baufällig, rissig und brüchig geworden unter den fortwährenden Messerstichen der Hitze. Wenn eine Hütte einstürzte – das geschah oft und gemeinhin in den frühen Morgenstunden –, wurde schon nach kurzer Zeit auf den Ruinen eine neue gebaut, und da man das immer so gehalten hatte und beim Bau die alten Eingänge und Löcher niemals zumauerte, glichen die Lehmhütten allmählich riesigen Bienenstöcken. Auf den Hügelkämmen der Wüste ritt die Sonne, ritt das Grün zu Tode, das sich unentwegt hervorwagte. Vor dem Dorf lag eine langgestreckte, gelbbraune Düne auf der Lauer und wartete. Ihre Abhänge waren wellenförmig geriffelt, sie schienen fest; der Kamm lag wie ein gebeugter, zum Drücken bereiter Arm da, in dessen Winkel sich einige Dattelpalmen zusammengerottet hatten.

Der Oberst blickte gleichmütig über das Dorf, mit halbgeschlossenen Augen. Sein magerer, ausgezehrter Körper zitterte. Er spürte, wie sich in der Achselhöhle Schweißtropfen lösten und langsam und kalt zur Hüfte hinabrollten, wo sie vom Hemd aufgesogen wurden. Er stemmte die dünnen Oberschenkel gegen das Fensterbrett, fuhr mit der Hand in den Hemdausschnitt hinein und wischte einmal schnell über die

Brust. Dann zog er die Hand heraus und betrachtete sie weit von sich gestreckt. Die innere Fläche glänzte, als ob sie mit einer Ölschicht überzogen wäre. Er ließ die Hand herabfallen; sie baumelte schlapp in Höhe des Gesäßes, blutdick und summend.

Jemand klopfte an die Tür. Der Oberst sagte nichts. Er hörte, wie die Tür geöffnet wurde und jemand in sein Zimmer trat. Er drehte sich nicht um. Müde fragte er:

– Sind wir unter uns?

– Ja, wir sind unter uns, Vater.

– Das Auto ist noch nicht da, sagte der Oberst.

– Es ist bestellt und wird bald kommen.

Der Oberst wandte den Kopf und sah über die Schulter zurück. Sein Gesicht war ausgedörrt, gelblich, und es wirkte wie ein Wunder, daß dieses Gesicht auf dem schlaffen, faltigen Hals noch gerade saß. Die Augen hatten eine trübblaue Färbung und waren von zerklüfteten Brauen überschattet.

Er sah sie ausdruckslos an: seine Tochter; ein blondes, schweigsames Mädchen, einsam, gesund und grausam jung, dreiundzwanzig. Sie trug das Haar offen; gute Haltung, die weichen, runden Schultern zurückgebogen, knapper Ausschnitt, straffer, ein wenig zu straffer Gang.

Sie bemerkte die Flasche auf dem schmutzigen Marmortisch und sagte:

– Du hast getrunken, Vater?

– Es hat getrunken, sagte der Oberst.

– Ihr scheint euch aber gut zu verstehen, sagte sie.

– Wer?

– Du und Es.

– Man tut sein Bestes, mein Kind.

Sie strich um den Tisch herum, hob die Flasche gegen das

Licht und schüttelte ein wenig die braune Flüssigkeit. Dabei richtete sie zufällig das Glas auf ihren Vater und sah ihn durch das freie Stück der Flasche seltsam verzerrt und verrenkt vor dem Fenster stehen. Sie stieß einen kleinen Schrei aus und riß die Flasche herab.

– Was ist geschehen, Biggi? fragte er.

Er hatte sich wieder umgedreht und blickte über die Lehmhütten von El Dabuh. Sie setzte die Flasche auf den Tisch und trat an ihn heran.

– Vater?

– Was ist geschehen, Biggi? wiederholte er leise.

– Wir hätten doch nach Sylt fahren sollen. Es wäre besser für dich gewesen. Die Reise hat dich sehr mitgenommen, und hier unten ist alles unerträglich, selbst für Gesunde. Auf Sylt hätten wir einen schöneren Urlaub verbringen können. Außerdem wäre die anstrengende Reise fortgefallen – von Hamburg braucht man nur einige Stunden.

– Welchen Tag haben wir heute? fragte der Oberst.

– Donnerstag.

– Ich meine, welches Datum?

– Den 26. Juni 1952.

– Wir werden zurückfahren, wenn es an der Zeit ist.

– Und wann wird es an der Zeit sein? fragte Biggi.

– Wenn ich es will. – Du fragst schon über das Übliche hinaus, mein Kind. Manche Menschen sind für das Antworten geschaffen, manche für das Fragen. Ich habe dir oft genug gesagt, zu welcher Gruppe du gehörst. – Eine gute Frage ist wie eine Speerspitze mit Widerhaken, sie muß im Fleisch sitzenbleiben, sie muß Leid hervorrufen, das natürliche Leid der Antwort. Formulieren heißt Schleudern, und du bist zu schwach, Biggi, du kannst keinen Schaft umfassen. Du taugst gerade zur Antwort. Und nun warte hier auf mich, ich will versuchen, die Latrine zu entdecken.

Der Oberst schwankte an ihr vorbei, traurig und steif.

– Vater! rief Biggi verzweifelt.

– Was gibt es, mein Kind? fragte er.

– Warum hast du das Auto bestellt? Du müßtest ins Bett! Wohin willst du fahren?

– Du fragst über das Übliche hinaus. Alles, was wir tun, ist eine Art Notdurft. Begnüge dich damit. Und wenn das Auto kommt und ich noch nicht zurück sein sollte, so halte nach mir Ausschau. Ich nehme an, daß du selbst bereit bist.

Er schlürfte zur Tür hinaus, und anscheinend hatte er nicht mehr die Kraft, sie von außen zu schließen. Vielleicht hatte er sie auch bewußt offengelassen, um eine Anstrengung zu vermeiden. Biggi warf die Tür ins Schloß, aber erst, nachdem seine müden Schritte auf dem Korridor verklungen waren. Dann trat sie an das Bett, in dem ihr Vater die letzte Nacht geschlafen hatte, hob die Decken hoch, auf denen Schwärme von Fliegen saßen, und tastete mit den Fingerspitzen das Lager ab. Ein dumpfer, säuerlicher Geruch schlug ihr entgegen. Sie schloß die Augen und hörte das scharfe Schrillen der Insekten dicht an ihrem Ohr. Ihre Finger ließen die Decke los, sie preßte die Handflächen gegen die Ohren und stöhnte. Sie merkte nicht, daß die Tür geöffnet wurde und ihr Vater den Raum wieder betrat. Erst als er ihr eine Hand an den Hals legte, zuckte sie zusammen und fuhr erschreckt zurück.

– Ich hatte Glück, sagte er, mein Instinkt führte mich gleich dorthin. Und nun gieß mir ein Glas ein.

– Ist das Auto schon da?

– Ich habe nichts gehört, Vater.

Biggi füllte das Glas zur Hälfte und reichte es ihm. Ächzend legte er den Kopf in den Nacken und goß sich die Flüssigkeit in den Mund. Dabei setzte er das Glas nicht an die Lippen. Dann ging er, die Arme wie zur Abwehr erhoben, ans Fenster.

Genau unter ihm stand das Auto, ein altes, italienisches Fabrikat.

– Biggi, rief der Oberst, komm her, mein Kind. Lauf hinunter und sag dem Chauffeur, daß wir bereit sind. Nimm gleich das Köfferchen mit und steige ein, ich komme nach.

Der Chauffeur war ein kleiner, pockennarbiger Mann, sein Körper steckte in einem grauen Drillichanzug. Er wartete schweigend, bis Biggi und der Oberst auf den hinteren Sitzen Platz genommen hatten; dann fragte er:

– Wohin?

Der Oberst zog aus der Brusttasche eine Karte heraus, faltete sie auf den Knien auseinander und suchte nach einem mit Rotstift markierten Punkt.

– Hier, sagte er, es sind ungefähr dreißig Meilen. Können Sie sich orientieren?

Er schob dem Fahrer die Karte zu, zeigte ihm, wo sie sich augenblicklich befanden und welche Richtung sie zu fahren hatten, und nachdem der Chauffeur alles begriffen hatte, faltete der Oberst die Karte wieder zusammen und verwahrte sie in seiner Brusttasche.

– Werden wir lange fortbleiben? fragte Biggi.

– Solange es not tut, sagte der Oberst geistesabwesend.

Das Auto ruckte an, sie wurden gegen die Rücklehne ihrer Sitze geworfen; die Fahrt begann.

Nackte, verbrannte Öde, seltenes Salzgestrüpp; Stille: glühend und zeitlos, blanke Ewigkeit; verloren, verloren; sengender Wind; wann stürzt der Kranich mit brennenden Flügeln vom Himmel? Staub wacht auf; wälzt sich im Schleppnetz des

Sogs, sucht nach Spalten und Ritzen, gasschwadenfein. Alle Stunde ein Mensch am Horizont, oder ein Zelt; einsamer Hirte: sprachlos, steif und zerlumpt; die zerlumpte Zeitlosigkeit.

Der Oberst schlief ein. Sein Gesicht war grau und welk, der Staub kam und setzte sich auf die Haut. Die kleinen Falten verschwanden; die Tränensäcke wurden eingeebnet. Er lag kümmerlich in seiner Ecke, und das Auto rumpelte sehr stark und schleuderte seinen Körper hin und her. Die dünnen, unbehaarten, fleischlosen Beine fuhren dann auseinander und suchten etwas, wogegen sie sich stemmen könnten – aber schwach und zaghaft und niemals mit Erfolg.

Biggi hatte sich nach vorn gelegt, die Hände auf die Lehne des Vordersitzes und das Kinn auf die Hände gestützt, und starrte auf den Nacken des Fahrers. Zuweilen spürte sie die Knie ihres Vaters gegen die eigenen Schenkel stoßen, und jedesmal erschrak sie und rückte auf dem Sitz von ihm ab. Sie wagte ihn nicht mehr anzusehen; denn wenn sie ihn ansah, mußte sie fürchten, daß dieser schlaffe, tragische Mann, der dem wehmütigen Abenteuer der Auflösung schon so nahe war, nicht mehr die Kraft haben würde, die staubschweren Lider jemals wieder zu heben. Biggi fürchtete seinen Untergang. Sie dachte: jetzt in Hamburg auf dem Süllberg Kaffee trinken und über die Elbe sehen, zu Hause, Feuerwerk im Winterhuder Fährhaus, kühler, nebliger Abend, die Drosseln im Stadtpark, ich werde einen zweiten Blumenkasten bestellen, ist ja etwas zu wenig Sonne in der Ecke, alles war so schön, wie feierlich er war, als er bekannt gab, daß wir nach Libyen führen, fahren müssen, hatte er gesagt: ›Mein liebes Kind, die wesentlichsten Vorgänge im Leben sind nicht Geburt und Tod, sondern Geburt und Rechenschaft, und erst die Rechenschaft ist die Legitimation zum Tode.‹

Das Auto ratterte durch einen Talkessel; der Fahrer fuhr einen wilden Zickzackkurs, um den Geröllhaufen auszuweichen. Biggi hob den Kopf und sah auf die muskulösen, braunen Arme des Mannes, die fest an den Lenker gepreßt waren und kurz und verhalten hin und her zuckten. Für einen Augenblick erkannte sie sein Profil: kleine Nase, steile Stirn, verkniffener, lippenloser Mund. Sie hatte Lust, ihn anzusprechen, aber sie wagte es nicht. Sie fand auch keinen Anlaß.

Erschöpft ließ sie sich in den Sitz zurückfallen, hob das Kleid weit über die Knie hinauf und betrachtete ihre schweißglänzenden Schenkel. Sie waren weiß und entspannt und vibrierten durch das Klopfen des Motors und durch die ständigen Stöße, die kleineres Geröll verursachte. Unbewußt verglich sie ihre Schenkel mit denen des Obersten, und plötzlich warf sie entsetzt das Kleid über die Knie: ihre Schenkel waren fast doppelt so stark wie die ihres Vaters. Ihr Gesicht brannte vor Scham, Staub und Hitze. Hastig zog sie ein Taschentuch heraus und wischte sich über Hals und Wangen. Der Staub war bereits in ihre Kehle eingedrungen und schnürte sie zusammen. Biggi mußte husten und spuckte mit Sand durchsetzten Speichel in ihr Taschentuch. Sie hatte das Gefühl, daß ihr Gesicht gedunsen war in der sickernden Schwüle des Wageninnern. Eine schleichende Passivität überkam sie, und sie legte den Hinterkopf auf die Rücklehne und schloß die Augen.

Als das Auto hielt, schlief Biggi. Sie spürte nicht einmal den Ruck in ihrem Körper. Ihr Kleid war unter den Brüsten durchgeschwitzt, der Hals übermäßig gerötet.

Der Oberst stand schon draußen, grau und unbeweglich, und starrte sie an. Er sah aus, als ob er bereits hundert Jahre so gestanden hätte und so stehen würde bis in alle Ewigkeit: ein Überbleibsel aus entschwundenen Zeiten.

Der Fahrer setzte das Köfferchen in den Sand, zündete sich eine Zigarette an und wartete.

– Weck sie, befal der Oberst, und machte eine lasche Handbewegung. Der Fahrer gehorchte, er tippte Biggi an der Schulter an, und das Mädchen erwachte, kletterte rasch und ein wenig verlegen hinaus und ordnete sein Kleid und die Haare. Sie fragte:

– Sind wir schon da, Vater?

– Ja, mein Kind, sagte der Oberst, jetzt sind wir da. Und nun bezahle den Mann und komm.

– Aber wir können ihn doch nicht hier zurückschicken, Vater. Zu Fuß würden wir nie das Hotel erreichen; das Wasser langt gerade bis heute abend.

– Er wird uns heute abend an dieser Stelle abholen, sagte der Oberst.

Biggi sah den Fahrer mißtrauisch an, und dann öffnete sie ein Täschchen und entlohnte ihn. Gleichgültig nahm der Mann das Geld entgegen, knüllte es zusammen und schob es in die Tasche, herausfordernd achtlos. Er grüßte nicht zum Abschied, er nickte nicht einmal mit dem Kopf. Er kletterte stumm in das Auto, ließ den Motor anspringen und fuhr schnell davon.

– Glaubst du, daß er wiederkommt? fragte Biggi besorgt.

– Der Glaube bietet keine Garantien, mein Kind. Aber es ist anzunehmen, daß er uns abholen wird, denn dieser Mann will etwas verdienen.

Biggi wandte den Kopf; das Fahrzeug war bereits hinter den Hügeln verschwunden.

– Öffne den Koffer, sagte der Oberst.

Der Verschluß klickte, Biggi hob den Deckel hoch.

– Gib mir das Fernglas.

Er setzte das Glas an die Augen und suchte den Horizont ab. Sein hagerer Körper drehte sich mit, steif und gelenklos, drehte sich nach einem Ziel wie ein Sehrohr; und dann rastete er ein, ruckartig: er hatte gefunden, was er suchte. Ein mattes, karges Lächeln zeigte sich auf seinem Gesicht.

– Gut, sagte er, ich habe mich nicht getäuscht.

Zufrieden setzte er das Glas ab, es baumelte an seiner Brust und zog ihn unmerklich ein Stück vornüber.

– Warum siehst du mich denn so an, mein Kind? fragte er, als er bemerkte, daß Biggi hinter ihm stand und ihn ängstlich und sorgenvoll musterte.

– Du bist krank, Vater. Wir hätten nicht hierherfahren sollen. Wenn wir nach Sylt gefahren wären, hättest du dich gewiß erholt. Heute nacht hatte ich Angst um dich, und ich habe noch immer Angst um dich.

Der Oberst unterbrach sie leise, er öffnete kaum die Lippen und sagte mühsam:

– Ich erlaube dir, Angst um dich selbst zu haben, das ist statthaft und zu verzeihen, aber ich verbiete dir, um mich besorgt zu sein. Hast du mich verstanden?

– Ja, Vater.

– Dann können wir gehen. Du wirst den Koffer tragen, denn wie du gesehen hast, sind deine Schenkel fast doppelt so stark wie meine. Ich bin schwach, das weiß ich, aber ich möchte durch die grausame Teilnahme anderer nicht daran erinnert werden. Komm!

Biggi knickte ein, griff nach dem Koffer. Das Blut schoß ihr in den Kopf: er hatte es bemerkt. Sie verharrte in gebückter Haltung, sie hätte sich am liebsten auf das glühende, rötliche Gestein geworfen, hätte das Gesicht unter den Händen verborgen und geweint. Mit verzweifelter Entschlossenheit richtete sie sich auf. Er war schon vorausgegangen; unsicher und hölzern bewegte er sich vorwärts; er hob ein Bein an, bekam Übergewicht, setzte es auf; hob das andere Bein an, bekam Übergewicht, setzte es auf. Biggi sah, daß ihr Vater X-Beine hatte. Sie empfand Furcht und Verachtung.

Der Oberst vergewisserte sich nicht ein einziges Mal, ob seine Tochter noch hinter ihm ging. Er kämpfte gegen das Gewicht des Fernglases auf der Brust, das seinen Nacken herabzuziehen drohte. Seine Augen waren auf einige Türme am Horizont gerichtet; sie hatten sich daran festgesehen, und es schien, als würde der Kopf des Mannes nur durch die erwartungsvolle Starrheit seiner Blicke aufrecht gehalten, mit denen er die langsam näherkommenden schwarzen Kolosse beobachtete. Sein Schritt wurde jedoch nicht eiliger; das erbärmliche Vorantaumeln hatte noch etwas von seltsamer Gefaßtheit. Es war windstill.

Je näher sie an die schwarzen Türme herankamen, desto kleiner wurden diese; sie schrumpften immer mehr zusammen, als wenn in fliegender Hast und von unsichtbaren Händen Stockwerk für Stockwerk von ihnen abgetragen würde, und nachdem sie nur noch wenige hundert Meter davon entfernt waren, erkannte Biggi, daß es Panzer waren.

– Vater! rief sie bestürzt.

Der Oberst ging weiter.

– Vater! rief Biggi nochmals. Ihre Stimme klang hilflos und winzig in der furchtbaren Stille, und das Mädchen merkte es und schwieg. Sie versuchte, den Abstand zwischen sich und ihrem Vater zu verringern, aber da wandte er einmal seinen Kopf zur Seite, oder sein Kopf wurde zur Seite geworfen, weil er über ein Geröllstück stolperte, und sofort blieb Biggi stehen und gab sich den Anschein, als habe sie einen Stein in den

Schuh bekommen. Und sie streifte einen Schuh vom Fuß und kehrte ihn um.

Plötzlich blieb der Oberst stehen, ruckartig, unverhofft, als ob der schwache, ächzende Mechanismus, der ihn bisher vorwärts getrieben hatte, vor Überanstrengung entzweigesprungen wäre. Obgleich er immer noch halbwegs aufrecht stand, erschrak Biggi und lief in atemloser Besorgnis zu ihm. Es hätte sie nicht gewundert, wenn dieser Mann stehend gestorben wäre. Er hörte sie auf dem steinigen Boden herankommen und sagte, ohne sich umzudrehen:

– Laufe nicht, mein Kind! Ich merke schon wieder, daß du um mich zitterst. Wenn ich das noch einmal feststelle, werde ich dich zurückjagen. Du weißt, daß ich zu denen gehöre, die man nicht gefahrlos an ihre erbarmungswürdige Gegenwart erinnern darf.

– Vater! Biggi ließ den Koffer fallen.

– Wage nicht, mich zu umarmen, sagte der Oberst tonlos. Ich schätze diese Vegetation der Gefühle nicht. Wir sind keine Pflanzen.

Sie hatte ihre Hände schon von hinten über die schlaffen Schultern des Mannes gelegt und preßte ihre Finger in den Stoff des Khakihemdes.

– Nimm deine Hände von mir, mein Kind.

– Vater, ich kann nicht mehr, ich kann nicht, du, ich halte es nicht mehr aus. Sie begann zu schluchzen.

– Am Aushalten, sagte der Oberst schwach, erkennt man den Grad der Mündigkeit. Mein Kind: du bist unmündig, du bist ein merkmalloses Geschöpf. Dein Dasein wäre nicht anders gewesen, wenn du im Schoß deiner Mutter geblieben wärest. Aushalten, das heißt, dem Gleichmut der Welt seinen eigenen Gleichmut entgegensetzen. Wer aushalten will, muß in Rivalität zur Welt treten. Dreh dich um! Geh einige Schritte weit fort. Halt dir die Ohren zu!

Biggi tat dumpf, was ihr Vater verlangte, und der Oberst knöpfte seine Hose auf und ließ Wasser. Gierig nahm der heiße trockene Boden die Flüssigkeit an, und als der Oberst seine Hose wieder zuknöpfte, war nur noch ein dunkler Fleck nachgeblieben, der sich jedoch auch zusehends auflöste.

Durch eine sparsame Bewegung des Kopfes winkte er Biggi zu sich heran. Er befahl ihr, den Koffer wieder aufzunehmen, und dann gingen sie schweigend zu den Panzern.

Es waren drei leichte amerikanische Honey-Tanks und ein deutscher Kübelwagen. Die Tanks wiesen ausgezackte Löcher an den Seiten auf, ihre Kettenraupen lagen im Sand wie riesige, tote Echsen. Ein matter Geruch von Stahl, Benzin und Feuer ging immer noch von ihnen aus. In kleinem Umkreis verstreut lagen Eisenteile, Benzinkanister, Feldflaschen und leere Dosen. Der Kübelwagen war unbeschädigt.

Der Oberst blickte voll melancholischer Genugtuung auf die Fahrzeuge.

– Mein Kind, sagte er, trage zwei Benzinkanister in den Schatten. Wenn ich sitze, das spüre ich, beruhigt sich meine Blase. Erschütterungen, auch die des Gehens, reizen sie.

Biggi schleifte zwei Benzinkanister dicht an einen Tank heran, so daß sie sich mit dem Rücken an den Laufrädern anlehnen konnten. Der Schatten war mager, er barg gerade ihre Gesichter.

– Rauche mir eine Zigarette an, sagte der Oberst.

Das Mädchen tat es und steckte ihm die Zigarette in den Mund. Mühsam nuckelte er daran, machte einige kärgliche Züge, und, wie Biggi erwartet hatte, fiel ihm die Zigarette in den Sand. Sie trat sie mit dem Absatz aus.

17

– Mein Kind, sagte der Oberst, ich bin glücklich. Es gibt einige ganz natürliche Schwierigkeiten, die Wahrheit zu sagen. Aber hier, das fühle ich, gibt es diese Schwierigkeiten nicht. Ich bin glücklich. Sieh mich nicht so mitleidsvoll an. Ich warne dich, mich jetzt zu küssen. Ich könnte mich nicht dagegen wehren, weil ich nur langsam reagieren kann. Aber ich würde es dir nie verzeihen. Ein Wrack ist noch kein Leichnam; auch ein Wrack kann noch ›nein‹ sagen. Leute wie wir sterben nicht stückweise. Du bist mein Kind, Biggi, du bist gesund und jung. Ich wollte, wir wären ein Liebespaar.

– Vater, darf ich etwas Wasser trinken?

– Du wirst trinken, wenn ich es sage. Frag nicht soviel. Jede deiner Fragen ist eine Niederlage. Schau dich um: Weißt du, was das ist?

– Nein, Vater.

– Das ist meine Vergangenheit; hier, an diesem Platz, werde ich meine Rechenschaft ablegen. Rechenschaft ist keine Klage; sie ist Entkleidung. Man entkleidet sich seiner Gegenwart, mein Kind, und wandert den schwarzen, teilnahmslosen Fluß zurück. Auch die Schöpfung hat ihre Buchhalter; eines jeden Zeit wird sanft und unauffällig unter Soll und Haben verteilt. Die Leitz-Ordner des Daseins sind prall gefüllt. Du hast dich gewundert, Biggi, warum wir hierher fuhren. Wenn du zu befehlen gehabt hättest, wären wir gewiß nach Sylt gefahren. Ich wäre nicht glücklich gewesen! Hier bin ich es – denn hier habe ich gefunden, wonach ich suchte: nach der sorgsam konservierten Vergangenheit, nach dem Logbuch vergangener Tage. Man braucht es zur Rechenschaft, denn auch das Gedächtnis zerbröckelt, und ohne diese Stütze wäre die Vergangenheit trüb und undurchschaubar wie Spülicht.

Streichle nicht meinen Arm, das wirkt zynisch. Du bist in

einem Alter orgiastischen Stoffwechsels, dein Körper ist ein biologisches Dickicht; durch mich aber regnet es schon hindurch. Durch mich fährt der Wind und das Licht – laß das. Vor einigen Jahren sah ich noch anders aus. Meine Vergangenheit ist größer als meine Gegenwart; sie ist so groß, daß ich sie kaum mit mir tragen kann. Ich habe sie hier unter anderem aufgesucht, um trocken zu schwelgen, so wie der Hai, wenn er Hunger bekommt, manchmal zu der Stelle schwimmt, an der es einst von Schiffbrüchigen wimmelte.

Das Sprechen hatte ihn sehr geschwächt. Er schwieg und starrte ausdruckslos vor sich hin, die gelben, faltigen Finger auf den angezogenen Knien. Biggi wagte nicht, diesen elenden Mann anzusprechen. Ihre Kehle war ausgedörrt, der Durst begann sie zu quälen. Sie glaubte, daß ein Schluck Wasser ausreichen müßte, um das Brennen und Kratzen herunterzuspülen, ein Schluck. Aber zwischen ihrem Bedürfnis und der Wasserflasche stand das Verbot dieses lässigen Leichnams, das warnende Wort ihres Vaters. Sie sah ihn wütend von der Seite an. Seine Augen waren geschlossen, der Schädel nach vorn gekippt. Der Oberst war ohnmächtig.

Biggi sprang entsetzt auf und hob seinen Kopf an. Ein verdorrtes, prophetisches Lächeln lag auf den Zügen ihres Vaters. Sie packte ihn verzweifelt bei den Schultern und rüttelte ihn: er bewegte sich nicht. Sie umarmte und streichelte ihn: seine Augen blieben geschlossen. Hastig riß sie den Lederriemen mit dem Fernglas von seinem Hals; nun kippte der Kopf nicht mehr nach vorn.

Sie dachte: Wasser! nur Wasser kann helfen, und sie öffnete den Koffer und nahm die Wasserflasche in die Hand. Sie schraubte den Verschluß ab, preßte den Flaschenhals zwischen seine Lippen, zwängte die Zähne auseinander und hörte, wie die Flüssigkeit in die Mundhöhle gluckerte. Als das Wasser an den Seiten wieder herauskam, trat sie einen Schritt zurück und trank selbst einen Schluck. Der brennende Schmerz im Hals wurde sofort gelindert. Biggi setzte die Flasche ab, schraubte sie zu und warf sie in den Koffer. In diesem Augenblick schrie sie auf: neben ihrem Koffer saß ein gelb-braunes Tier, das sich auf die Hinterpfoten erhoben hatte und sie reglos ansah. Als die Flasche auf das Tier zuflog, schlüpfte es schnell und lautlos in das Innere des Tanks.

– Du hast geschrien! sagte plötzlich der Oberst.

Er blieb in unveränderter Haltung sitzen.

– Vater, da!

– Was, mein Kind? fragte der Oberst, und seine Frage blieb in der Luft hängen.

– Es sah aus wie eine Ratte, sagte Biggi.

Sie kniete zögernd neben ihrem Vater nieder und blickte mißtrauisch auf das Loch, in dem das Tier verschwunden war.

– Sie hat uns gerochen, sagte der Oberst.

– Gerochen? fragte Biggi.

– Mein liebes Kind, sagte der Oberst, das Leben ist Zerfall, Verwesung von Anbeginn, und was einen Schoß verläßt, muß riechen.

Biggi lächelte verächtlich, über ihn, über seine Antwort, über alles, was sie bisher auf dieser Reise erlebt hatte. Sie fragte beiläufig, nur, um ihren Vater sprechen zu lassen und dabei die Gewißheit zu haben, daß er bei Besinnung war:

– Wovon ernähren sich bloß die Wüstenratten?

– Wovon? Ich habe es einmal gesehen, vor acht Jahren, in einer hellen Nacht. Ich saß, wie jetzt, auf einem Benzinkanister, und unerwartet fiel neben mir etwas in den Sand, plumpste vom Himmel herab und blieb liegen: ein erschöpfter Vogel.

Er zuckte nicht mehr, er lag da wie tot. Ich erhob mich, um ihn zu holen, aber bevor ich noch die Stelle erreicht hatte, an der er lag, sah ich eine Ratte zwischen den Benzinkanistern hervorkommen. Sie biß in den Vogel hinein; jetzt zuckte und flatterte er, doch es war zu spät. Die Ratte kroch mit ihm in ihr Versteck.

– Warum hast du ihr den Vogel nicht abgejagt? Du hättest sie doch, als du sie sahst, vertreiben können.

– Mein Kind, die Ratte konnte mit dem Vogel mehr anfangen als ich; vielleicht hatte sie schon tagelang auf ihn gewartet. Sie hatte das größere Anrecht.

Der Oberst öffnete müde die Augen.

– Biggi, sagte er, du hast vom Wasser genommen. Ich kann dich nicht dafür bestrafen. Du hast meine Worte nicht respektiert; ich verachte dich, das ist alles, wessen ich noch fähig bin.

– Aber Vater, bettelte sie verzweifelt, es war doch deinetwegen. Du warst ohnmächtig!

– Ich wäre auch ohne Wasser zu mir gekommen. Zieh dein Kleid über die Knie, ich kann den großzügigen Anblick nicht ertragen. Hilf mir auf die Beine, aber tue es nicht zärtlich. Ich habe etwas gegen zärtliche Hilfe und zärtliche Moral. Jetzt werde ich dir sagen, warum wir hier sind und warum ich dich mitgenommen habe. Gib mir deine Hand, so. Und mit der andern stütze mich unter der Achsel. Wenn wir nur Wurzeln hätten, mein Kind, wenn wir uns in die Erde krallen könnten, daß kein Wind uns mehr umwirft!

Unsicher tastete er sich am Panzer entlang, dann stieß er sich ab, schwankte einen Augenblick bedrohlich und gewann nach einigen zaghaften Schritten sein Gleichgewicht; der ausgeleierte Mechanismus spielte sich ein und trug ihn voran. Und Biggi folgte ihm im üblichen Abstand.

Er blieb, nachdem er die Tanks hinter sich gelassen hatte, stehen, drehte sich in den Gelenken und steuerte auf den Kübelwagen zu. Er ging mit vorgehaltenen Händen und zurückgelegtem Kopf; er schritt wie ein schwacher, abschiednehmender Pfarrer durch eine unsichtbare Gemeinde. Der Oberst schien die nackte Einsamkeit zu segnen.

Vor dem Kübelwagen blieb er stehen und wartete, bis Biggi schräg hinter ihm stand. Dann sagte er:

– Ich muß einsteigen, mein Kind, hilf mir hinein. Es wird dich keine große Anstrengung kosten. Bück dich.

Biggi tat es.

– Und nun hebe mich hinein.

Sein Oberkörper knickte ein, und das Mädchen schob seine Beine nach und wunderte sich, wie jammervoll leicht er war, wie gewichtlos. Sie setzte ihn zurecht, schlug seine Beine übereinander und kletterte dann selbst in das Fahrzeug und nahm neben ihm Platz.

– Jetzt sind wir unter uns, mein liebes Kind, sagte der Oberst. Der Gott der Liebe ist ein verkommenes Wesen, sonst hätte er dir einen anderen Begleiter zugedacht. Ich bin wie eine alte, ranzige Dattel; mit mir kannst du nichts anfangen. Wenn ich jedermann wäre, dürftest du mich getrost ausspucken und weitergehen. Ich würde es dir nicht verdenken. Aber ich bin dein Vater, und so hast du an mir zu kauen; an mir und an dem, was ich herumtrage.

– Soll ich dir noch eine Zigarette anrauchen? fragte Biggi. Sie öffnete eilfertig ihr Täschchen.

– Laß die unmündigen Versuche, mich abzulenken, sagte der Oberst gequält.

– Wenn du dich schon vor mir fürchtest, so bemühe dich nicht, diese Furcht auf solche Art zu verringern.

Biggi wandte sich von ihm ab; er hatte ihre Gefühle und ihre Absicht genau benannt; sie haßte ihn unsäglich.

Der Oberst sagte mit schleppender, gleichbleibender Stimme:

– Mein Kind, so wie du jetzt, saß Mackenbrandt vor einigen Jahren neben mir. Seinetwegen sind wir hergekommen; denk mal an: wegen eines Mannes, der, das weiß ich bestimmt, von seinen nahen Verwandten vergessen ist. Sie erinnern sich seiner nur mit Mühe.

– Ich habe ihn nicht vergessen; vielleicht hätte ich es getan, wenn er mir Gewißheit über sich selbst gegeben hätte. Sorge und Ungewißheit haben mich hierhergejagt; ich sage: gejagt, mein Kind, denn daß es keine absichtslose, beschauliche Reise war, wirst du gewiß gemerkt haben. – Aber etwas anderes hat mich auch noch hierhergetrieben, Biggi, das ist der Wunsch, Bilanz zu machen, die Summe aus der Vergangenheit zu ziehen. Man tritt aus dem Abendschatten noch einmal in ein frühes Licht; man versucht, sich seiner selbst zu vergewissern, sich zu begründen im Hinblick auf den bevorstehenden Verfall. Es ist nötig, daß man sich dabei in seiner Vollständigkeit erfährt. Die Lücken und Öffnungen der Vergangenheit müssen geschlossen werden. Mein Ziel ist eine solide Chronologie. Chronologie, mein Kind, ist das einzig Zuverlässige und Begehrenswerte. Unter diesem Zeichen vollzieht sich die Schöpfung. Das Lied des Vogels, das dir in dein Ohr fällt, das Fleisch, das sich auflöst, die Kugel, die unterwegs ist: alles unterliegt der Chronologie. Ich werde sie vervollständigt haben, für mich wenigstens, wenn ich Gewißheit über Mackenbrandt habe.

– Leg mir dein Taschentuch auf den Kopf, bevor es zu spät ist.

Das Mädchen zerrte das Taschentuch auseinander.

– Vater? Es geht nicht. Es ist noch feucht.

– Um so angenehmer. Tue, was ich dir sage.

– Es geht doch aber nicht.

– Ich will es. In wenigen Minuten wird es trocken sein.

Zögernd tat Biggi, was ihr Vater befohlen hatte. Sie legte das Tuch über seinen Hinterkopf, breitete es aber nicht aus. Sie riß die Hände schnell herab, als ob sie etwas Verbotenes getan hätte.

– Bist du fertig? fragte der Oberst.

– Ja, Vater.

– Dann will ich dir weiter erzählen. Dabei erlaube ich dir, die Fliegen von meinem Gesicht zu verscheuchen. Aber berühre mich nicht; ich könnte mich erschrecken.

Der Oberst sprach weiter, er öffnete kaum die Lippen, er murmelte leiser und leiser, seine Stimmkraft drohte jeden Augenblick zu versiegen.

– Wir lagen im Zelt, mein Kind, ich und Mackenbrandt. Er war mein Fahrer und war ständig bei mir. Er war mein Vertrauter und mein bester Freund. Wir waren in einem Zelt unter vielen, und in jedem schliefen erschöpfte Männer. Am frühen Morgen wurden wir geweckt, durch Handgranaten und Maschinenpistolen. Ich kroch zum Schlitz und sah die fremden Soldaten Zelt für Zelt öffnen und auf die schlafenden Männer schießen. Einige konnten fliehen. Wir stürzten aus unserem Zelt hinaus, erreichten den Kübelwagen und fuhren davon. Wir hatten Glück: unser Zelt lag etwas abseits.

– War das dieser Wagen, Vater?

Der Oberst antwortete nicht.

– Sie schossen lange hinter uns her, ohne jedoch zu treffen. Ich saß aufrecht, mein Kind, ich bückte mich nicht. Es wäre mir recht gewesen, wenn mich eine der arglosen Kugeln getroffen hätte. Damals war mein Leben belanglos, denn es war ans Fleisch gekettet und mein Stern stand im Zenit. Im Zenit sind wir alle belanglos, ohne geziemenden Schatten. Der fallende Stern ist das einzig Sehenswerte und Belangvolle, Biggi, denn erst im Sturz kann man erkennen, was einem ausweicht. Die Zenit-Menschen werden erst dann interessant, wenn sie zu flackern beginnen. Was wirklich geschieht, geschieht meistens ohne sie. Der Triumph, die Karriere, mein Kind, ist die erste Verkümmerung des Individuums. Ich merkte es, als die Kugeln uns nachkamen. Ich saß aufrecht, ich reckte sogar meinen Kopf aus den Schultern heraus, und zuletzt, als nur noch wenige Schüsse fielen, empfand ich so etwas wie Trauer. Mackenbrandt fuhr sehr schnell, dieser kleine, stille Freund kämpfte gierig mit der Entfernung. Wir hatten uns sehr gern.

Der Oberst tastete angestrengt nach dem verkohlten Lenkrad, legte die Finger darauf und lächelte mühsam.

– So saß er neben mir, siehst du, so. Wir fuhren mehrere Stunden, schweigend, wir fuhren irgendwohin, nicht einmal geradeaus. Wir fuhren, als ob wir den Sinn der Welt wiederfinden wollten, der abhanden gekommen war, als das Tor der Vernunft zufiel. Ich war plötzlich froh, daß man mich nicht im Schlaf erschossen hatte, und ich bedauerte die Männer, denen das Unglück zugestoßen war.

– Und dann blieb der Wagen stehen; das Benzin war ausgegangen. Wir blieben nebeneinander sitzen und warteten, taten so, als müsse der Motor jeden Augenblick wieder von selbst anspringen. So warteten wir mehrere Stunden. Du wirst das nicht begreifen können, mein Kind, aber es verhält sich so. Es hat einen besonderen Reiz, tatenlos zuzusehen, wie die Welt ihren Lauf nimmt. Das nenne ich: die keusche Resignation. Du wirst mir zugeben, daß diese Art von Bescheidenheit das Vernünftigste war, das wir in dieser Lage tun konnten.

– Sie hielt aber nicht lange vor; zuerst kam der Durst, und nachdem er uns eine Weile gequält hatte, kam der Hunger, und da sagte ich zu Mackenbrandt: Hör zu, es hat keinen Zweck, noch länger zu warten, wir müssen jetzt etwas unternehmen, wenn wir nicht aufrecht verdursten wollen. Es kann nicht mehr weit sein bis zum nächsten Dorf. Da hob mein Freund den Kopf und sah mich an, sah mich an wie einen Verrückten, und dann drehte er mir die linke Schulter zu, und ich erkannte, daß sein Khakihemd blutig war. Es war nur eine Fleischwunde, aber der Blutverlust hatte ihn schon geschwächt. Ich verband die Wunde, zerrte ihn unter den Wagen und warf ihm für alle Fälle meinen Privatrevolver hin. ›Ich geh Wasser und Hilfe holen‹, sagte ich. Er blickte mich flehend an, das spürte ich, flehend und kummervoll, er machte mich unsicher und verlegen durch seinen Blick. Er hatte Angst, Biggi, weiter nichts, und es kostete mich nicht wenig Mühe, ihn zu verlassen. Vielleicht schien es ihm, als ob ich rücksichtslos handelte, aber mitunter muß man die Freundschaft zu einem Menschen durch Rücksichtslosigkeit bekunden. Mackenbrandt winkte mir verzweifelt hinterher, wollte mich zurückrufen, aber ich konnte nicht. Ich verließ ihn ja nicht, um nur mich selbst in Sicherheit zu bringen. Ich wollte, sobald ich Hilfe gefunden hatte, zu ihm zurückkehren. Kannst du dir meine Gefühle vorstellen, mein Kind?

– Ja, Vater, sagte Biggi. Sie hatte anfangs mit ironischem Interesse zugehört. Dann aber war es ihrem Vater gelungen, sie zu fesseln. Sie fragte ungeduldig:

– Und bist du dann gegangen?

– Diesmal ging ich, Biggi. Aber wenn der Hunger und der Durst nicht gewesen wären, so hätte er mich gewiß zurückgehalten. Ich verließ ihn rasch. Ich fühlte, daß mir wohler wurde, je weiter er hinter mir blieb, und ich nahm mir vor, selbst das Suchkommando zu ihm zu bringen. Es waren noch keine hundertfünfzig Meter, die ich gegangen war, mein Kind, als plötzlich ein Schuß fiel, ein Schuß aus meiner Pistole, das hörte ich am Klang.

– Hatte er sich erschossen? fragte Biggi schnell.

– Ich weiß es nicht.

– Aber du bist doch zurückgelaufen?!

– Nein.

– Du bist nicht …? fragte das Mädchen entsetzt.

– Ich habe Lust, dich zu züchtigen, weil du dich gegen mich empörst, sagte der Oberst. Ich möchte dir ins Gesicht schlagen, du. Schweig jetzt. Wenn nur jemand meine Faust belebte! Rede nicht so, als ob wir alle gleich handeln müßten. Du wärst zurückgelaufen, das weiß ich. Ich war unfähig dazu, ich hatte wohl ein wenig Angst und blieb eine Sekunde betroffen stehen, horchte voller Bestürzung zurück und ging dann meinen Weg. Vielleicht hatte mein Freund nur die Pistole ausprobiert; es ist auch möglich, daß er mich durch den Schuß zurückrufen wollte. Ich war zu schwach dafür, zu schlapp.

Er schwieg und legte seinen Oberkörper zurück. Der Adamsapfel rollte den langen, gelblichen Hals entlang und blieb in der Mitte stehen. Der Kopf kippte nach hinten.

Biggi dachte: jetzt könnte ich ihn verlassen, leise hinausklettern. Er müßte hier sitzenbleiben für immer, denn er hat nicht die Kraft, sich allein zu erheben. Ich könnte dem Fahrer entgegengehen und ihm sagen, daß mein Vater – mein Vater allein bleiben möchte. Unwillkürlich stieß sie ihn mit dem Ellenbogen in die Hüfte und fragte scharf:

– Und dann? Hat das Suchkommando ihn gefunden?

– Nein.

– Ist es überhaupt nicht hierhergekommen?

– Es ist hierhergekommen. Es hat die drei leichten Honey-Tanks erledigt, wie du siehst. Aber mein Freund Mackenbrandt war nicht zu finden. Das ist das einzige mystische Ereignis in meinem Leben. Begraben hat man ihn, wie Gefangene bezeugen, nicht. Ich vermisse das Taschentuch auf meinem Kopf. Wahrscheinlich ist es heruntergefallen, mein Kind. Feuchte es mit Wasser an und lege es mir nun auf die Stirn. Warum zögerst du?

– Soll ich Trinkwasser dazu nehmen? fragte Biggi.

– Selbstverständlich, sagte der Oberst.

Das Mädchen feuchtete das Taschentuch an und klebte es auf seine Stirn. Er machte einige langsame Kaubewegungen, mahlte mit den Kiefern, reckte sich, leise stöhnend: der Oberst fühlte ein seltenes Behagen in seinen Körper einkehren. Seine Knie zitterten, die Finger irrten tastend umher, als ob sie zu einer Tat aufgelegt wären. Biggi sah zu, wie sich diese unsicheren Finger dem Lenkrad näherten, wie sie von ihm angezogen wurden und es plötzlich berührten. Und dann umkrallten sie das rostige Metall, die Knochen traten heraus; der Oberst, der mit geschlossenen Augen in seinem Sitz lag, begann sich an dem Rad nach vorn zu ziehen, knirschend, verbissen.

Er kämpfte mit der Schwerkraft und dem Beharrungsgesetz seines Leibes, und als er nahezu aufrecht saß, löste sich die Verkrampfung, die Lippen traten ein wenig auseinander, und er lächelte glücklich. Aus einem Mundwinkel floß sanft ein dünner, schillernder Speichelfaden hervor. Einen Augenblick saß der Mann senkrecht da; er drückte das Kreuz durch, schraubte den Schädel unnatürlich in die Höhe und preßte die Oberschenkel zusammen.

Biggi beobachtete ihn ängstlich. Sie fürchtete, daß er gleich zusammensinken werde. Diese Anstrengung sah aus wie eine letzte, wütende, aber hoffnungslose Aufsässigkeit des Körpers, wie eine blinde Revolte gegen den Staub. Die wenigen verbliebenen Kräfte mußten ihn verlassen, damit er sich auflösen könnte. Sie verzehrten sich selbst in einer unnützen Tat: Gravitation zum Nichts.

Als ob der Oberst das selbst gemerkt hätte, und als ob er verhindern wollte, daß der geringe Rest an Widerstandswillen aus ihm entfloh, ließ er das Lenkrad los, krümmte sich und ließ den Körper nach hinten fallen. Er grinste versponnen, er hatte dem Staub ein Schnippchen geschlagen. Seine Augenlider hoben sich zur Hälfte, freundlich blickte er auf seine Tochter. Er sagte:

– Rechenschaft ist Bilanz und Selbstverteidigung, mein Kind, ist das Verlangen, ein unbeschriebenes Blatt Papier zu werden. Rechenschaft ist das Standgericht der Gegenwart. Ich bin bereit, das Urteil zu hören.

– Du hast Fieber, Vater, sagte Biggi nervös. Wir hätten nicht hierher fahren sollen. In Kampen wärst du auf andere Gedanken gekommen. Diese Umgebung ist Gift für dich.

– Die Vergangenheit ist immer Gift für die Gegenwart, Biggi. Spar dir solche Worte. Du bist naiv wie das Wasser des Mittelmeers. Alles, wessen du fähig bist, ist lieben. Und das ist zu wenig. Lieben kannst du am Anfang, am Ende mußt du denken. Wer liebt, wird nie das Fragen lernen.

– Dein Taschentuch ist heruntergefallen.

– Laß es liegen. – Jetzt, Biggi, ist es soweit!

Eine unsichtbare Gewalt rüttelte an ihm, er wand sich wie in Schmerzen und bäumte sich auf. Im Gesicht zuckte es; er drückte das Gesäß vom Sitz und sank kümmerlich zusammen, und auf einmal wurde er ruhiger, stiller, atmete langsamer, und als Biggi glaubte, er wäre nun endgültig gestorben, richtete er sich mit ungewohnter Leichtigkeit auf, suchte nach der Hand seines Kindes und sagte:

– Es ist vollbracht; nun geht es schon besser. Die Sekunde der Rechenschaft ist noch nicht vorbei. Aber die Gegenwart hat mich vorläufig freigesprochen, mein Kind. Alle Qual wird ein Ende haben, wenn die letzte Lücke in der Bilanz geschlossen ist.

– Soll ich dir eine Zigarette anrauchen, Vater?

– Nein, sagte der Oberst.

– Soll ich dir die Wasserflasche bringen?

– Nein, ich will jetzt, daß du mich küßt. Wir sind unter uns, mein Kind, du bist jung und gesund. Küß mich! Ich erwarte, daß du mich dabei umarmst. Lege mir deine Arme um den Nacken, aber drücke nicht allzu stark; du könntest mir weh tun. Bist du bereit?

– Vater! rief Biggi entsetzt und rückte von ihm ab. Vater, du bist krank, wir müssen zurückfahren!

– Wir werden zurückfahren, wenn es an der Zeit ist. Komm jetzt, ich bin erschöpft und kraftlos und warte auf deine Umarmung. Küß mich auf den Mund.

Sie blickte auf seinen Mund und schüttelte sich vor Ekel. Sie schwang ein Bein hinaus, bereit, abzuspringen, falls er nach ihr greifen sollte. Er fragte:

– Wie lange brauchst du, um dich zu überwinden, mein Kind?

– Vater! schrie sie verzweifelt und schwang sich vollends hinaus. Der Oberst musterte sie aus traurigen Augen und streckte bettelnd die Arme nach ihr aus.

– Ich bin schwach, Biggi, ich kann mit eigener Kraft hier nicht fort. Fürchte dich nicht vor mir. Komm und küß mich.

Ich flehe dich an, nur einmal. Dein Vater bettelt um einen Kuß; er befiehlt nicht, er bettelt. Woher nimmst du nur die Kraft zum Widerstand? Komm zu mir!

Biggi schaute ihn teilnahmsvoll an, aber der Ekel war größer als das Mitleid. Sie ging zum Kühler des Wagens, stützte die Hände auf das Metall und zog sie blitzschnell wieder zurück: das Metall war glühend heiß. Dann ergriff sie den Koffer, öffnete ihn, warf ihrem Vater einige Früchte in den Schoß, schloß den Koffer wieder und schritt, ohne auf sein Flehen zu hören, zu den Tanks.

Der Oberst ließ die Arme sinken. Er rief leise:

– Biggi! Warum kommst du nicht? Willst du mich hier verlassen?

Sie setzte sich in den schmalen Schatten eines Tanks, unbekümmert, streckte die Beine aus und öffnete den Büstenhalter auf ihrem Rücken. In der Ferne stieg eine dünne Rauchsäule hoch. Die Sonne zog sich hinter einen Dunstschleier zurück, die Luft wurde schwül und drückend. Wind kam auf, fuhr in kleinen Stößen um die Fahrzeuge, weckte einen üblen, brandigen Geruch. Gazellen zogen über ein fernes Plateau, stiegen in einen Talkessel. Zuweilen barst ein Geröllstück, erhielt einen Riß und fiel auseinander. Fußtritt der Zeit. Unversehens wurde der Himmel gelb. Große Vögel flogen lautlos vorbei. Der Oberst schlief, von einem Traum gerädert. Wind lief ihn geduckt an, fuhr durch ihn hindurch. Grübelndes Schweigen des Raumes. Die Früchte waren vom Schoß des Mannes gerollt. Wieselschnell schlich sich der Sand heran.

Biggi kroch um den ausgebrannten Tank herum, sah zu ihrem Vater hinüber und dachte: er schläft. Ich muß ihn aufwekken. Bald wird der Fahrer zurückkommen. Wir haben noch ein schönes Stück zu laufen. Ihre Blicke glitten am Kübelwagen hinab, verweilten an der Stelle, wo einst Mackenbrandt gelegen haben sollte. Keine Erhöhung im Sand, kein Anzeichen, daß er dort jemals gelegen hatte.

Sie erhob sich und spürte den heißen Wind auf der Haut. Nach wenigen Schritten stand sie neben ihrem Vater. Seine Hände waren gefaltet, das Gesicht entspannt und ausdruckslos. Behutsam tippte sie ihn an.

– Vater, sagte sie, komm, wir müssen jetzt gehen.

Der Oberst regte sich nicht.

– Hörst du, es ist Zeit. Der Fahrer kommt bald zurück.

Plötzlich wich sie betroffen zurück. Ihr Vater hob die Hände und streckte sie ihr bettelnd entgegen.

– Küß mich, sagte er mit bleierner Stimme, küß mich, mein Kind. Erlöse mich doch. Zögere nicht, zögere nie vor dem Leid, steige hinab.

– Ich kann dich nicht küssen, Vater, auch nicht, wenn du darum bettelst.

– Du hast Mitleid mit mir und verachtest mich. Wie verträgt sich das, mein Kind? Deine Mutter hätte mich geküßt. Bist du denn gar nicht deine Mutter?

– Wir müssen jetzt gehen, Vater, du hast Fieber!

– Ja, Biggi, du hast recht, ich habe das Fieber der Einsamkeit, das Fieber der Verzweiflung. – Wir wollen gehen. Ich hasse dich, ich verachte dich, du, und wäre ich nicht auf deine Hilfe angewiesen, so wäre es mir gleichgültig, wenn du neben mir stürbest. Hilf mir hinaus. Greife mir unter die Arme, und wenn ich auf meinen eigenen Füßen stehe, dann laß mich los und entferne dich von mir.

Er drehte sich auf seinem Sitz, fiel lakonisch in ihre Arme. Sie preßte ihn keuchend an sich, und er fühlte ihre festen Brüste an seinem Rücken. Hilflos hing er in Biggis Armen. Sie zerrte ihn aus dem Wagen, zerrte rücksichtslos, damit seine dürren, steifen X-Beine herauskämen, und als sie ihn draußen hatte und mit Knie und Händen vor dem Umfallen zu bewahren suchte, kam ihr der Oberst so erbarmungswürdig vor, daß sie den Ekel überwand, sich an seinem Nacken vorbeibeugte und ihn flüchtig und mit zusammengebissenen Zähnen auf die Wange küßte. Dann ließ sie ihn los und wandte sich ab. Der Oberst stützte sich, gewann Halt und drehte sich nach ihr um. Er sagte höhnisch:

– Zu spät, mein Kind. Das hättest du nicht tun sollen. Dieser Kuß verriet, was du von mir hältst. Ein echter Kuß soll verbergen, soll Gefühle in einen Mantel stecken. Dein Kuß hat dich entblößt. Glaube nicht, daß du mit ihm all die Verachtung schmälerst, die ich für dich empfinde. Sie ist noch größer geworden.

– Ich bin bereit, wir wollen zum Treffpunkt gehen. Laß mich voran.

Er stieß sich vom Fahrzeug ab, balancierte sich gegen den Wind aus und schritt davon.

Biggi stürzte auf die Erde und weinte. Die Qual hatte sie zermürbt, ihr Widerstand war gebrochen. Nun hätte sie alles für ihn getan, bedenkenlos. Er hatte spinnenartige Macht über sie gewonnen. Das Leid, das ihr zugefügt worden war, bestand in einer sorgfältigen Zerstörung ihres Willens. Ihr Vater, dieser ausgedörrte Götze, hatte sie mit seiner unentrinnbaren Logik erniedrigt.

Sie hob den Kopf und wischte sich die Tränen aus dem Gesicht. Er stelzte schief und mitleidswürdig davon, fast war er schon außer Rufweite gekommen. Da stand sie auf, strich über ihr Kleid und ging ihm nach, stets darauf achtend, daß die Entfernung zwischen ihnen gleich groß blieb.

Als der Oberst die Stelle erreicht hatte, an der sie aus dem Auto gestiegen waren, ließ er sich auf die Knie herab, beugte den Nacken und blieb wie ein versunkener Beter liegen. Biggi näherte sich ihm geräuschlos, sie ging die letzten Meter auf Zehenspitzen. Sie wollte ihn nicht aus seiner Versunkenheit reißen, denn sie wußte, daß er in seinem Mund nur Niederlagen für sie bereit hielt. Schweigend, mit abgewandtem Gesicht, war dieser Mann am leichtesten zu ertragen.

Er merkte, daß seine Tochter hinter ihm stand, ihre Blicke bearbeiteten seinen Hinterkopf wie mit Nadeln; er krümmte sich, warf die Arme in die Luft und drehte den Oberkörper hin und her. Dabei rutschte er auf dem rauhen Geröll herum, seine weit hervortretenden Kniescheiben verteilten kleine Steinsplitter, zogen eine wirre, eckige Spur. Offenbar wollte er ihrer Gegenwart entfliehen, aber er war zu schlapp, sich zu erheben, und auf den Kniescheiben kam er kaum voran. Biggi überlegte, wie sie ihm helfen könne. Sie hielt den Koffer noch in der Hand. Fortgehen, ihn allein lassen: das müßte ihm Erleichterung bringen.

– Eh, schrie der Oberst, iieh!

Er ließ sich auf alle viere hinab, röchelte. Das Gewicht seines Körpers machte die Arme unsicher, sie zitterten unter dieser Beanspruchung, grätschten langsam zur Seite. Und plötzlich klappten sie auseinander, und das Gesicht des Mannes schlug dumpf auf den Boden.

Biggi hob ihn auf, setzte sich und zog seinen Kopf in ihren Schoß. Aus seiner Nase floß dunkles Blut. Sie tupfte es mit ihrem Taschentuch ab und netzte sein Gesicht mit Trinkwasser. Der Oberst schlug die Augen auf, sah in den fahlen Himmel.

– Sind wir unter uns? fragte er.

– Ja, Vater, wir sind unter uns. Und das Auto wird gleich kommen.

– Liegt mein Kopf in deinem Schoß?

– Ja, Vater.

– Das läßt mich verzweifeln, mein Kind. Erinnere mich doch nicht immer daran, wie groß meine Knechtschaft ist. Ich halte es nicht mehr aus. Leg meinen Kopf auf die Steine und berühre mich nicht. Ein Erwachen in deinem Schoß ist schon von Samaritertum getrübt. Ich will frei sein, du, ich will auch im Untergang selbständig bleiben, aber du, du drückst mich immer wieder in die Sklaverei des Dankes. Streichle mich nicht, das verfehlt jede Wirkung.

Behutsam bettete Biggi seinen Kopf auf die Erde. Der Oberst lag ausgestreckt da, den Mund geöffnet. Seine Zunge war belegt, die Lippen scharf und blaß.

Er sagte:

– Ich bin dazu verurteilt, dankbar zu sein, Biggi. Es läßt sich gut reden darüber, aber aushalten, Kind, aushalten läßt sich das Gefühl des Dankes ebenso schwer wie ein Bajonett in der Lunge. – Siehst du den Himmel?

– Ja, Vater, ich sehe den Himmel.

– Siehst du, daß er gelb und braun wird, und daß Wolken kommen, und daß diese Wolken unruhig werden?

– Ja, Vater, ich sehe die Wolken.

– Dann denke dir deinen Teil. Wenn der Himmel die Initiative ergreift, läßt er zuerst den Teufel von der Kette.

Das Auto müßte eigentlich schon hier sein, sagte Biggi nervös.

Sie blickte in die Richtung, aus der das Fahrzeug kommen mußte.

– Siehst du das Auto? fragte der Oberst müde.

– Nein, Vater.

– Glaubst du, daß dieser Mann herkommen wird, um uns abzuholen?

Biggi fuhr entsetzt zusammen. Wieder hatte er gleichgültig ausgesprochen, was sie fühlte, was sie, aus Furcht, nie auszusprechen gewagt hätte. Die Angst, der wortkarge, finstere Fahrer könnte nicht zurückkehren, hatte sie während der ganzen Zeit nicht verlassen, aber sie hatte sich verboten, daran zu denken, weil sie diese furchtbare Enttäuschung nicht herbeisuggerieren wollte. Und nun hatte er es mit der üblichen Schonungslosigkeit gesagt, rücksichtslos, brutal auch sich selbst gegenüber.

Sie sagte:

– Mein Gott, wenn er nicht kommt ... wir können hier doch nicht bleiben ... er muß uns abholen, Vater ... seit einer halben Stunde ist er schon überfällig!

– Hast du denn nicht in sein Gesicht gesehen, mein Kind? Wenn du es getan hättest, wären dir alle Zweifel erspart geblieben. Jetzt weiß ich, daß er nicht kommen wird.

Biggi sprang auf, suchte hastig den Horizont ab, blickte auf ihren Vater und sagte:

– Hast du es denn gewußt?

– Ja, von Anfang an, gestand der Oberst. Er lallte Unverständliches hinterher.

– So, du hast es gewußt, sagte sie, du hast mich mitgenommen. Mit welchen Hintergedanken, hm! Warum hast du das getan, Vater? Wir werden zugrunde gehen. Ich war auch mißtrauisch gegen den Fahrer, sehr vertrauenswürdig sah er nicht aus. Aber ich hatte ja nie etwas zu sagen, ich verließ mich in jeder Hinsicht auf dich. Und nun, – mein Gott, warum sind wir nur hierhergefahren? Warum hast du keinen anderen

Chauffeur bestellt, Vater, wenn du diesem nicht über den Weg trautest? Wie sollen wir jetzt zurück?!

– Mein liebes Kind, sagte der Oberst, jeder ist seine eigene Fatalität, und jede Auflehnung dagegen wäre Torheit. Verurteile nicht die Umstände deiner Lage, auch wenn sie dir gar keine Hoffnung lassen. Das Leben hat nur einen Sinn, wenn man nichts anderes sein will als das, was man ist. Bescheidenheit, Entsagung, natürliche Unterwürfigkeit: das allein wird dir helfen. Versuche das, was dir Kopfschmerzen macht, zu definieren, und du wirst sehen, um wieviel leichter sich alles ertragen läßt und wie traulich und wohlig dann selbst die Verzweiflung wird. Zermürbe dich nicht unnötig mit irgendeiner ziellosen Sehnsucht. Wir sind hier, der Fahrer wird nicht kommen: also wollen wir versuchen, das beste daraus zu machen und uns in den großen, trüben Kreislauf zurückbegeben. Man muß sich nur bereitwillig von ihm erfassen lassen, mein Kind, dann spült er uns schon wieder ans Licht.

Er schwieg plötzlich. Ein katzenwilder Wind entwurzelte seine Stimme, stahl ihm das letzte Wort. Überraschter, ratloser Sand wirbelte empor. Der Himmel haderte mit dem Raum; flegelige Wolken, stille Zirrusbummler wurden zerpeitscht, mit Zorn beschwert und furchtbar hinabgestoßen. Die Luft war gelb, neuer gelber Wind, Windstöße wie Faustschläge, Empörung plus Geschwindigkeit, Sandsturm: Sichtabnahme und Zwielicht, Waschtag des Raumes. Sand: Feind der Dörfer und der Luftröhren. Graugelb wurde der Himmel. Sandflammen züngelten hoch, tausend knirschende Mähnen begannen zu flattern. Es wurde dunkel.

Der Oberst bedeckte das Gesicht mit den Händen und drehte sich auf die Seite. Biggi riß ihm die Hände fort, zerrte ihn empor, jung gegen den Wind gestemmt. Sie brüllte:

– Vorwärts, weg hier. Wir müssen ins Tal.

Er tat ahnungslos, verstand sie nicht. Sie packte ihn am Kragen, bog ihn zu sich heran und schrie ihm aus Leibeskräften ins Ohr:

– Weg hier, los! Rechts muß ein Tal sein!

Dann stieß sie ihn vorwärts. Böen schüttelten ihn, brachten ihn hämisch ins Torkeln. Biggi hielt ihn sicher. Sicht: zwanzig Meter. Und hinterm Rücken jaulte der Wind, stieß, stieß. Der Himmel wurde Asche.

Wann kommt das Tal? Du mein Gott, es gibt so viele Täler. Warum ist jetzt keins zur Hand, hm? Welche Richtung gehen wir eigentlich ... ich will in keine Richtung ... ich will ins Tal ... Laß doch mal ein Wunder unter der Hand geschehen.

Der Oberst konnte sich kaum noch auf den Beinen halten; er hatte jedes körperliche Gefühl verloren. Seine Tochter hielt ihn aufrecht, sie allein. Wenn sie nicht gewesen wäre, wäre er längst abhanden gekommen, hätte ihn der schnelle Sand bereits absorbiert. Er wunderte sich nicht über die Widerstandskräfte, die Biggi während des richtungslosen Herumtorkelns aufgebracht hatte, es war ihm gleichgültig, was der Sturm mit ihm tat, wohin seine Tochter und jener ihn brachten. Der Oberst empfand auch nicht den Wunsch, sich fallen zu lassen und die schiefen, gemarterten Beine zu entlasten: er sah und hörte nichts; er dachte. Er dachte an das, was er seiner Tochter über Mackenbrandt erzählt hatte.

Biggi spürte, daß der Mann, den sie vorwärtsstieß, immer schwerer wurde. Ihre eigene Erschöpfung wuchs. Der Sand war durch ihre Kleidung gedrungen, setzte sich in den Poren fest und erschwerte das Atmen. Der Koffer entfiel ihrer Hand. Sie machte keinen Versuch, ihn aufzuheben. Mechanisch setzte sie ihre Beine, mechanisch stieß sie ihren Vater voran, aber dann kletterte die Erschöpfung auf ihre Schulter, die Schritte wurden kleiner, ratloser, langsamer, der Griff, mit dem sie den Alten hielt, wurde lockerer, und plötzlich gerieten sie beide ins Rutschen und ihre Hand gab den Vater völlig frei. Biggi sackte in die Hocke, balancierte mit den Händen die Rutschfahrt aus. Sie sah den Oberst stürzen und einen geröllbedeckten Abhang regellos hinunterrollen. Sie schrie nicht, richtete sich nicht in panischem Schrecken auf. In einem Gefühl tiefer, unwiderruflicher Schwäche schloß sie die Augen. Ein listiges Behagen schlich sich an sie heran: das Behagen des Erschöpften. Ihre Finger wurden durch das Geröll blutig gerissen. Der Schmerz jedoch meldete sich nicht.

Dann stieß ihr Gesicht gegen etwas Weiches. Sie wurde emporgerissen aus den halbgenossenen Niederungen des Nichts und streckte tastend eine Hand aus. Biggi berührte eine Zeltwand. Sie stieß einen Schrei aus und warf sich auf das Zelt. Der Stoff federte, sie wurde zurückgeschleudert, glitt auf den Boden und verlor das Bewußtsein.

Zweites Kapitel

Plötzlich war es dem Oberst, als ob er einen kurzen wuchtigen Hammerschlag auf den Kopf erhielte; die Kiefer klappten zusammen und in den Ohren summte es dunkel. Er glaubte, sein Körper werde auseinandergerissen; es zerrte und zog an seinen Gliedern, bog die Arme nach hinten, trommelte auf den gelben, mageren Leib. Er versuchte, die Hände vor das Gesicht zu pressen, aber sobald er es tun wollte, wurde ihm die halb schon erhobene Hand weggedrückt, grausam herabgeschleudert und prallte auf das Gestein. Sein körperliches Gefühl war überraschend in ihn eingekehrt, hatte in dem Augenblick von ihm Besitz ergriffen, da er zu fallen begann. Er rollte den Abhang hinab, überschlug sich, schleifte über die kantigen Felsbrocken, machte von Zeit zu Zeit ein paar trostlose, müde Armbewegungen, die aussahen wie lächerliche Flugversuche, streckte die Beine aus, um den Sturz zu bremsen, aber alles war hoffnungslos, alles war vergeblich. Er wurde weitergespült durch nachdrängendes Geröll, vom Gewicht seines Körpers hinabgezogen. Die Knie waren zerschunden, das Gesicht, die Hände und seine flache, unbehaarte Brust. Er wartete auf das Ende dieser furchtbaren Massage, gierte nach festem Halt, aber das Ende, dem er entgegenbangte, kam nicht. Es kam nicht so, wie er es erhofft und herbeigesehnt hatte.

Die langen aufgerissenen Oberschenkel hingen plötzlich im Leeren, dann das Gesäß, dann der Leib, und der Oberst spürte an der unverhofften Schmerzlosigkeit seines Sturzes, daß er durch freien Raum fiel – eine knappe Sekunde vielleicht, aber eine Sekunde ohne Erschütterung, ohne Stoß. Und dann schlug seine Schulter hart auf einen Gegenstand auf, wurde brüsk zur Seite gerissen, und ein kalter Schmerz schoß ins Gehirn. Jetzt war auch Grund da, Grund, der nicht nachgab, feucht, düster und kühl. Der Oberst lag gekrümmt auf dem Boden, er zitterte. Ein heiseres, schwaches Zischen ging durch seine Zähne, dann war er still. Sein Gesicht war dem Himmel zugekehrt, der ausgezackt über der Öffnung des Schachtes stand, wenige Meter hoch; die braunen und gelben Wolken irrten planlos hin und her, angerissen und von einem geduckt heranstürmenden Wind ratlos gemacht. Steil stiegen Staubwirbel empor, stiegen hinauf bis zu den Wolken und sackten jäh zusammen. Und dann und wann entstand ein klaffender Riß zwischen den Wolken, und dann schimmerte ein Stück des biederen, scheinheiligen Himmels hindurch, der sich über dem Unwetter spannte. Er warf ein mildes, rosafarbenes Licht auf die Wolkenränder, färbte sie wie neues Fleisch, das aus einer schwarzen Wunde emporwächst.

Nur Staub rieselte in den Schacht, in dem der Oberst lag. Der Wind drang nicht so tief hinab. Es mußte ein versiegtes Wasserloch sein, denn der Boden war feucht, und ein leichter Modergeruch schwelte über dem Grund. Die Wände schimmerten matt grün und violett; sie waren glatt, sie hatten etwas von der widerwärtigen Glätte der Algen. Zu ebener Erde befanden sich mehrere faustgroße Löcher in den Wänden, sonst zeigten sich keinerlei Risse oder Gesteinsvorsprünge. Heißer Wind zerzauste den Himmel, fegte ihn leer von Wolken. Und dann trat eine leblose Stille ein, und der Mond stand plötzlich nackt und kalt in der Höhe. Er stand starr über dem Loch.

Das Licht des Mondes fiel fast senkrecht in den Schacht, traf das Gesicht des Mannes am Grunde, traf seinen Körper, seine elenden Schenkel. Der Oberst bewegte sich leicht, rutschte ab und blieb breitbeinig liegen. Seine Lage hatte etwas von kläglicher Obszönität.

Er öffnete die Augen und sah den Mond, und der Mond spie ihm fahles Silber entgegen. Der Oberst röchelte, stützte sich auf die Ellenbogen und versuchte, rücklings in den gnädigen Schatten des Schachtrandes zu kriechen. Da bewegte sich der Mond, sprang zur Seite und hatte ihn schon wieder erwischt. Der Oberst stöhnte. Er zog, in schriller Abwehr, die Hände vor das Gesicht, preßte sie auf Wangen und Augenhöhlen, um dem heftigen Blick des Mondes zu entgehen; er wand sich verzweifelt, warf sich auf den Rücken, schleppte den armen Körper von einer Ecke in die andere, aber es nützte nichts: das Licht des Mondes zwängte sich durch die Finger, durchbohrte seinen Leib, war immer da, stand fortwährend vor seinem Auge.

Der Oberst richtete sich auf, lehnte mit dem Rücken gegen eine Wand. Er führte eine Hand an die Stirn und wischte den Schweiß ab, und als die Hand hinabglitt, berührte sie das Kinn und verteilte dabei das Blut, das sich, aus seinem Munde hervorsickernd, dort angesammelt hatte. Er atmete hastig. Er fühlte alle Wärme aus den Füßen weichen und in seine Brust hinaufklettern …

Der Himmel war still, verstört; die verstörte Ruhe, die man mitunter in der Wüste vorfindet. Lautlose Verwesung. Raum, randvoll mit Nacht, Raum, randvoll mit Einsamkeit, mit Verzicht, mit Aufgabe: Raum der Räume: Wüste.

… dann wieder floh ihn alle Wärme, und ein scharfer Frost schüttelte ihn. Die Feuchtigkeit des Grundes drang durch den leichten Stoff der Hose; sie sog sich an ihm empor, Faser für Faser. Er wollte der Feuchtigkeit entrinnen und machte den Versuch, sich hochzustemmen, auf die Sohlen zu gelangen. Er war zu schwach. Sobald er über die Hocke hinauskam, erfaßte ihn ein schweres Schwindelgefühl, und er schwankte und fiel zurück. Einmal machte er, einem Wink des Unterbewußtseins folgend, den Mund auf, um zu schreien und sich bemerkbar zu machen: hoffnungslos. Ein Gurgeln erfolgte, weiter nichts. Der Oberst lächelte. Er sagte, ohne die Lippen zu bewegen: Na gut, du hast gepfiffen, und ich werde gehorchen. Meine Sperrstunde hat begonnen. Nun demobilisiere meine Knochen. An welcher Stelle wird der Tod anpochen? An der Schulter? Am Knie? Am Knie natürlich, am resonanzvollsten Knochen. Gut, meinetwegen. Sein Mund blieb offen; das Fieber schlüpfte in ihn hinein – die Malaria hatte sich an ihn erinnert – und er bewegte lallend den Kopf. Der Mond stand unentschlossen, und dann, auf einmal, schwamm er davon, reiste auf einer Woge von Finsternis über den Himmel, zu ferner Willkommensfeier, ionisches Weiß im Antlitz. Aber die Sterne blieben, blieben wie aus Mitleid, kleine Glanzgesichter. Es blieb hell in der Grube, und der kraftlose, fiebrige Mann faselte, faselte ruhig vor sich hin:

›Der einäugige Fischer tötete den Hai, und ein Dorsch rief danke. Biggi, mein liebes Kind, die beste Ehe läßt sich mit einem Ertrunkenen führen. Mit Meeresrauschen im Ohr ist alles leichter. Einem Ertrunkenen braucht man nicht auf Wiedersehn zu sagen, nicht gute Nacht, nicht guten Weg. Weglose Freuden, das sind die schönsten, mein Kind.‹

Der Oberst spürte einen Druck in seiner Blase; er ertrug ihn gleichgültig; er glaubte, daß diese Blase nicht mehr zu ihm gehöre, und er ließ den Druck entweichen, ohne sich zu rühren. Vorübergehend nahm er ein Wärmegefühl am Hosenrand wahr, aber bevor er es ausgekostet hatte, erstarb es auch schon wieder.

›Siehst du, mein Kind, so geizt mein Leib mit mir.‹

Er schwieg unvermutet und hielt in der stereotypen Bewegung des Kopfes inne. Aus einem der faustgroßen Löcher in der Wand blinzelten ihn zwei Augen an, kleine, glänzende Augen.

– Warum siehst du mich so an, fragte der Oberst.

Aus dem Loch schlüpfte eine Wüstenratte und blieb wenige Zentimeter vor seinem Schuh regungslos sitzen.

– Du, sagte der Oberst freundlich, warum schweigst du?

Die Ratte wandte blitzschnell den Kopf, ließ ein heiseres Geräusch vernehmen, eine hastige Aufforderung nach hinten, und blickte dann wieder auf den Mann. Nun wurden in einem anderen Loch zwei Augen sichtbar, und eine neue, dicke Ratte schlüpfte hervor.

– Was wollt ihr, fragte der Oberst.

Sein Kopf begann wieder hin und her zu pendeln, von einem Tier zum andern.

– Wenn ihr nicht antwortet, sagte der Oberst kindisch, dann rufe ich Biggi, und Biggi wird kommen und euch vertreiben.

Das Fieber hatte ihn völlig in seiner Gewalt.

– Ich zähle bis drei, sagte er warnend.

– Laß die alberne Drohung mit deiner Tochter, sagte plötzlich die erste Ratte. Wir haben das gleiche Recht, hier zu sein, wie du. Vielleicht ist unser Recht darauf noch größer.

– Es ist größer, ergänzte die zweite Ratte mit Bestimmtheit und kauerte sich hin.

– Dann, sagte der Oberst überlegen, dann muß ich euch sagen, daß ihr nichts vom dynamischen Recht versteht.

– Bitte das zu erläutern, sagte die erste Ratte überheblich.

– Kinder, begann der Oberst, ungeahnte Frische in der Stimme, wir wollen uns nicht ins schleichende Zwielicht des Rechts begeben. Naturrecht hin, positives Recht her: das Weltall gähnt dazu. Gelegenheitsrecht ist unsere Hoffnung, unsere Freude; das dynamische, geschmeidige Recht der Gelegenheiten.

– Er faselt, sagte die zweite Ratte.

– Wie bitte, fragte der Oberst.

– Meine Frau meint, wo Rauch ist, ist auch Feuer, sagte die erste Ratte einlenkend.

– Deine Frau hat einen dicken Bauch, bemerkte der Oberst. Wenn mich nicht alles täuscht, ist sie mit friedlicher Schwangerschaft gesegnet.

– Hör' zu, sagte die erste Ratte, die Vaterratte.

– Wir sind gekommen, um dir für deine Ankunft zu danken.

– Ihr habt mich erwartet? fragte der Oberst bestürzt.

– Jeder wird erwartet, sagte die Ratte. Du bist zur rechten Zeit angekommen. Wenn du später gekommen wärst, wären wir vielleicht verhungert. Es war sehr freundlich von dir.

Der Oberst fuhr betroffen zurück, kauerte sich zusammen und ging mit sich zu Rate. Das Fieber ließ ihn nicht los. Erschreckt zog er die Knie an die Brust und fragte forschend:

– Ist da wer?

– Beiß ihn in das Bein, damit er spürt, daß wir da sind, der Ungläubige, sagte die zweite Ratte, beiß ihn in den Knöchel oder in die Wade.

– Wie lange habt ihr auf mich gewartet, fragte der Oberst.

– Zwei Jahre, sagte die Vaterratte.

– Und wovon habt ihr euch während dieser Zeit ernährt?

– Von der Erwartung.

– Ihr habt Nachkommen gezeugt, habt es im Dunkeln aus-
gehalten, habt dem Regen widerstanden: alles auf Grund der
Erwartung, daß ich kommen werde?

– Es ist so, sagte die erste Ratte.

– Dann gebe ich zu, daß ihr ein Anrecht auf mich habt, sagte
der Oberst.

– Wunderbar, sagte die zweite Ratte, er sieht's ein. Bring mir
doch gleich ein Stück von seiner Wade.

– Ihr habt zwar ein Anrecht auf meine Gegenwart, sagte der
Oberst warnend, aber noch lange kein Besitzrecht. Das scheint
ihr wohl noch nicht eingesehen zu haben. Wenn ihr mich
dezimieren wollt, dann werde ich mich wehren.

– Er kann sich nicht wehren, hetzte die zweite Ratte, er ist zu
schwach. Los, geh doch ran.

– Er hat recht, sagte die erste Ratte gemessen, ein Anrecht ist
noch kein Besitzrecht. Und zum Obersten: Wie können wir
das Besitzrecht erwerben? Es ist uns unmöglich, noch mal
zwei Jahre zu warten.

– Denk an die Kleinen, hetzte die zweite wiederum.

– Das Besitzrecht, sagte der Oberst, fällt euch zwar mit dem
Anrecht zu, aber es ist noch nicht endgültig.

– Wann haben wir's denn endgültig, fragte die erste, nun
auch schon ungeduldig geworden.

– Wenn ich auf eine Frage, die ihr mir stellt, keine Antwort
mehr weiß. Dann könnt ihr mit mir tun, was ihr wollt. Es
müssen natürlich sinnvolle Fragen sein, Fragen, die sich beantworten lassen.

– Er will nur, daß wir ihm die Zeit vertreiben, hetzte das
schwangere Tier.

– Sei doch still, sagte die erste Ratte ärgerlich, wir können ihn
doch auch legal kriegen.

– Ach, legal, das heißt nur: mit Genehmigung der Polizei. Die Zeugung ist illegal, der Kreislauf ist illegal, der Hunger ist illegal, und da redest du von legal. Die zweite Ratte scheuerte ihren Leib auf dem feuchten Gestein und sah den Mann gierig an.

– Unter uns gesagt, bemerkte die erste Ratte, er kommt hier ohnehin nicht mehr heraus. Insofern fällt mir die Legalität auch leicht.

Die zweite Ratte wisperte etwas vor sich hin.

– Ich halte Antworten bereit, sagte der Oberst auffordernd.

– Schön, sagte die erste Ratte. Hoffentlich sind es sinnvolle Antworten. Meine erste Frage lautet: Was willst du hier?

– Was ich hier will, wiederholte der Oberst. Auf diese Frage war er am wenigsten gefaßt gewesen, und er überlegte, was er der Vaterratte antworten könnte.

Die zweite Ratte wurde unruhig, begann heimlich zu frohlocken und wisperte:

– Gut, gut, das war eine gute Frage. Er schafft's nicht.

– Das werde ich dir sagen, begann der Oberst, ich bin hierhergekommen, um die Vergangenheit zu planieren, Bilanz zu machen und die Lücken der Erinnerung zu schließen; ich muß herausbekommen, wo Mackenbrandt ist. Wenn es mir gelungen ist, bin ich zufrieden, dann habe ich die durchgerissene Nabelschnur geflickt. Dann übersehe ich, woran ich gekettet bin. – Capito?

– Nix capito, sagte die erste Ratte, findest du, daß das eine sinnvolle Antwort ist?

– Völlig sinnlos, hechelte die zweite, völlig abstrus. Los, ran an die Wade. Es hat doch keinen Zweck.

– Ihr irrt euch, sagte der Oberst, das Verlangen, sich noch einmal in seiner Vergangenheit zu begründen, ist nicht sinnlos.

Der Donner begründet sich ja auch in seiner Vergangenheit, im Blitz.

– Hast du das gehört, lästerte die zweite, er vergleicht sich mit dem Donner. Dabei macht er nicht mehr Lärm als eine zerplatzende Luftblase im Morast.

– Du darfst nicht persönlich werden, ermahnte die Vaterratte. Wir müssen vorher aber noch die Frage klären, was ist überhaupt sinnvoll?

– Sinnvoll wäre ein Stück von seiner Wade, jaulte die zweite.

– Sinnvoll, sagte der Oberst, ist alles, was vernünftig ist.

– Nicht sehr originell, aber man kann ihm nicht widersprechen, sagte die erste Ratte resigniert.

In diesem Augenblick fiel mit leisem Quieken ein Körper durch die Luft, sauste überraschend zwischen sie, so daß die Ratten, im Glauben es wäre ein Stein, ängstlich in ihre Löcher flohen. Als sie sich nach einer Weile wieder hervorwagten, bemerkten sie, daß es ein junger, magerer Wüstenhase war, der verzweifelt versuchte, den oberen Rand des Schachts zu erreichen, indem er wild und immer wieder von neuem gegen die Wand anlief. Es war ein gelbgraues, unscheinbares Tier, das von der Todesangst hin und her gejagt wurde, dem diese Angst immer neue Kräfte lieh und es schließlich aber in die Erschöpfung trieb. Nach einem wütenden Sprung fiel der Hase plötzlich auf den Rücken – die Beine waren nicht mehr schnell genug, um den Sturz abzufangen – und blieb zuckend liegen. Der Oberst und die Ratten beobachteten ihn, horchten auf seinen hastigen Atem und verhielten sich ruhig. Der Hase blieb noch eine Weile liegen, seine Flanken pumpten und pumpten, und nachdem er sich ein wenig abgekühlt hatte, erhob er sich auf die Hinterläufe und schaute zum oberen Rand des Schachts empor.

Der Oberst wurde unversehens von einem großen Angstgefühl ergriffen. Er streifte für eine Sekunde das Fieber ab, tastete nach seiner Schläfe, kniff sich in den Hals. Er versuchte, den ekelhaften, klebrigen Spuk zu verscheuchen, den ihm das Fieber vorführte. Zitternd legte er seine Finger auf die dürren Beine und begann, sie zu massieren, Wärme in sie hineinzureiben. Nur Wärme könnte Erlösung bringen, Wärme: – das rastlose, beschleunigte Trippeln der Materie.

Oben, unter dem Himmel, herrschte Windstille, Nachtkühle, Nachtschweigen. Der Morgen kam noch nicht, den Mond zu pflücken. Welt unter dem tiefblauen Knebel der Nacht; heidnische Nacht, nackte Nacht, uferlos.

Ein Laut versehrte das Trommelfell des Obersten, ein glitschiger Laut: Rattenlaut. Das Fieber bezwang ihn wieder, kniete auf ihm, preßte den Schweiß aus der Haut. Er unterlag. Er röchelte roh und sackte zusammen, lag schief an der Wand, widerlich; ein elender, feuchter Mann, eine Schaufel Sand. Und als das Fieber ihn hatte, da verschwand auch seine Sprachlosigkeit wieder, die glimmende Furcht und der Ekel.

– Ein Stein hatte sich gelöst, sagte der Hase nachdenklich, ein Stein, dem ich es nicht zugetraut hatte. Niemand konnte ahnen, daß er Übergewicht hatte, nicht einmal der findige Seher Schakal. Ich glaubte, er hielte mich aus. Aber dann gab er nach, und mein Sprung war zu kurz.

– Dein Sprung mußte zu kurz geraten, sagte die Vaterratte.

– Warum? fragte der Hase erstaunt.

– Ganz einfach, sagte die erste Ratte, weil wir dich heute erwartet haben. Unsere Erwartung war größer als deine Chance, ungefährdet über das Loch zu springen. Unsere Erwartung hat dich mitten im Sprung überfallen.

– Er ist jung, begann die zweite Ratte versteckt zu hetzen.

– Du machst heute Gedankensprünge, ermahnte sie die erste.

– Wieso? Seine Jugend ist doch ein gutes Argument. Der schmeckt, darauf kannst du dich verlassen. Ein alter Wüstenhase schmeckt wie rissiger Fels.

Die Mutterratte wurde wütend und hechelte: Tu doch nicht so. Du willst nur den kühlen Gebildeten spielen, weil du ihrer sicher bist. Einem, der geschluckt wird, ist es gleichgültig, ob das höflich und gesittet geschieht, oder ohne Manieren. Deine Höflichkeit erspart ihnen zwar die Gewißheit, was sie erwartet, dabei philosophierst du sie dir aber gleichsam zwischen die Zähne. Ich fände es kaufmännischer und ehrbarer, wenn du den Hasen aufklärtest, was mit ihm geschehen soll.

Da schaltete sich der Oberst ein. Er sagte mit unüberhörbarer Ironie:

– Meine Freunde: auch ich habe auf den Hasen gewartet, ich habe ihn herbeigesehnt genau wie ihr, folglich habe ich das gleiche Anrecht auf ihn. – Ich sehe, ihr seid perplex.

Die zweite Ratte war starr vor Entsetzen, sie zischte und klatschte den schindelbedeckten Schwanz auf den Grund.

– Siehst du, sagte sie zur Vaterratte, das hast du davon. Jetzt kannst du dich mit ihm um den Hasen streiten. Du hast nur dich allein zu ernähren. Wenn man ledig ist wie du, kann man sich solche Tiraden leisten. Aber ich, was soll ich tun?

– Abwarten, sagte die Vaterratte lakonisch.

– Ich sehe, sagte der Oberst, daß mein Anspruch die Familientraulichkeit zu zerstören droht. Es tut mir leid, das lag wirklich nicht in meiner Absicht.

Die Vaterratte dachte nach, ergründete den Konflikt und sagte:

– Gut, ich sehe ein, daß deine Erwartung mit dazu beigetragen hat, den Hasen hierher zu bringen. Folglich gebührt dir ein Anteil. Wir werden also den Hasen gerecht teilen.

– Diese Teilung, sagte der Oberst überlegen, enthielte schon eine Ungerechtigkeit im Ansatz. Denn wer kann sagen, wie groß die Erwartung eines jeden von uns war. Jeder soll doch das Stück erhalten, das ihm zusteht, nicht wahr?

– Durchaus, sagte die Vaterratte.

– Hier aber beginnen die Probleme.

– Der Hase ist jung, hetzte die zweite, los, geh ran. Ich halte es nicht mehr aus. Reden können wir hinterher.

Plötzlich sagte der Hase: Mir scheint, als ob ich hier völlig überfragt werde – ich, auf den es doch ankommt.

– Der, auf den es ankommt, wird nie gefragt, sagte der Oberst. Das gilt überall und soll auch hier gelten. Der Betroffene darf keine Meinung haben.

Er nickte dem Hasen heimlich zu und machte ihm ein Zeichen, daß er sich stark genug fühlte, den Zwist erfolgreich zu beenden.

Da sagte die Vaterratte: Schön, also was schlägst du vor? Wenn du eine Lösung weißt, die einigermaßen annehmbar ist, werden wir zustimmen.

– Wirst du zustimmen, zischte die Mutterratte, du allein, ich nicht.

Der Oberst überging diese Bemerkung und sagte:

– Ich mache euch folgenden Vorschlag: ihr überlaßt den Hasen mir. Ihr überlaßt ihn mir zu absolut freier Verwendung, und ich trete euch dafür das Besitzrecht über mich ab. Allerdings gilt diese Abmachung erst dann, wenn ich den Hasen verwendet habe.

– Was heißt Verwendung? bohrte die Vaterratte.

– Verwendung heißt, daß ich den Hasen essen, ihn als Wärmespender oder als Kopfkissen gebrauchen darf.

– Das kann wieder zwei Jahre dauern, hetzte die zweite Ratte. Laß dich nicht darauf ein. Mach jetzt Schluß mit diesem Gefasel.

Der Oberst schüttelte sich, ein winziger Funke Kraft steckte noch in ihm, etwas, das gegen das Fieber revoltierte, und er stemmte, gepeinigt von den ironischen Bildern des Wahns, die Absätze in den Grund, drückte sich, wunderbar und zitternd, den Rücken an der Wand empor, kam schon über die Hocke hinaus, kam immer höher und höher, die Sehnsucht, aufrecht zu stehen, half ihm, straffte die Muskeln, zog den Leib nach oben, und da: als er nahezu aufrecht stand, als er sich nahezu befreit hatte von den trüben Visionen des Fiebers und die Knie fast durchgedrückt waren: in diesem Augenblick riß die Nabelschnur, die zum Willen führte, ließ ihn allein auf halbem Wege, und der Mann, der darum gekämpft hatte, auf seinen Füßen stehen zu können, knickte ein, schwankte und fiel: aber noch im Fallen schwang er drohend seine harmlose Faust nach allen Seiten, schwang sie wie in einem empörten Protest, und dann krachte er dumpf auf den Grund und blieb regungslos liegen.

Drittes Kapitel

Horace McGill hörte einen Schrei und blieb in der Mitte des Zeltes stehen. Er hatte ein gutmütiges Pferdegesicht, lange, kräftige Arme und einen kurzen Unterkörper. Er war jung, gerade eben dreißig; ein schleichender Haarausfall – eine Folge vom allzu häufigen Tragen des Stahlhelms, wie er sagte – hatte ihn beinah zum Glatzkopf gemacht. Er lauschte mit offenem Munde, ob sich der Schrei wiederholen werde, aber da er nichts hörte als das Kreischen des Sturmes, der hoch über das Zelt hinwegstrich, drehte er sich um und sah auf eine Luftmatratze hinab. Auf der Matratze lag sein jüngerer Bruder Alaric mit angezogenen Knien und las beim trüben Licht einer Laterne, die über seinem Kopf an der Zeltplane befestigt war und quietschend hin und her baumelte. Alaric hatte schönes schwarzes Haar, ein sauber rasiertes, gepflegtes Gesicht, und sein Körper war wohl proportioniert. Er blickte nicht auf, als Horace neben ihn trat, er fragte gleichgültig:

– Anything wrong, Horse? Etwas nicht in Ordnung?

– I mean, somebody cried nearby, sagte Horace, immer noch lauschend.

– Didn't you hear it? Hast du's nicht gehört?

– Perhaps it was you that cried, sagte Alaric. Vielleicht hast du geschrien? You must be wrong, Horse.

– I'm not wrong. I'm quite sure that somebody cried outside. Ich bin absolut sicher.

– Then go and look after it, sagte Alaric ungnädig und vertiefte sich wieder in sein Buch.

Horace ging hinaus und kehrte schon nach kurzer Zeit wieder zurück, auf den Armen ein bewußtloses Mädchen. Er schleppte es zu seiner Matratze, setzte es vorsichtig ab und sagte halb über die Schulter zu Alaric:

– I was not wrong, as you see. Ich täuschte mich nicht, wie du siehst.

– I congratulate you, sagte Alaric, mein Kompliment.

Er warf das Buch auf einen Koffer, schlug die Decke zurück und kroch lächelnd und schnuppernd auf allen vieren an Biggi heran.

– What a surprise, sagte er, welch eine Überraschung. Dabei schien er selbst jedoch in keiner Weise überrascht zu sein. Er blickte auf ihre Brüste, die unaufdringlich, geradezu sachlich waren, eine Kinderhand voll. Sie hoben und senkten sich leicht im leisen Rhythmus des Atmens.

– Jedenfalls, sagte Alaric, ist das keine Fata Morgana.

– Was schätzt du, wer das ist? fragte Horace.

– Woher soll ich das wissen. Aber was schätzt du, von welcher Nationalität sie ist?

– Swedish, sagte Horace. This sort of blondies comes from Sweden.

– Have you ever been in Sweden? Warst du jemals in Schweden?

– Natürlich nicht, sagte Horace und setzte sich auf die Erde, but people at home say that. What do you think we shall do now?

– Was? Da schau her! Sie blutet an der Schulter. Offenbar ist sie gestürzt. Wir müssen ihr helfen.

– But how? fragte Horace verzweifelt, aber wie?

– In such cases ... in solchen Fällen muß man helfen, sagte Alaric.

– Hast du's denn schon mal gemacht?

– Ich, nein. But people at home say one must help in such cases.

– Well, sagte Horace. I've brought her in, you will help her. Ich habe sie reingebracht, du wirst ihr helfen.

– Gut, dann wollen wir sie zuerst ausziehen, sagte Alaric.

– Ausziehen, fragte Horace entsetzt, muß das denn sein? Wir können sie doch nicht so mir nichts dir nichts entkleiden? Was soll denn geschehen, wenn sie zu sich kommt und sie feststellt, daß sie nackt ist? Möglicherweise stammt sie auch aus London, und wenn wir nach Hause kommen, verklagt sie uns. Tu's nicht, Alaric, wenn es sich irgendwie umgehen läßt: bitte, zieh sie nicht aus.

– Das läßt sich nicht umgehen, sagte Alaric. Wenn wir ihr helfen wollen, läßt sich das nicht umgehen. Leider können wir dabei auch nicht wegschauen.

– Also, ich will mit der ganzen Sache nichts zu tun haben, Alaric. So sehr verletzt ist sie ja auch nicht. Sie wird schon von allein zu sich kommen.

– Mein lieber Horse, sagte Alaric, wir sind verpflichtet, ihr zu helfen. Und jetzt gib etwas Pflaster, Jod und die Flasche mit Wasser.

Alaric hob das Mädchen empor, preßte es mit einer Hand an seine Brust und öffnete mit der andern das Kleid auf Biggis Rücken. Der Stoff war an manchen Stellen aufgerissen; über der linken Schulter befand sich ein noch feuchter Blutfleck. Er streifte das dünne Kleid ab, zerrte es bis zum Bauchnabel herunter und versuchte, den Büstenhalter loszukriegen.

– Kann das da nicht draufbleiben, fragte Horace bekümmert.

Er hielt die Verbandschachtel in der Hand und bebte vor zarter Furcht.

– Nein, das muß alles weg, das stört die Operation, sagte Alaric unnachgiebig. Er zog den Büstenhalter ab und warf ihn, spitzbübisch grinsend, Horace entgegen, der vor Schreck zur Seite trat, so daß das rosafarbene Stück gegen die Zeltstange klatschte und auf die Erde fiel.

– Heb es auf, befahl Alaric.

Sein Bruder bückte sich, nahm das Ding behutsam zwischen zwei Finger und betrachtete es verstohlen.

– Gib jetzt das Verbandpäckchen, sagte Alaric. Er säuberte die unwesentliche Fleischwunde und verbarg sie, so gut es ging, unter einem Pflaster. Dann richtete er sich auf und sagte:

– Sie ist hübsch, Horse, was meinst du?

Horace warf die Lippen auf, sein gutmütiges Pferdegesicht bekam einen traurigen Zug. Schnell wechselte der Büstenhalter in die andere Hand hinüber, als ob er eine plötzliche Hitze ausstrahlte, die Horace nicht ertragen konnte.

– Ihr Gesicht ist sehr hübsch, wiederholte Alaric, auch die Brust und die Figur. Nur die Fesseln sind ein wenig zu dick, meinst du nicht auch, Horse?

– Laß das doch, bettelte Horace, das kann man doch nicht so sagen. Hier hast du wieder das Dings. Zieh es ihr an.

Er reichte seinem Bruder den Büstenhalter, trat, soweit es möglich war, zurück und beobachtete, wie Alaric das unbekleidete Mädchen an seine Brust hob, ihm den Büstenhalter überstreifte und das Kleid notdürftig um die weichen Schultern zog. Dann legte er es vorsichtig nach hinten und küßte es unerwartet auf die Stirn.

– Bist du verrückt geworden, sagte Horace bestürzt. Du hast sie geküßt!

– Es steht dir auch frei, sagte Alaric mit einer einladenden Handbewegung.

– Wenn sie das merkt, dann wirst du ihr aber sagen, daß du es warst.

– Würdest du merken, wenn dir eine Vogelfeder auf den Stahlhelm fiele? Ich überlege mir immer noch, woher sie stammen könnte.

– People in London say, daß vor allem deutsche Mädchen dicke Fesseln haben, sagte Horace. Vielleicht ist sie eine Deutsche. Du mußt das doch wissen, du warst doch da.

– Aber was macht eine Deutsche allein in Libyen? Wie ist sie in diesen Sandsturm geraten? Gib mir mal den Whisky. Vielleicht kriegen wir sie damit auf die Beine. Horace nahm die Whiskyflasche, die an einem Haken auf der Zeltstange hing, reichte sie Alaric, und der schraubte den Verschluß ab und zwängte den Flaschenhals zwischen die warmen Lippen des Mädchens. Die Flüssigkeit gluckerte in ihren Mund, sie schluckte, einmal und noch mal, ihr Gesicht verzog sich zu einer Grimasse, und nach einer Weile bewegte sie sich, atmete sozusagen durch und schlug unverhofft die Augen auf. Sie blickte fassungslos zu den fremden Männern empor, die neben ihrem Lager standen und ihr freundlich zunickten, schloß und öffnete, wie um Erinnerung zu schöpfen, abwechselnd die Augen, und auf einmal schrie sie auf und verlor abermals das Bewußtsein.

– Siehst du, sagte Horace vorwurfsvoll, das hast du davon. Das Mädchen hat gemerkt, daß du sie geküßt hast.

– Offenbar hat sie gemerkt, daß du ihren Büstenhalter in der Hand hieltest, sagte Alaric spöttisch.

Er setzte sich auf den Rand der Matratze, sah forschend in Biggis Gesicht und bewegte die Zehen in den Stoffschuhen.

– Sie ist hübsch, Horace, du solltest sie einmal aus der Nähe betrachten. So was kriegt man hier nicht alle Tage zu sehen.

Horace hob beschwörend die Hände und flehte:

– Tu ihr nichts, Alaric, ich bitte dich, rühre das Mädchen nicht an. Es kann sein, daß sie es merkt.

– Um so schöner ist es, Bruderherz, sagte Alaric. Wenn man in einen Pfirsich beißt, sollen es beide merken, der Pfirsich und du. Verstehst du: nur was von beiden Seiten gemerkt, gespürt wird, ist wesentlich, für mich wenigstens. Und darum ...

– Rühr sie nicht an, schrie Horace verzweifelt, aber Alaric hatte sich bereits über das Mädchen gebeugt und küßte sie auf den Mund. Als sein Oberkörper sich wieder aufrichtete, sagte er zu Horace, der vor Besorgnis erstarrt war:

– Man hat nichts davon. Du kannst beruhigt sein. Schmeckt nur nach Whisky. Wenn du's nicht glaubst, dann kannst du's ja probieren. Das ist eigentlich das erste Mal, daß ich Whisky hasse. Daran hätte ich aber auch denken können ...

Horace näherte sich ernst der Matratze, auf der das Mädchen lag. Er sah sie nicht an, er sah nur auf das glattgekämmte, pomadisierte Haar des Bruders. Er stellte sich hinter ihn und schlug ihn mit der flachen Hand an den Kopf. Alaric fuhr betroffen empor, wandte sich ihm zu und rief unterdrückt:

– Was fehlt dir denn, hm?

– Rühr sie nicht an, sagte Horace drohend.

– Du tust gerade so, als ob du sie gepachtet hättest.

– Wenn ich nicht ihren Schrei gehört hätte, wäre sie jetzt nicht hier, sagte Horace.

– Vielleicht hätte ich sie dann geholt. Ich habe nämlich auch den Schrei gehört.

– Aber du bist nicht hinausgegangen, weil du zu faul und bequem warst, sagte Horace.

– Du tust gerade so, als ob ihr euch verabredet hättet, spiel dich doch nicht so auf, Horse, das Mädchen wird noch hundertmal geküßt werden. Vielleicht hat sie es sogar gern.

– Du wirst sie nicht mehr küssen, sagte Horace warnend.

– Wieso, willst du es jetzt tun? Ich trete gern für einen Augenblick zurück.

Mit unbeweglichem, gutmütigem Pferdegesicht holte Horace aus und schlug seinem Bruder die Faust vor die Brust, so daß dieser zurücktaumelte, gegen die Zeltwand prallte und, benommen von diesem Schlag, völlig ratlos blieb; dann aber zog er die Fäuste vor das Kinn, begann hektisch zu tänzeln und traf Horace unvermutet mit einer Rechten an der Schulter. Horace zeigte keinerlei Resonanz auf diesen Hieb; er hob ruhig die langen, krummen Arme, umschloß blitzschnell seinen Bruder und drückte so fest zu, daß Alaric zu keuchen begann. Sein Widerstand erlahmte unter diesem Polypengriff; er trommelte auf Horaces Glatze, bat, aus dieser schmerzhaften Umarmung befreit zu werden, aber Horace gab ihn nicht ohne weiteres preis: er kippte mit seiner Last rasch zur Seite, warf Alaric auf den Erdboden und setzte sich, ohne ein Wort zu sagen, rittlings auf seinen Gegner. Alaric stöhnte und wälzte sich herum, wand sich wiederholt aus seinem Griff heraus, aber immer nur für Sekunden und ohne bleibenden Erfolg.

Da hielten sie jäh in ihrem Kampf inne. Aus einer Ecke des Zeltes, dorther, wo Horaces Matratze lag, drang ein zaghafter Seufzer. Beide Männer ließen sofort voneinander ab, wurden sich gleichgültig und sprangen zerrauft und atemlos auf die Beine. Biggi war zu sich gekommen: schön und verstört. Ihre Augen waren halb geöffnet, eine Hand, wie zur Abwehr, an die Wange gelegt. Sie blickte von einem zum andern, forschte in den Mienen der Männer, um sich zu vergewissern, ob es bare

Gegenwart war, die sie umgab. Alaric trat dicht an sie heran, so daß er ihr fast senkrecht ins Gesicht schaute; er lächelte ein sauberes, entkeimtes Zahnpastalächeln; aber merkwürdigerweise beachtete sie ihn nicht, sondern suchte mit ihren Blicken Horace, der sich scheu im Hintergrund hielt.

– How do you feel? fragte Alaric plötzlich.

Er ging in die Hocke, ergriff ihr Handgelenk und tat, als ob er ihren Pulsschlag prüfte.

– Machen Sie sich keine Sorgen, sagte er. Sie sind hier gut aufgehoben. Mein Name ist Alaric McGill, und das ist mein Bruder, mein älterer Bruder Horace. Wir kommen aus London, haben eine kleine Kutsche hier; der dunkelgrüne Austin vor dem Zelt. Haben Sie noch Schmerzen?

– Engländer, stöhnte Biggi und schloß die Augen.

Jetzt trat auch Horace an die Matratze heran und fragte leise:

– Was hat sie gesagt?

– Engländer, sagte Alaric. Wahrscheinlich meinte sie uns damit.

– Sie hat vollkommen recht, sagte Horace, sie hat uns sofort erkannt. Ist sie wieder ohnmächtig?

Er prallte zurück, als Biggi wieder die Augen aufschlug und ruhig sagte:

– Ich danke Ihnen. Und dann auf englisch:

– I thank you.

Die Sonne zog über den Himmel herauf; Windstille, ein Rest von Unsicherheit und ferner Furcht: das tamerlansche Gejohl des Sandsturms war verstummt.

Sie wuschen sich in aller Frühe, aßen ein wenig und brachen dann auf. Biggi führte die Männer zu der vermeintlichen Stelle, an der ihr der Oberst abhanden gekommen war; beide waren, nachdem ihnen das Mädchen den Verlauf des letzten Tages erzählt hatte, sofort bereit gewesen, ihren Vater suchen zu helfen. Alaric wollte schon nachts aufbrechen, aber Horace konnte ihn überzeugen, daß das sinnlos war, und so hatten sie bis zum Morgen gewartet.

Sorgfältig suchten sie die nähere Umgebung des Zeltes ab, erklommen den Abhang und trudelten wieder herab, durchkämmten, auf schmalem Abstand, die ganze Talsohle, schwärmten auseinander und trafen sich wieder, achselzuckend, ohne den Oberst zu finden. Es war, als ob er über Nacht zu Geröll geworden war. Nirgendwo gab es eine Spur von ihm, er schien so gründlich verschwunden, daß es zwecklos war, die Augen noch länger dem blendenden Boden auszusetzen. Zuweilen lauschten sie, wenn ein Geräusch die gelbe Stille durchbrach, fuhren herum, wenn ein Geröllstück den Abhang herabklirrte. Biggi wurde unsicher: sie konnte sich nicht mehr genau erinnern, wo sie ihren Vater verloren hatte. Sie führte die Männer bald hierhin, bald dorthin; ihr Gesicht glühte, die Arme wurden von der Sonne versehrt, färbten sich brennend rot.

Horace, der auf eigene Faust den Abhang in der Nähe des Zeltes Stück für Stück untersuchte, hatte Glück. Ein langgezogener Ruf flog durch das Tal, und als sich Biggi und Alaric, die an einer entgegengesetzten Ecke suchten, umwandten, sahen sie Horace aufgeregt winken. So schnell wie möglich liefen sie zu ihm, aber es war nicht der Oberst, sondern nur der Koffer, der Biggi aus der Hand gefallen war, als sie die Kräfte verlassen hatten. Sie brachten den Koffer zum Auto und blieben unschlüssig stehen. Sie blickten einander an, ein unausgesprochenes Einverständnis hielt sie hier fest, die Gewißheit, daß alles weitere Suchen nutzlos war. Biggi begann zu weinen.

– Vielleicht, sagte Horace, vielleicht ist er fortgegangen. Geier gibt es hier kaum, nur weiter im Süden. Mag sein, daß er sich verirrt hat.

– Alles spricht dafür, sagte Alaric, wir hätten ihn doch sonst finden müssen. Ich glaube, du hast recht, Horace.

– Nein, sagte Biggi, er ist noch hier, ich spüre seine Nähe. Er war nicht stark genug, um weit fortzugehen. Er ist bestimmt noch hier.

Alaric reichte ihr ein Taschentuch und legte die Hand um ihre Schulter. Er sprach tröstend auf sie ein, bemühte sich, das verzweifelte Mädchen zu beruhigen. Horace stand ihnen gegenüber und beobachtete sie, und als er entdeckte, daß sein Bruder, unmerklich und vielleicht sogar unwillentlich, die Finger über Biggis Haar und dann über ihren Nacken strich, richtete er sich ungeduldig und geräuschvoll auf, warf Alaric einen drohenden Blick zu und sagte:

– Durch Trost allein finden wir ihn auch nicht.

– Gut, sagte Alaric, was also schlägst du vor?

– Wir müssen eben weitersuchen, aber nicht hier. Wir brechen das Zelt ab und fahren hinauf. Ich glaube, daß wir ihn dort eher finden. Wenn mich nicht alles täuscht, hat er sich wieder hinaufgeschleppt und ist irgendwo liegengeblieben.

– Sollen wir das tun? fragte Alaric zärtlich das Mädchen.

Biggi nickte. Sie gewann allmählich ihre Fassung wieder. Sie setzte sich, von Alaric über Gebühr unterstützt, auf den Rücksitz des Autos und blickte, während die Männer das Zelt abbrachen und die losen Dinge in Leinensäcke verstauten, ständig in die Runde – hoffend, der Oberst werde, seiner Gewohnheit entsprechend, überraschend hinter einem Geröllhaufen hervortreten, seiner Gewohnheit, aber auch seinem dunklen Hang zum Effekt entsprechend. Sie sah nichts als rohes, heißes Land, ein Land voller Trauer und unerbittlichen Lichts, hingestreckt von der Peitsche des Feuers. Alles war von der namenlosen, substantiellen Stille erfaßt, die sich unter dem Himmel spreizte. Sie herrschte gnadenlos, tötete jeden Laut, fing ihn, kaum daß er geboren war, auf und zwang ihn zum Verlöschen, bog ihn in die Lautlosigkeit zurück. Der knarrende Ruf ernster Vögel, deren Bahn sich im Blauen diagonal kreuzte, blieb ungehört. Das Rascheln der Ratte blieb ungehört. Das Lied eines leuchtenden Reiters blieb ungehört. Der flehende Laut des Obersten blieb ungehört. Alles blieb stecken im Lehm des Schweigens.

Nachdem das Zelt verstaut war, fuhren sie los. Horace steuerte den Wagen; Alaric saß auf dem Rücksitz neben Biggi. Sie rumpelten durch das steilwandige Tal; die Felsen nahmen eine rosa Tönung an. Langsam zog sich das Fahrzeug den geröllbedeckten Weg hinauf zum Plateau. Als sie es erreicht hatten, erhoben sich Biggi und Alaric von ihren Sitzen und schauten prüfend über die öde, ausdruckslose Ebene. Alaric nahm ein Fernglas zu Hilfe, und wenn er es besonders lange auf einen Punkt richtete, starrte Biggi hoffnungsvoll auf seinen Mund, in gieriger Erwartung eines Wortes. Sie versuchte mitunter, dieses erhoffte Wort, den Befehl zur Änderung der Richtung herbeizusuggerieren, aber Alaric fand keinen Anhaltspunkt, keinen Gegenstand, der ihn dazu bewegt hätte, seinen Bruder in eine andere Richtung zu dirigieren. Ihre Gesichter bedeckten sich mit feinem, mattgelbem Staub, durch den der Schweiß kleine Rinnen zog. Einmal entdeckten sie in der Ferne Gazellen, die den Tau von spärlichen Gewächsen schleckten; Alaric erkannte sie sofort. Das Auto umrundete in holpriger Fahrt das ganze Tal, und als sie wieder an den Ausgang gelangten, ohne eine Spur des Vermißten entdeckt zu haben, stoppte Horace den Wagen und blickte sich fragend um.

– Es hilft nichts, sagte Alaric bedauernd, wir müssen weitersuchen.

– Willst du mich nicht ablösen? fragte Horace undurchdring-
lich.

– Wieso denn? Heute bist du doch dran, ich habe vorgestern
den ganzen Tag gefahren. Horse. Das weißt du doch.

Er drückte ihm sein Mitleid durch ein leichtes Heben der
Schultern aus und winkte ihm lakonisch, die Fahrt fortzuset-
zen.

– Wohin, um Gottes willen! wandte Biggi ängstlich ein. Wir
dürfen uns von dieser Stelle nicht weit entfernen. Mein Vater
muß hier sein. Ich spüre das ganz genau.

Alaric nahm ihre Hand, sagte beschwichtigend:

– Was nützt das Spüren in solch einem Fall. Die Augen sind
zuverlässiger.

– Die Augen sind nicht zuverlässiger, sagte Biggi erregt, nicht,
was meinen Vater betrifft. Ich merke, daß er in der Nähe ist.

– Wo merken Sie das? fragte Alaric.

– Na, unter der Haut, sagte Biggi, überall: an der Schulter, an
den Knien, in den Händen. Für euch sind die Augen vielleicht
zuverlässiger, für mich nicht.

– Das ist richtig, entgegnete Alaric. Aber wo spüren Sie ihn
besonders deutlich?

– In den Fingerspitzen, sagte Biggi mit schneller Naivität.

In diesem Augenblick küßte Alaric ihre Fingerspitzen, eine
nach der andern. Das Mädchen war viel zu überrascht, als
daß sie sich dagegen gewehrt hätte; sie blickte den Mann aus
großen verwunderten Augen an, ihr Mund war vor Staunen
geöffnet; sie wich mit ihrem Oberkörper in die Ecke des Sitzes zurück und überließ ihm die ausgestreckte Hand. Dann,
nachdem er sich aufgerichtet hatte, begann sie verlegen und

überfeinert zu lächeln, verbarg die Hand hinter dem Rücken und rutschte ihm auf dem Sitz entgegen.

– Das war nur, sagte Alaric, damit dies törichte Spüren weggeht. Ist es ein wenig besser geworden? People at home say that kisses bring freedom to oneself. Besser?

Biggi nickte scheu und blickte auf Horace. Sie sah sein geduldiges Pferdegesicht im Rückspiegel; seine Augen waren nach vorn gerichtet; die Hände zitterten über dem Lenkrad. Plötzlich empfand sie eine unbegreifliche Zuneigung zu diesem Mann, und sie überlegte, was sie ihm gleichsam als Entschädigung sagen könnte. Aber dann entdeckte sie in seinem Gesicht eine Spur von Verbissenheit und Ärger und überlegte nicht weiter.

– Wir werden ihn schon finden, sagte Alaric optimistisch. Wer in der Wüste verlorengeht, ist noch nicht aus der Welt. Nur Geduld.

Er legte ihr die Hand auf die Schulter und versuchte, das Mädchen an sich heranzubiegen, doch da bemerkte er Horaces Augen im Rückspiegel und gab sich augenblicklich den Anschein ausgelassener Harmlosigkeit.

– Morgen fahre ich wieder, Horse, sagte er.

Das Fahrzeug schleppte sich durch eine Dünenlandschaft, schaukelte und schlingerte wie ein Schiff. Sie überfuhren eine vom Treibsand eroberte Infanteriestellung; an manchen Stellen reckte sich ein Stück verbogenen Stacheldrahts in die Luft; ein halbes O, ein halber Seufzer. Ein Geschütz mit geborstenem Rohr war fast unter dem Sand verschwunden; nur die aufgerissene Mündung schaute hervor, lechzte nach dem Himmel.

– Horse, erinnerst du dich? Hier lagen die Neuseeländer unter Freyberg. Und da drüben wohl die Neunzigste.

Horace antwortete nicht, und Alaric wandte sich an Biggi:

– Wir sind nämlich hergekommen, um uns die alten Schlachtfelder anzusehen. Wir waren beide hier, mein Bruder und ich. Horse vom ersten bis zum letzten Tag. Ich kam erst zum Schluß, weil ich einige Jahre in Deutschland war.

– In Gefangenschaft? fragte Biggi.

– Ja, und jetzt sind wir hier, um diese verdammte Vergangenheit zu besuchen. Wir sind beide nur kleine Soldaten gewesen, das heißt: Horace war zuletzt Korporal. Aber was ist das schon! Heute sind wir mehr als damals. Verstehen Sie mich richtig: wir sind nicht hergekommen, um uns an Erinnerungen zu wärmen, wir halten beide nichts davon. Mit Erinnerungen kann man nichts verdienen. Vergangenheit, kalte Suppe, ist nichts; wir haben eure ›Bismarck‹ nicht versenkt, weil wir bereits einmal die spanische Armada versenkt hatten. Das ist unsinnig. Entscheidend ist immer die Gegenwart, und wir haben eure ›Bismarck‹ mit ihrer Hilfe und nicht mit der der Vergangenheit versenkt. Ja, es hört sich vielleicht merkwürdig an, aber wir wollen hier eigentlich unsere Gegenwart suchen.

Alaric schaute das Mädchen erwartungsvoll an, aber Biggi sagte nichts.

Der Kühler des Autos senkte sich, und sie mußten sich festhalten, damit sie nicht nach vorn kippten. Dann hob er sich unversehens empor, und Alaric und Biggi wurden gegen die Rückwand der Sitze geschleudert.

Das Auto befand sich auf einer Straße.

– Halt, rief Biggi, nachdem sie das bemerkt hatte, Anhalten!

Horace stoppte das Fahrzeug.

– Wir müssen wieder zurück. Hier werden wir meinen Vater nicht finden. Auf Straßen brauchen wir nicht zu suchen, da findet man ja doch nichts. Er mag keine Straßen, er wird sie umgehen.

Die beiden Brüder wechselten einen Blick.

– Wir können ihn nur finden, wo es keine Straßen gibt. Er fürchtet die Straßen, weil er sich nur langsam bewegen kann und Angst hat, überfahren zu werden. Können Sie nicht eine andere Richtung nehmen, Horse?

Sie erschrak über die Verwegenheit, einen der Männer bei seinem Vornamen genannt zu haben, doch offenbar hatte sie keinen Schaden damit angerichtet, denn Horace, zu dem sie, wie sein Bruder, Horse gesagt hatte, nickte ihr freundlich zu und lenkte das Fahrzeug durch den Graben.

– Übrigens, ich habe nichts dagegen, wenn sie Alaric zu mir sagen. Wir haben ja schon genug zusammen durchgemacht. Einverstanden?

Biggi überhörte Alarics Angebot, sie betrachtete Horaces Gesicht im Rückspiegel, bewunderte die Konzentration, mit der er den Wagen führte und dabei noch ständig die glühende Weite nach ihrem Vater absuchte. Alarics Eifer war bereits ein wenig zusammengeschmolzen, er verzichtete auf das Fernglas und sah nur von Zeit zu Zeit und auch dann nur mit nervöser Flüchtigkeit hinaus. Alaric dachte an etwas anderes.

Das Auto brach das unentweihte Schweigen mancher Täler und Hügelkämme, surrte in großen Zickzackbewegungen über eine pockennarbige oder fahle oder asketische Einöde. Die drei spürten wohl, daß sie den Vermißten hier niemals finden würden, sie wußten, daß es absurd war, noch immer die Augen anzustrengen, aber sie wagten es nicht, sich mit dem Verlust abzufinden, ihn auszusprechen. Sie merkten, daß das Auto sie mit jeder Sekunde weiter von dem Platz fortbrachte, an dem sie eine Chance gehabt hätten, den Oberst zu finden – sie merkten es und schwiegen.

Und nachdem sie fast zwei Stunden gefahren waren, wurde

der Boden felsiger, schwerer und sicherer, und ein herber, erfrischender Salzgeruch lag in der Luft. Sie begannen eifriger Ausschau zu halten, taten so, als ob der Mann, wenn überhaupt, nur hier zu finden sein könnte, und Alaric nahm sogar wieder sein Fernglas zu Hilfe. Er richtete es auf ein klippenreiches Felsmassiv, suchte Löcher und Vorsprünge ab, einzelne schwere Blöcke und Grate. Das Auto hielt direkt darauf zu, eine eigenartige, hektische Lebhaftigkeit kam über die drei Menschen. Die Landschaft nahm Züge von waghalsiger Trauer an, die Klippen hatten etwas von gigantischen, erstarrten Tieren, die an Überspezialisierung zugrunde gegangen waren und die sich, noch in der Versteinerung, auflehnten gegen ihr Los. Sie wiesen Risse, Rinnen und Spalten auf, verharschte Schnitte eines längst entschiedenen Kampfes.

Horace drosselte die Geschwindigkeit. Sie fuhren, soweit es ging, an die Klippen heran, und nachdem sie ausgestiegen und ein paar Schritte gegangen waren, entdeckten sie einen See. Er war an drei Seiten von Felsen eingeschlossen; sein Wasser war klar und rein, so daß man an den flachen Stellen bis auf den Grund sehen konnte. Zur Mitte hin nahm das Wasser eine schwarze Färbung an und unmittelbar unter den Klippen hatte es eine grün-violette Tönung, wie verdorbenes Fleisch. Unzählige fremdartige Fische zuckten über den steinigen Grund, einzeln, in kleinen Gruppen, in geheimnisvoll geordneten Schwärmen. Als Alaric sich weiter über den Rand beugte und sein Schatten auf das Wasser fiel, sah er einen rohrrunden, größeren Fisch von der Länge eines männlichen Armes. Er ergriff einen Stein und warf ihn hinein. Ein dumpfes, murrendes Echo kam von den Klippen zurück. Der Fisch schoß davon, zur Mitte des kleinen Sees.

– Hier sollten wir eigentlich bleiben, was meinst du, Horace?

– Wir müssen weitersuchen, sagte Horace.

– Aber wir können ja von hier aus suchen, Benzin haben wir vorläufig noch genug. Wir schlagen hier das Zelt auf und fahren wieder zurück.

– Gut, sagte Horace, aber wir können das Zelt nicht unbewacht lassen.

– Das brauchen wir ja nicht, wir wechseln uns ab. Was meinen Sie?

Biggi hob resigniert die Hände.

– Es ist wohl besser, wenn ich nach El Dabuh zurückkehre, ins Hotel.

– Von dort aus wird man Ihnen noch weniger helfen können, sagte Alaric. Bleiben Sie bei uns, es wäre ja gelacht, wenn wir Ihren Vater nicht finden sollten. Das Zelt ist rasch aufgeschlagen. Wir essen ein wenig, und dann können wir gleich wieder losfahren.

– Ja, aber einer muß doch hierbleiben, sagte Biggi.

– Horse, sagte Alaric, du wirst doch gewiß froh sein, wenn ich dich ablöse, nicht wahr? Du hast dein Pensum für heute schon hinter dir.

Horace sah seinen Bruder überlegen an.

– Heute fahre ich, sagte er, du bist morgen dran.

– Aber wird dir das nicht zuviel, Horse? Es ist doch eine ziemliche Strapaze. Ich würde vorschlagen, daß du hierbleibst, ein Bad nimmst und dich gut ausruhst.

– Morgen, Alaric, morgen. Wir wollen bei unserer Einteilung bleiben. Klar?

Biggi, die sich in stummer Besorgnis von den Männern entfernt hatte, rief plötzlich:

– Eine Hütte! Da, sehen Sie? Hier wohnt jemand.

Horace und Alaric liefen zu ihr. Sie sahen eine kleine Lehmhütte, die hart an den Felsen gebaut war; sie lehnte sich an ihn, als ob sie Schutz bei ihm suchte. Das Gebäude, das nicht mehr als zwei Meter hoch war, hatte nur ein Fenster, ein dunkles, starres, rechteckiges Auge, das auf Biggi und die beiden Engländer gerichtet war.

– Ob dort jemand wohnt? fragte Biggi.

– Das können wir gleich feststellen, sagte Alaric. Komm Horse, wir gehen mal hinüber.

Der Eingang bestand in einem hüfthohen ovalen Loch, vor das ein Tuchfetzen gehängt war. Sie schlugen das Tuch zur Seite, bückten sich und schlüpften in das Innere der Hütte. Das erste, was ihnen auffiel, war ein zweites Fenster, das zur Rückseite hinausging. Nachdem sie sich an das unreine Licht und an die muffige Luft gewöhnt hatten, begannen sie, den Inhalt der Hütte etwas näher zu untersuchen. In einer Ecke befand sich ein Lager aus Stoffetzen und Fellstücken. Die kleine, warme Mulde deutete darauf hin, daß das Lager noch bis vor kurzem benutzt worden sein mußte. Fliegen und Käfer schwirrten hoch, als Alaric mit der Hand die Lumpen anrührte. In einer anderen Ecke standen einige Konservendosen, mehrere waren noch ungeöffnet. Horace hob eine Dose an das Fenster und buchstabierte: Spi-nat.

– Alaric, do you know what Spinat is? It sounds like a german word?

– Deutsche Konservenbüchse, sagte Alaric. Da, hier steht's ja auch, Hamburg 1941. Schätze, daß es sich um eine Art Gemüse handelt.

Er hob eine andere Dose hoch, sagte:

– Schau mal hier hinein: Fischgräten, noch warm. Wurden erst vor kurzem gebraten. Siehst du die Feuerstelle.

– Nein, sagte Horace. In diesem finstern Loch könnte ich es

nicht einen Tag aushalten. Der einzige Vorteil, den die Hütte hat, ist, daß die Fenster zu jeder Jahreszeit offen sind.

– Glaubst du, daß wir den Besitzer verscheucht haben? Die Fische müssen erst vor wenigen Minuten gegessen worden sein.

– Ich weiß nicht, komm, wir gehen lieber hinaus. Diese Luft ist ja nicht zum Aushalten.

Sie zwängten sich hinaus ins Freie und entdeckten auch sofort an der Rückwand der Hütte die Feuerstelle. Dann wandten sie sich um und gingen den kurzen steilen Weg zum Teich hinunter, ständig nach allen Seiten spähend, in der Erwartung, den Bewohner der Hütte irgendwo auftauchen zu sehen.

Als sie das Auto erreicht hatten, machten sie die Feststellung, daß das Mädchen verschwunden war. Während sie beide herabkamen, hatten sie geglaubt, Biggi sei in den Wagen geklettert oder habe sich hinter ihn gestellt. Aber nun, da sie selbst am Auto standen, waren sie ratlos angesichts der Feststellung, daß das Mädchen fort war. Beide flitzten suchend hin und her – soweit konnte sie sich doch nicht entfernt haben –, und die Suche hätte noch lange gedauert, wenn nicht Horace durch Zufall ein Kleidungsstück entdeckt hätte, das ihm bereits einmal einen heißen Schrecken eingejagt hatte: er sah den matten Schimmer von Biggis Büstenhalter und in seiner unmittelbaren Nähe die anderen Dinge, die sie trug. Horace stieß einen Schrei aus.

Biggi schwamm, schwamm dicht unter den Klippen auf der andern Seite des Sees. Sie hörte Horaces Schrei und hob eine Hand aus dem Wasser und winkte.

– Was soll das nun heißen? fragte Alaric. Begrüßt sie uns oder protestiert sie gegen unsere Anwesenheit?

– Vermutlich tut sie beides, sagte Horace.

– Sie ist nackt, Menschenskind, sagte Alaric und pfiff durch die Zähne.

– Wieso? Das kann man doch von hier nicht erkennen? Woher willst du das wissen?

– Weil unter dem Kleid etwas liegt, Horse. Siehst du?

– Ja, natürlich sehe ich. Ich muß schon sagen, sie ist in keiner Weise zimperlich. Wie will sie jetzt aber wieder an Land kommen ... das kann sie doch gar nicht, wenn sie nichts anhat. Meinst du nicht auch?

– Sie wird ungesehen und ungeschoren wieder an Land klettern, mein lieber Horse, darauf kannst du dich verlassen.

– Aber wie? Hier stehen wir doch.

– Sie wird uns befehlen, nach hinten zu gehen und dem See den Rücken zuzukehren. Wir haben sie jetzt völlig in der Hand. Ich weiß, daß es Frauen gibt, die eher ertrinken, als sich nackt einem Mann zeigen. Glaubst du, daß sie dazu gehört? Wenn wir hier stehenbleiben, Horse, dann wird sie schätzungsweise in einer halben Stunde matt sein, in einer Stunde entkräftet, in anderthalb Stunden beginnen die Todesängste, in zwei Stunden setzt die Todesbereitschaft ein, und dann ...

– Hör auf, sagte Horace unwillig, wir gehen lieber gleich nach hinten.

– Aber warum denn? sagte Alaric und krümmte die Zehen in den Schuhen. Wir wissen ja noch gar nicht, warum sie gewinkt hat. Vielleicht will sie, daß wir ihren Stil bewundern.

Horace schlug seinem Bruder trocken gegen die Wirbelsäule, krallte die Finger in sein Hemd und schob ihn vom Ufer weg.

– Horse, sagte Alaric, spöttischen Vorwurf in der Stimme, wenn sie uns später fragt, ob uns ihr Schwimmstil gefallen habe, dann werde ich höflicherweise nicht verschweigen können, daß du mich an der Bewunderung ihrer Beintechnik gehindert hast.

– Ihre Beintechnik geht dich gar nichts an, sagte Horace grimmig.

– Sie ist entscheidend, sagte Alaric. Er wand sich unter dem Griff.

– Aber nicht für dich. Entscheidend ist jetzt, daß sie ohne Furcht ans Ufer klettern kann. Du weißt besser als ich, daß an einem Mädchen alles lobenswert ist. Dreh dich nicht um, sag ich, sonst liegst du gleich wieder unten.

– Du reißt mir ja das Hemd vom Leibe. Wenn sie das sieht …

– Dann trifft es dich mehr als mich. So, bleib hier stehn, und wehe, wenn du dich umdrehst!

– Sei doch nicht so prüde, Horse, vielleicht ist sie eine Dauerschwimmerin und wir können hier stundenlang das Gestein anstarren.

– Du kannst ja die Augen zumachen, sagte Horace mürrisch.

– Schön, sagte Alaric, ich zähle bis dreihundert. Das sind genau fünf Minuten, dann wollen wir mal nach dem Rechten schauen. Abgemacht?

– Du meinst, nach dem Falschen schauen … Zähle erst einmal bis sechshundert, dann wollen wir sehen.

Biggi lächelte, als sie den Höflichkeitsrückzug, die gesittete Desertion der beiden Männer bemerkte, und sie schwamm mit wenigen Stößen ans Ufer, ergriff ihre Kleider und lief den knappen Weg zur Lehmhütte hinauf, um sich hinter ihr anzukleiden. Das Pflaster hatte sich im Wasser von ihrer Schulter gelöst, es hielt nur noch an einer Ecke, und der lose Streifen flatterte und wippte beim Lauf. Als sie den Schutz der Hütte erreicht hatte, wischte sie den letzten Wassertropfen von Brust und Leib, massierte und lockerte leicht die Glieder, trommelte auf die Oberschenkel, tat ein paar Sprünge, und dann wagte sie, eng an die Hütte gedrängt, einen Blick zu den englischen Brüdern. Sie standen immer noch unverändert da, fast bewegungslos, als ob sie eine unsichtbare Exekution erwarteten.

Biggi sprang wieder zurück, streifte das Kleid über den Kopf. Da glitt ihr Blick über das Fenster. Entsetzt hielt sie in der Bewegung inne: die dunkle, rechteckige Öffnung war von einem Männergesicht ausgefüllt. Es war ein bärtiges, verkniffenes und zerfurchtes Gesicht, mit winzigen, kaum zu erkennenden Augen. In der Mitte des Bartes saß ein schmutziges, graugelbes Loch. Da muß der Mund sein, dachte Biggi; gleichzeitig wich die Lähmung von ihr, sie rannte um die Hütte und rief aus Leibeskräften:

– Horace! Horace! Horace!

Viertes Kapitel

E in größerer Felsblock war den Abhang heruntergedonnert, hatte sich, kurz vor dem Ausrollen, auf die Schachtöffnung gestürzt und diese zur Hälfte geschlossen. Der tollwütige Stein saß fest, und die Kraft dreier Männer hätte nicht ausgereicht, ihn von der Öffnung fortzuzerren.

Sie standen vor dem Stein und beratschlagten, wie sie ihn entfernen könnten: Max Senger, ein zäher, untersetzter Mann mit verzweifeltem Gesichtsausdruck, und Helmuth Holebein, ebenfalls klein von Wuchs, aber hager, mit chaplinartigem Watschelgang. Sie kannten sich aus in Libyen – Max war bereits während des Krieges hier gewesen –, und nun hatten sie einen Halbtonner zur Verfügung und fuhren durch alle Winkel des heißen Riesengrabs, um die Überreste gefallener Soldaten einzusammeln, sie zu einem Friedhof zu bringen und dort geziemend und ordentlich zu bestatten. Sie hatten sich mit der Zeit geradezu somnambule Fähigkeiten beim Aufspüren der Toten angeeignet, eine Nase für jammervolle Überbleibsel, und eine Vermutung, die einer von ihnen äußerte, war schon risikolose Gewißheit. Sie hatten Hunderte von Skeletten aufgespürt, und ihr Mitleid war langsam erloschen, hatte sich schlafen gelegt angesichts der täglichen Fürchterlichkeit. Kein Mensch hat soviel Erbarmen, wie diese beiden Knochensammler nötig gehabt hätten. Vielleicht wäre es noch anders gewesen, wenn sie es mit Fleisch zu tun gehabt hätten oder wenigstens mit Resten von Fleisch; das Fleisch hätte ihre Liebe, ihr Erbarmen immer von neuem wecken können. Statt dessen hatten sie es nur mit ausgeblichenen, spröden, phosphoreszierenden Knochen zu tun, mit einer Art von verjährten Tatbeständen, und das brachte eine saubere Sachlichkeit ins Geschäft, eine Leidenschaftslosigkeit ohnegleichen. Wer wollte es ihnen verdenken?

Der Halbtonner stand mit laufendem Motor wenige Meter vom Schacht entfernt. Auf der Ladefläche war eine kleine Pyramide von blanken Knochen aufgeschichtet; nur wenige Skelette waren ganz. Die meisten hatte die Zeit zerbrochen; andere waren auseinandergekracht, als sie auf das Fahrzeug gelegt wurden. Die Schädel hatten sich, einem makabren Schwerkraftgesetz folgend, selbständig gemacht und waren, da das Fahrzeug schief stand, in eine tiefer gelegene Ecke der Ladefläche gerollt. Hier lagen sie dicht beieinander, rieben sich schon bei leisester Erschütterung. Die Augenhöhlen, Löcher voller kalter Melancholie, waren bei manchen Schädeln gegeneinandergerichtet, so daß es aussah, als starrten sie einander mit dem Blick der Ewigkeit an. Nirgendwo befand sich eine Spur von Blut, ausgenommen auf einigen mürben Kleidungsstücken, aber auch hier hatten Zeit und Witterung gearbeitet und alle Flecken nahezu getilgt.

Nachdem die Männer mehrmals versucht hatten, den Felsblock von der Öffnung des Schachtes wegzurollen, sagte Max:

– Den kriegen wir nicht weg, Helmuth. Es ist zwecklos. Ich schlage vor, daß wir jetzt weiterfahren. Der da unten liegt bequem genug; zwar nicht ganz luftdicht, aber doch so gut wie begraben. Meinst du nicht auch?

Holebein spähte angestrengt in den Schacht hinab, auf dessen Grund er undeutlich die Gestalt eines Mannes wahrnahm. Er schüttelte den Kopf und sagte:

– Den kriegen wir, wart nur ab.

Und er watschelte zum Lastwagen, kramte aus einem stählernen Vorratskasten ein Drahtseil heraus und befestigte es mit einem Schäkel am Auto. Dann zog er das Seil zum Felsblock, legte es unter eine Kante des Steins, so daß, wenn Zug auf das Seil käme, es nicht abrutschte, und nachdem er sich dessen vergewissert hatte, schraubte er noch einmal den Bolzen des Schäkels heraus und befestigte auch das zweite Ende des Seils.

– So, Max, jetzt kannst du mal anfahren. Aber langsam, damit uns der Bursche nicht in das Loch hineinkippt.

Senger kletterte skeptisch auf den Führersitz, und das Fahrzeug zog langsam an. Das Seil spannte sich, zitterte und bebte, und während der Motor irr aufheulte, bewegte sich der Felsblock millimeterweise zur Seite.

– Los, schrie Holebein, und Max gab Gas. Der große Stein hing lose über dem Rand des Loches, drohte jeden Augenblick hineinzufallen, und als er sich schon schwerfällig hinabneigte, befreit zum Zermalmen, riß ihn das Drahtseil nach vorn. Er erhielt Übergewicht, stand einen Moment senkrecht, wie unentschlossen, als ob er sich besänne, aber dann sauste er polternd hinab, in seinem Gefolge eine Anzahl kleiner Felsbrocken, die wie Trabanten hinter ihm her rollten. Nach zweimaligem Überschlagen hatte er bereits die Schlinge von sich abgestreift. Die Männer sahen ihm nach, sahen, wie die Wucht seines Sturzes geringer wurde und wie er bedächtig ausrollte und sich, gleichsam ausatmend, auf der Talsohle zur Ruhe legte.

– Die Tauschlinge, sagte Holebein. Ich möchte nur mal wissen, wie der hier hineingekommen ist. Hat sich offenbar ganz gut gehalten.

Da der Felsblock nun fort war, drang mehr Licht auf den Grund des Schachtes.

– Willst du runter? fragte Max.

Helmuth antwortete nicht darauf; er rief verblüfft:

– Da, Max, sieh mal: das ist doch ein Hase, ein junger Wüstenhase. Mein Gott, ist der mager, halb verhungert. Er sieht zu uns herauf, merkst du das?

– Ja, sagte Senger, dann muß wohl doch einer runter. Soll ich dich wegfieren?

Er ließ seinen Kollegen an einem Tau hinab, legte sich auf den Bauch und sah zu, wie Helmuth unten arbeitete. Zuerst ergriff er den Hasen; das Tier war vor Hunger und Erschöpfung zutraulich geworden, es ließ sich ohne Mühe greifen. Helmuth nahm den Hasen auf den Arm, streichelte ihn und sagte:

– Hier, Max, den nimm mal zuerst, aber laß ihn nicht laufen. Setz ihn auf den Wagen.

Er legte den Hasen in die Tauschlinge, und Max zog ihn herauf. Das Tier war fast bis zum Skelett abgemagert; es konnte sich kaum aufrecht halten. Senger trug es zum Auto und setzte es auf den Führersitz. Unterdessen hatte Helmuth die Schlinge um die Füße des Mannes gestreift und sie bis zur Brust emporgezerrt. Dann zog er sie zu und gab das Zeichen zum Emporhieven. Während Max oben Hand über Hand das Seil heraufholte, drückte und stemmte Helmuth von unten, so lange, bis der Körper frei über seinem Kopf pendelte. Plötzlich bückte sich Max, griff, einen Fuß auf dem Seil, nach dem schwingenden Körper, erwischte ihn glücklich unter den Armen und zog ihn vollends heraus. Ein erstaunter Ausruf entfuhr seinem Mund: es war die erste Leiche, deren Knochen noch von

Fleisch, wenn auch von lederartigem Fleisch umschlossen waren. Am Kinn des Mannes und in einem Mundwinkel klebte geronnenes Blut; die Lider waren nur zur Hälfte geschlossen, er hatte noch Augäpfel, gelbliche, runde Augäpfel. Hastig holte Max seinen Kollegen heraus, wies auf den am Boden liegenden Mann und sagte:

– Hier stimmt etwas nicht. Der kann noch nicht so lange hier sein.

– Wieso denn nicht, sagte Helmuth, du hättest mal unten sein sollen. Eine Luft wie im Eiskeller. Der hat sich gut gehalten, das ist alles. Los, pack an!

– Wir können ihn doch nicht einfach auf die Knochen raufwerfen?

– Hast du etwa Bedenken bei dem? Der ist doch nichts Besseres, nur weil er ein bißchen Haut um den Klapperkasten hat.

– Ich laß mich nicht davon abbringen, sagte Max, mit dem ist etwas Besonderes los. Keine Rangabzeichen, keine Waffen, keine Erkennungsmarke. – Was heißt hier Rangabzeichen, sagte Helmuth. Komm, pack an. Ruff auf die Kiste!

Sie hoben den Mann an Schultern und Beinen hoch – Max mit gewissem Widerstreben –, trugen ihn zum Halbtonner, und dann schaukelten sie ihn hin und her – eins, zwei, flupp –, und der Mann flog durch die Luft und landete auf der Knochenpyramide. Das brüchige Zeug knackte und brach unter ihm auseinander.

– Ich möchte nur mal wissen, wie der hier rein kam, Helmuth. Lange lag der bestimmt noch nicht in diesem Loch.

– Das kann uns ja egal sein. Hast du seine Taschen durchsucht?

– Ja.

– Und? Hast du nichts gefunden?

– Nein, aber auf seiner Wange ist ein rötlicher Fleck. Sieht aus wie Lippenstift.

– Vielleicht hat ihn der Hase geküßt. Wo ist der überhaupt? Hast du ihn vorn eingesperrt?

Der Hase kauerte immer noch auf dem Führersitz und sah den Männern aus großen, angsterfüllten Knopfaugen entgegen. Er versuchte, sich emporzuraffen und in eine Ecke zu kriechen, aber Max packte ihn am Fell und zog ihn zu sich auf den Schoß. Während er ihn mit einer Hand liebkoste, holte er mit der andern aus einer Leinentasche eine Keksrolle hervor und hielt dem Hasen einen Keks hin. Das Tier drehte den Kopf zur Seite.

– Er nimmt nichts an, sagte Max. Das beste ist wohl, wenn wir ihn wieder laufen lassen. Es hat keinen Zweck, ihn mitzunehmen.

– Wir werden ihn mitnehmen, sagte Helmuth. Wir bringen ihn zu den Salzbüschen und setzen ihn dort aus. Ich glaube, die werden ihm besser schmecken als deine Keks.

Der Halbtonner ruckte an, schaukelte mit seiner unsinnlichen Fracht durch das Tal und fuhr das Plateau hinauf. Dann drehte er in großem Bogen nach Süden.

Zur Kaffeezeit kamen sie an eine Hügelkette und entdeckten schon von weitem einen hockenden Mann, der mit dem Rücken an einem Benzinkanister lehnte und vor sich hindöste. Er hielt ein Gewehr zwischen den Fingern, hatte einen Stahlhelm auf dem Kopf und trug eine ausgebleichte Uniform. Er schien keine Notiz von dem näher kommenden Fahrzeug zu nehmen, sprang nicht auf, winkte nicht, benahm sich wie der Besitzer dieses toten, von der Sonne verbrannten Bezirks, selbstvergessen und selbstsicher. Auf fremdem Terrain kann man sich keine Selbstvergessenheit leisten. Der Mann war tot. Es war ein englischer Soldat. Er trug den englischen Stahlhelm, eine kurze, verrottete Ordensspange, und das Gewehr, das er in den fleischlosen Händen hielt, war ein englisches Infanteriegewehr. Der Tod hatte ihn sitzend überrascht.

Vielleicht war er von seinen vorrückenden Kameraden zurückgelassen worden, um den Nachfolgenden eine Richtung mitzuteilen. Vielleicht hatten die Nachfolgenden ihn nie gefunden oder hatten ihn, in der Freude des Sieges, vergessen. Oder vielleicht war keiner von der Truppe, zu der er gehörte, zurückgekommen. An einem Finger hing ein einfacher silberner Ring, in den die Buchstaben G.C. eingraviert waren. Er hatte keinerlei Papiere bei sich, keine Erkennungsmarke, nichts. G.C. konnte sein eigener Name sein, der seiner Braut oder der seiner Mutter. Zwei Buchstaben und ein gut erhaltenes Skelett, das war alles.

Die beiden Sammler trugen den Toten zum Wagen und warfen ihn vorsichtig auf die Pyramide aus Leid und Staub. Er fiel auf den Mann, den sie gerade aus dem Schacht geholt hatten, blieb platt auf ihm liegen, während sich seine schlenkernden Arme lose und wehmütig um den Unteren legten.

Weiter, weiter in neuem Bogen nach Westen. Die Gehäuse der weißen Wüstenschnecke knirschten unter den Reifen. Plötzlich ragte ein Schuh aus dem Sand hervor. Max zog. Hinauf auf den Halbtonner. Weiter. Zeit und Zerbröckeln, auf der Suche nach dem Zerfall. Das fade lautlose Lachen der nasenlosen Schädel, untätige Gebisse, Beckenknochen, Abschied und Stille. Wunderbare Augenlosigkeit: tiefe Blindheit. Blind sein, um alles zu sehen.

Die Toten kennen alle Geheimnisse; durch sie rinnen alle Mysterien. Sie allein kennen die Intimitäten der Erde. Die Toten sind stolz und tyrannisch. Sie sind grausam, weil sie von tiefem Neid erfüllt sind, vom Neid auf unser Leben. Sie sind nicht neidisch auf unsere Sinne: denn ohne übliche Sinne sein, heißt unübliche haben. Die Toten sind neidisch auf unseren Kreislauf, und darum quälen sie uns, foltern uns durch das Erbarmen, durch saugenden Schmerz, durch das unaufhörliche Klagen, das sie von uns hören wollen. Sie tyrannisieren uns, weil sie neidisch sind und weil ihre Furcht ungeheuer ist, sie könnten in Vergessenheit geraten. Darum lassen sie uns Wache halten, trauern und Bäume mit ihrem Namen pflanzen. Und wenn wir die jungen Bäume tränken, tränken wir auch die Erinnerung, und die Toten sind ruhig und frohlocken.

Der Halbtonner war gut beladen, einiges hing schon über die Seitenwand, einiges von der Beute der Zeit, das die Männer ihr kurzfristig entrissen hatten. Sie befanden sich auf dem großen Heimweg: zufrieden und müde von der Arbeit. Max paffte, Helmuth steuerte jetzt den Wagen und summte vor sich hin. Ein Schild, bis zum unteren Rand im Treibsand, flog vorbei: Achtung! Minengefahr! Darüber ein Schädel und zwei gekreuzte Knochen. Zwei: Sie hatten den Halbtonner davon voll.

Im späten Licht fanden sie noch ein seltsames Pärchen: zwei deutsche Soldaten, die dicht zusammenlagen, aneinandergeschmiegt in schmerzhafter Zärtlichkeit. Sie waren zusammengebunden, der rechte Arm des einen und der linke des andern waren mit einem Strick verbunden, der jetzt lose die Knochen umgab. Hatten sie sich selbst gefesselt, weil sie gemeinsam ein Mißgeschick erlitten hatten, aus dem sie sich gemeinsam zu befreien suchten? War der eine mißtrauisch auf den andern gewesen? Oder war ihre Zuneigung für einander so groß gewesen, daß sie beschlossen hatten, gemeinsam zu sterben? Vielleicht waren sie geflohen und hatten nicht die Möglichkeit gehabt, die Fesseln abzustreifen. Welche Gefühle mußte der gehabt haben, der den andern, wenn überhaupt, um ein weniges überlebt hatte! Ob er ihn ermuntert hatte, auszuhalten? Hatte er nicht rasend mit verzweifelter Wut an der Fessel geruckt, als er merkte, daß der andere tot war. Hat er ihn, mit übermenschlicher Anstrengung, durch den Sand geschleift, Zentimeter für Zentimeter, bis er vor Erschöpfung selbst zusammenbrach? Oder hatten sie sich, als ihre Hoffnungen zerspellten, lächelnd angesehen, hatten sich schweigend niedergesetzt und waren wortlos hinübergesunken?

– Schneide den Strick nicht durch, sagte Holebein. Wir wollen sie zusammenlassen. Nimm du den unteren. Fertig? Dann also hoch, die wiegen ja nichts.

Sie legten die beiden Gerippe auf die Pyramide und fuhren weiter. Max paffte, Helmuth summte. Sie fuhren nach Norden, und die Wüste floh unter ihnen. Der Motor des Halbtonners surrte gleichmäßig, verläßlich. Staubwirbel wallten hinter ihnen auf, blieben zurück oder wurden mitgezogen – von weitem war das kaum zu erkennen. Das Fahrzeug wurde kleiner und kleiner, durchbrach den Horizont und entschwand den Blicken.

Es war ein Sonnabend.

Die Gruben waren bereits ausgehoben, nackte, rechteckige Löcher, und an ihren Rändern lagen der aufgeworfene Sand und die Zeit auf der Lauer. Als der Halbtonner angeschaukelt kam, ging die Sonne unter und die Nacht fiel schnell und geräuschlos ein. Helmuth stellte die Scheinwerfer an und manövrierte das Fahrzeug zwischen Sandwällen hindurch zu seinem Standplatz. Er schaltete den Motor aus, und beide Männer kletterten von ihren Sitzen.

– So, sagte Max, da wären wir. Wir könnten die Sachen doch gleich abladen, Helmuth, was meinst du? Ich möchte sie nicht über Sonntag hier herumstehen haben. Wart einen Augenblick, ich hole die Lampe.

Er trat in ein Zelt und kam nach einer Weile mit einer Azetylen-Lampe wieder; er ließ sie aufflammen und hängte sie an einer Art Fleischerhaken auf, den er am Rand der Grube in die Erde stieß. Die Lampe warf ein grelles, stechendes Licht.

Dann ging das Fahrzeug an der Grube längsseits, und Max stieg auf die Ladefläche, um die Knochen seinem Kameraden herunterzureichen.

– Helmuth! rief er, als er auf der Pyramide stand.

– Helmuth, wir haben den einen verloren.

– Den aus dem Schacht?

– Nein, einen der beiden, die zusammengebunden waren. Der Strick war zu mürbe. Paß auf, hier ist der andere.

Ein Stück nach dem andern wurde heruntergereicht und im Schein der Azetylenlampe entweder in die Grube gelegt oder wenige Schritte vom Zelteingang entfernt abgelegt, zu späterer Identifizierung oder in der Absicht, die fremden Überreste von einem englischen Kommando abholen zu lassen, das regelmäßig hier vorbeikam und die eigenen Toten mitnahm.

Als sie den Mann, den sie im Schacht gefunden hatten, in die Grube gleiten ließen, geschah etwas Außerordentliches, etwas, das den beiden Sammlern, die manches gewohnt waren, den Atem verschlug, das sie sprachlos werden ließ:

Kaum lag der Mann auf der Sohle der Grube, als er sich mühsam aufrichtete, den Kopf wie ein Vogel auf die Seite legte und unbeweglich zu den beiden hinaufsah. Das Licht der Azetylenlampe warf seinen hohen Schatten gegen die Grubenwand. Da die Männer sich nicht rührten, nicht rühren konnten, wurde er unternehmungslustig, kletterte steif über das Gebein, das neben ihm lag, und versuchte, aus seinem Grab herauszugelangen.

Aber in diesem Augenblick brüllte Max dumpf auf, und dieses Brüllen befreite ihn aus der Bewegungsunfähigkeit, die über ihn gekommen war, und er riß die Hände schützend vor die Augen und schrie aus Leibeskräften:

– Schieß, Helmuth! Schieß doch, um Gottes willen! Der kommt raus!

Helmuth, der auch aus seiner Starrheit erlöst wurde und den Mann lauernd und sprungbereit beobachtete, sagte ruhig:

– Womit schießen?

– Dann nimm den Spaten, schrie Max in gellender Verzweiflung, nimm den Spaten und knall ihm eins! Oder wirf ihm Sand ins Gesicht!

– He, du da, sagte Helmuth, dich mein ich, in der Grube! Bleib mal stehn!

Der Mann gehorchte, hob den Kopf leicht an und schaute blinzelnd herauf. Die eine Hälfte seines Gesichts war erleuchtet, und man konnte erkennen, daß er ein Augenlid bewegte.

– Was fällt dir ein, he! Warum bleibst du nicht liegen, wo du hingehörst? rief Helmuth. Wenn du dich nicht gleich zwischen die andern packst, werden wir gemein, darauf kannst du dich verlassen. Also dalli, dalli!

– Knall ihm eins mit dem Spaten, schrie Max, oder mit der Picke!

Zögernd nahm er die Hände vom Gesicht und ging hinter dem Fahrzeug in Deckung.

– Wir warten nicht lange, warnte Helmuth.

– Wirf ihm Sand in die Fresse, Sand in die Fresse! rief Max aus sicherem Versteck.

Die beleuchtete Gesichtshälfte des Mannes in der Grube

nahm Züge eines geringschätzigen Lächelns an. Helmuth wurde dadurch gereizt, und er sagte drohend:

– Zum letztenmal, wenn du nicht bleibst, wo du hingehörst, werden wir rabiat!

Da wurde der Mann redselig, er sagte mit milder Verachtung:

– Ich gehöre dorthin, wo ihr auch hingehört. Seid nicht so brutal, auch wenn euer Handwerk das mit sich bringt. Der von euch, der mich mit einem Spaten erschlagen will, beginge, wenn er das täte, einen Mord.

Max lachte hysterisch im Schutz des Halbtonners und rief:

– Zweimal kann keiner sterben, Sie. Das sollten Sie eigentlich wissen. Wir sorgen nur für Ordnung!

– Ihr habt mir wahrscheinlich das Leben gerettet, sagte der Mann, ohne auf die Bemerkung von Max einzugehen.

– Es ist nicht eure Pflicht, anderer Menschen Leben zu retten; eure Pflicht besteht darin, Tote zu sammeln. Daß ihr es trotzdem getan habt, obwohl es eigentlich unwissend geschah, verpflichtet mich euch. Aber ich hasse das Gefühl der Dankbarkeit, und ihr könnt euch schon jetzt darauf vorbereiten, daß ihr es nicht lange zu fühlen bekommen werdet.

– Sand in die Fresse, Helmuth, wirf ihm Sand in die Fresse, damit er aufhört.

– Sie hinter dem Auto sind reichlich unhuman und brutal. Sie werden sich später entschuldigen!

– Was heißt später? fragte Helmuth.

– Wenn sich das alles als Irrtum herausgestellt haben wird. Und nun könnten Sie mir eigentlich hier heraushelfen. Falls Sie immer noch im Zweifel darüber sind, wo ich hingehöre, so fahren Sie doch nach El Dabuh, gehen Sie in das einzige Hotel am Orte und fragen Sie, ob dort nicht jemand vermißt wird.

Jetzt kam Max aus seiner Deckung hervor und näherte sich zögernd der Grube. Er beugte seinen Mund an Helmuths Ohr und flüsterte:

– Du, das kann sein. Das ist der, den wir aus dem Schacht holten. Ich hatte ja damals gleich das Gefühl, daß mit dem etwas nicht stimmt. Ich glaube, wir holen ihn lieber raus.

Helmuth wandte sich wieder an den Mann in der Grube und sagte:

– Gut, wir holen Sie raus, aber können Sie beweisen, daß Sie …

Er hatte nicht den Mut, den Satz zu vollenden.

– Welche Beweise erwarten Sie? Den Beweis, daß ich lebe? Oder den, daß ich tot bin?

Der Mann lächelte herablassend und gequält:

– Wie soll ich das beweisen, sagte er. Gibt es jemanden, der das mit absoluter Sicherheit sagen könnte? Es gibt eine Reihe von Kriterien für den Tod, eine andere Reihe für das Leben. Das sind die wohlbekannten, überkommenen, aber unzureichenden Merkmale und Zeichen. Sie reichen nicht aus. Auch die Toten sprechen, und in manchem Lebenden tickt der Wurm. Fragen Sie also nicht nach solchen albernen Beweisen. Sie sind nichts wert.

– Er spinnt, flüsterte Max, das beste ist, du knallst ihm doch eins mit dem Spaten.

– Sei still, fuhr Helmuth ihn barsch an, wir werden dem Herrn jetzt heraufhelfen. Und zu dem Mann:

– Kommen Sie bitte hier heran und recken Sie beide Arme nach oben.

Der Angesprochene tat es, und mit vereinten Kräften, aber auch mit vereinter Furcht, zerrten sie ihn auf den Grubenrand. Mißtrauisch führten sie ihn ins Zelt – einer trug die Azetylenlampe – und dann hießen sie ihn niedersitzen, gaben dem unverhofften Gast kalten Tee und Keks und ließen sich vom Unglück des Obersten berichten.

Er sprach mit schleppender Stimme, die Worte tropften aus seinem Mund. Dann und wann unterbrach er sich, schloß die Augen und sank zurück, worauf die beiden Sammler, Schlimmes befürchtend, zu ihm stürzten und ihn wieder aufrecht setzten. Sie hatten sein Gesicht gesäubert und den ganzen erbärmlichen Körper in eine Decke gehüllt. Max schüttelte sich, wenn er an die Fahrt dachte, die dieser Mann, in eine Pyramide aus Knochen eingezwängt, mitgemacht hatte. Und die Frage, welche Gefühle man dabei haben könnte, brannte auf seiner Zunge, und schließlich, in einem günstigen Moment, konnte er sich nicht enthalten zu fragen:

– Also wissen Sie, wenn ich daran denke, wie wir Sie hierherbrachten … die Knochen tun einem ja nichts, aber besonders angenehm wird das wohl nicht gewesen sein? Vorn auf dem Führersitz merkt man das nicht, da ist die Wand zwischen. Ich hätte jedenfalls keine Lust dazu, du, Helmuth?

Die Wärme, die die Decke spendete, tat dem Oberst wohl, er sagte, abgekämpft und ironisch:

– Wieso, das ist doch nichts Besonderes. Es verträgt sich durchaus mit dem zeitgemäßen Stil, mit dem Tode umzugehn: Prinzip der Sachlichkeit. Das merken Sie doch am besten bei Ihrem Handwerk, wie? Wir sind doch hier unter uns und können offen darüber reden. Oder sind Sie anderer Meinung?

Max warf Holebein einen besorgten, fragenden Blick zu, der Mann war ihm noch immer unheimlich.

– Jedenfalls, sagte der Oberst, danke ich Ihnen für meine Rettung. So bin ich in die Lage versetzt, die Lücke zu schließen und die Chronologie herzustellen.

– Hören Sie, sagte Helmuth, was meinen Sie mit all dem Zeug?

– Oh, rief der Oberst, man versteht mich wohl nicht? Dann möchte ich Sie fragen, da Sie ja eine ganz hübsche Summe Toter geborgen haben, ob sich unter diesen auch ein Mann namens Mackenbrandt befand; der genaue Name lautet, wenn ich nicht irre: Dr. Heinz Mackenbrandt. Er war vor einigen Jahren, hier in der Gegend, mein Fahrer. Nebenbei war er mein Vertrauter und mein bester Freund.

– Waren Sie Offizier? fragte Max.

– Offizier war man nicht, das ist man, sagte der Oberst. Man ist es mit allen Konsequenzen. Sehn Sie mich an: ich war Oberst, aktiv, bin ich nicht immer noch ein Oberst? Meine Schwäche ist kein Argument gegen mich; Schwäche ist nie ein Argument gegen einen Menschen, sie ist vielmehr ein Argument für ihn. Ich habe viel für die Schwachen übrig, ich habe auch viel für die rechtschaffenen Feiglinge übrig; ah, welch eine elegische Faszination geht von einem guten Feigling aus, welch eine schöne Morbidität! Ich habe immer versucht, ein Feigling zu sein, und ich glaube, manchmal ist mir das auch gelungen. Ich sehe eine Möglichkeit, die Welt zu erhalten, ihren Bestand hinüberzubringen, heute nur in der Feigheit und in der Inkonsequenz. Glauben Sie mir, wenn wir nicht schleunigst feige werden, werden wir an unserem lächerlich blinden Mut zugrunde gehen. Vielleicht dachte ich nicht immer so, das mag sein. Inzwischen bin ich ja ziemlich heruntergekommen. Aber hierin münden meine Einsichten, hier vereinigen sie sich ohne Zwang. Feigheit aus Schwäche kann sich fast jeder leisten, daran denke ich auch nicht. Ich denke an Feigheit aus Stärke. – Aber sagen Sie: kennen Sie den Namen Mackenbrandt?

– Nein, sagte Helmuth unruhig, den Namen kenne ich nicht. Du, Maxe?

Max schüttelte den Kopf.

– Seinetwegen bin ich hier, sagte der Oberst. Als ich mich einmal unter ungünstigen Umständen von ihm trennte, hörte ich, nachdem ich eine kurze Strecke gegangen war, einen Schuß. Ich war nicht in der Lage, zurückzugehen, aus Gründen, die ich Ihnen nicht ausführlich erklären möchte. – Sie kennen seinen Namen also nicht? Gut, dann werde ich weitersuchen. Einstweilen möchte ich Sie darum bitten, mich während der Nacht in Ihrem Zelt schlafen zu lassen. Und für morgen früh habe ich eine andere Bitte bereit: Sie müssen mir helfen, mein Kind wiederzufinden, das mir bei dem letzten Sandsturm abhanden kam. – Gute Nacht.

Sein Oberkörper neigte sich nach hinten und fiel auf ein Feldbett.

Max seufzte unglücklich; er dachte: Jetzt ist es zu spät für den Spaten.

Fünftes Kapitel

Als die beiden Brüder in die Lehmhütte krochen, war der Besitzer verschwunden. Sie richteten sich auf, glaubten noch seinen Geruch, seine heimliche Anwesenheit wahrnehmen zu können, und Alaric fand, daß das Lager berührt worden war. Fellstücke und Stoffetzen lagen in wirrem Durcheinander, als ob sie in fieberhafter Eile auseinandergerissen worden wären. Ein Stock, der in der Ecke gestanden hatte, war nicht mehr da, desgleichen fehlten einige Konservendosen. Der Zustand, in dem sich die wenigen Dinge im Innern der Hütte befanden, ließ auf panische Flucht schließen. Horace trat an das Fenster und schaute hinaus, und plötzlich glaubte er, eine kleine Gestalt in weißgrauem Gewand in einer der zahlreichen Höhlen verschwinden zu sehen. Er gab seinem Bruder ein Zeichen, und beide stürzten sofort hinaus und liefen zu den Klippen. Vor der Höhle, in die der Fremde gelaufen war, blieben sie stehen und lauschten. Kein Laut, kein ferner dumpfer Hall von Schritten, wie sie es erhofft hatten.

– Offenbar ist er barfuß, sagte Horace.

– Bist du sicher, daß er hier hineinlief? fragte Alaric. Diese Löcher sehen sich zum Verwechseln ähnlich, er könnte genau so gut nebenan sein.

– Ich möchte nur wissen, warum er vor uns geflohen ist, sagte Horace.

– Vielleicht hat er ein schlechtes Gewissen, meinte Alaric.

– Das kann er aber doch nicht uns gegenüber haben. Wir kennen ihn doch gar nicht.

– Wieso nicht? Ein schlechtes Gewissen kann man der ganzen Welt gegenüber haben. Vielleicht hat er etwas auf dem Kerbholz, das auch uns betrifft.

– Sicher wird es dich mehr betreffen als mich, sagte Horace. Aber jetzt wollen wir ihm erst einmal nachsetzen. Diese Löcher reichen gewiß nicht bis Neapel. Nimmst du das linke? Ich bin gespannt, was das für ein komischer Heiliger ist.

– Vielleicht ist es ein Sohn von Hannibal, sagte Alaric trokken, na, woll'n mal sehn.

Sie nickten sich zu und betraten jeder eine Höhle. Alaric schritt rasch aus, ohne von den Spalten und Tropfsteingebilden Notiz zu nehmen. Er steckte die Hände in die Taschen und begann zu pfeifen. Zuweilen unterbrach er sich, warf ein kleines Wort gegen die Felswände und verfolgte das Echo …

– Blue sky … uesky … uesky … sky …

Je weiter er in die Höhle eindrang, desto abschüssiger wurde der Weg. Er schien in das Herz des Berges zu führen. Das Tageslicht nahm ab, aber irgendwoher kam ein seltsames Leuchten und erfüllte die Höhle. An den Wänden lagen, schwer aufeinandergetürmt, kantige Steinbrocken, die sich zumeist aus der Decke gelöst hatten. Als ob jemand ihren Fall gelenkt und geordnet hätte, waren sie nicht mitten auf den Weg gefallen. Einige von ihnen waren so groß, daß sie, wenn sie nicht an den Rand gestürzt wären, jedes weitere Vorwärtsschreiten verhindert hätten. Der Grund hatte viele Risse und Sprünge, die Zeit trieb ihre Pflöcke hinein und verbreitete sie, und die Kraft des Gesteins erlosch. Von der Wand war mancher Brokken abgespalten; sie staken nicht mehr in heimischem Bezirk, sie waren herabgestürzt in ein definitives Exil.

Alaric pfiff und schlenderte arglos voran. Führt sie am Ende doch nach Neapel, dachte er. Das wird sich ja bald erweisen.

– Blue sky … uesky … uesky …

Nachdem Horace einige Minuten gegangen war, aufmerksam, zu jeder Zeit darauf gefaßt, den Fremden vor sich zu sehen, hörte er ein grollendes, dumpfes Geräusch, das so klang, als ob ein alter Leuchtturm zusammenstürzte. Ein mattes Rollen und Donnern drang an sein Ohr, ein gepeinigtes Orgeln, das noch einmal gegen ein unwiderrufliches Geschick zu protestieren schien. Dann vernahm Horace ein wütendes Zischen und im gleichen Moment verspürte er eine leichte Druckwelle. Er dachte sofort an Alaric.

Wenn seine Höhle eingestürzt ist … Es hörte sich fast so an wie eine Sprengung. Er schrie mit voller Lungenkraft:

– Ala-ric! Ala-ric!

Und das Echo stahl dieses Wort und trug es davon, schleuderte es herum, bis es sich immer mehr abnutzte und schließlich erstarb:

– laric … aric … ric …

Wieder erfolgte ein Donnern und Rollen, aus derselben Richtung, aber leiser und harmloser – eine Nachlese der Geräusche gewissermaßen. Sie kamen von rechts, wie Horace glaubte, und er setzte langsam seinen Weg in den Berg fort.

Von dem Fremden fehlte jede Spur. Es gab, auf den ersten Blick zumindest, nicht viele Möglichkeiten für ihn, sich zu verstecken – in jedem Fall hätte ihn Horace, wenn er in seiner Höhle gewesen wäre, aufspüren müssen, denn Horace untersuchte jeden Spalt, umrundete gewissenhaft jeden Block, hinter dem sich ein Mensch hätte verstecken können. Dann und wann blieb er stehen und horchte gespannt in die halbhelle Stille. Aber er vernahm nur ein eishartes, unerklärliches Ticken, das ihn ständig begleitete.

Das Ticken wurde, je weiter er in den Berg hinunterstieg, lauter und härter. Es hörte sich an wie die Arbeit eines steinernen Uhrwerks. Und dann fiel den Mann plötzlich aus einem Riß kalte Zugluft an, wallte gegen seine Stirn und seine Brust. Der Riß war nur so breit, daß Horace gerade seinen Kopf hineinzwängen konnte. Er tat es vorsichtig, mit getrübtem Wagemut, denn er hatte dabei das Gefühl, daß er seinen Hals in ein dunkles, gigantisches Marterinstrument legte. Ein Murmeln drang an sein Ohr, und ihm schien, als ob das Ticken unmittelbar neben ihm hervorgerufen würde. Horace zog den Kopf zurück, kramte aus seiner Tasche eine Schachtel Streichhölzer hervor und ließ ein Hölzchen aufflammen. Die Zugluft stürzte sich sofort darauf und brachte es zum Verlöschen.

Er versuchte es wieder und wieder, aber kaum wollte er das Streichholz, von einer gebogenen Handfläche behütet, durch den Riß führen, da ging es schon wieder aus. Schließlich zwängte er den Kopf und beide Arme in den Spalt hinein und setzte hier die Streichhölzer in Brand, eines nach dem andern. In den kurzen Augenblicken des Aufflammens gelang es ihm, zu erkennen, woher das Ticken kam. Unter ihm befand sich ein Fluß, der dickes, bleifarbenes Wasser führte. Das Wasser hatte einen Stein einseitig unterwaschen, so daß er ständig Übergewicht hatte und die natürliche Neigung besaß, das Gesetz der Schwerkraft zu erfüllen. Und das wäre auch geschehen, wenn ihn nicht das Wasser durch unaufhörliche, kurze Stöße zurückgeschleudert hätte, ihn vorkippen ließ und wieder zurückdrängte, so daß sich der Stein klöppelartig hin und her bewegte und auf diese Art das Ticken hervorrief.

Horace konnte nicht erkennen, welchen Verlauf das Wasser

nahm, woher es kam und in welche Richtung es verschwand. Er dachte: vielleicht gibt es einen Einstieg, einen breiteren Riß ... möglicherweise hat der Mann sich hier verborgen ... aber jetzt hat es keinen Zweck weiterzugehen ... das nächste Mal werde ich die Taschenlampe mitnehmen ... auf der anderen Seite müßte eigentlich Alaric sein.

Er schrie: Alaric! und wartete. Und nach wenigen Sekunden hörte er Alarics Stimme: Ho-race! Alaric mußte, der Richtung der Stimme nach, vor ihm sein, und Horace zog seinen Kopf aus dem Spalt und ging in der Hoffnung, bald wieder einen Riß zu finden, nach vorn. Und schon nach kurzer Zeit bemerkte er eine Öffnung, die so groß war, daß er, fast ohne sich zu bücken, hindurchtreten konnte. Er erhielt durch einen neuerlichen Ruf rasche Gewißheit, daß Alaric nur wenige Schritte von ihm entfernt war, und er schickte sich gerade an, das eisige Wasser zu durchwaten, als er ein gefährliches Knistern und Zittern vernahm. Die Luft schien sich zu spannen, und Horace sprang instinktiv zurück, warf sich auf den Boden des unterirdischen Ganges und verbarg den Kopf zwischen den Händen. Das Knistern wurde stärker, Platzgeräusche drangen in die Höhle, und dann war es, als ob die Klippen zusammenstürzten. Steinsplitter surrten durch die Luft, heimtückische Querschläger, klatschten gegen die Wände und fielen klirrend herab. Der Boden der Höhle hob sich, schlingerte schwerfällig wie ein gequältes Schiff. Der Berg schüttelte sich in Schmerzen, und dann erfolgte eine dumpfe Detonation, ein Donner, der alles einzureißen schien. Dicht neben Horace erklang ein scharfes Zischen, fegte durch die Dunkelheit, aber dann wurde es leiser und leiser und schließlich war es wieder still und die Luft entspannte sich.

Horace erhob sich benommen, befühlte seinen Körper. Die

Öffnung, durch die er hatte gehen wollen, war größer geworden. Aus der Decke hatten sich mächtige Felsbrocken gelöst und waren in das dickflüssige Wasser gefallen.

Er zündete ein Streichholz an – es brannte. Die Zugluft hatte keinen Eintritt mehr. Horace hielt die Flamme nach rechts und dann nach links: er sah nun, welchen Verlauf das Wasser nahm, er bemerkte auch, daß das Flußbett zu einer Seite hin abgeriegelt war. Die Felsen, die herabgedonnert waren, versperrten den ganzen Schacht, und aus den Ritzen quoll zäh das metallisch glänzende Wasser. Da flammte auch auf der andern Seite ein winziges Licht auf: Alaric.

– Ich dachte, es wäre das Jüngste Gericht, rief er. Bist du o. k.?

– Ich komme rüber, sagte Horace.

Er watete an den Trümmern vorbei durch das knietiefe Wasser und fand drüben einen Spalt. Alaric half ihm, hindurchzukommen und reichte seinem Bruder eine brennende Zigarette.

– Hier, sagte er, beruhige dich erst einmal. Offenbar sind wir hier schon im Sekretariat von Pluto. Hast du ihn gesehn?

– Wen?

– Den komischen Kauz aus der Lehmhütte?

– Nein, ich bin aber sicher, daß er in einer dieser beiden Höhlen steckt. Jedenfalls lassen wir ihn jetzt allein. Für den Anfang habe ich genug. Ich meine: der Mann hat uns ja auch gar nichts getan. Er hat ganz einfach ein Recht, fortzulaufen, meinst du nicht auch?

– Meine ich auch, Horse, aber kannst du mir jetzt die Zigarette zurückgeben.

– Hier, komm, und jetzt verschwinden wir.

Sie gingen den Weg zurück, und ihre Schritte hallten durch den felsigen Gang. Als sie das Tageslicht weit vor sich sahen, sagte Alaric:

– Die Erde hat uns sozusagen wieder, Horace. Ich hatte nicht mehr damit gerechnet.

– Du meinst, wir sind ihr noch einmal entwischt.

– Immerhin, sagte Alaric, mich würde es interessieren, wo unser Hannibal junior abgeblieben ist. Hier stimmt etwas nicht, glaub' ich. Natürlich hat der Mann ein Recht, sich zu verbergen, aber welcher vernünftige Mann tut das? Würdest du das tun, Horse?

– Ich? Bestimmt nicht. Gegebenenfalls würde ich mich ... aber das ist nebensächlich. Vielleicht hat der Mann einen Spleen. Wer weiß das. Vielleicht hat er böse Erfahrungen gemacht oder er hat ein allzu empfindliches Trommelfell.

– Vielleicht, sagte Alaric, hat er eine allzu empfindliche Vergangenheit. Du weißt ja selbst, was in den letzten Tagen hier alles passiert ist. – Willst du noch einen Zug machen?

– Danke nein.

– Ich denke nur an diesen rätselhaften Deutschen bei Benghasi, sagte Alaric.

– Was war mit dem? fragte Horace.

– Hab ich's dir noch nicht erzählt?

– Nein, sagte Horace.

– Das wundert mich, ich dachte, ich hätt's dir bereits erzählt. Ich wollte noch etwas unternehmen in dieser Hinsicht, aber ich verlor den Mann zu schnell aus den Augen. Wir wurden damals zu rasch nach Salerno geschickt. Stell dir vor, Horse, du bringst zwei Gefangene nach hinten. Sie laufen vor dir her, die Hände gekrümmt auf dem Kopf, ohne Waffen, müde, gutwillig. Anfangs gehst du noch vier Meter hinter ihnen, dann siehst du ein, daß sie sich abgefunden haben, daß sie vernünftig sind. Hab ich's dir doch erzählt?

– Nein, sagte Horace, ich kann mich nicht daran erinnern.

– Kurz und gut, ich ging in meinem Trott und die in ihrem. Ich ging schräg hinter ihnen, fast auf Tuchfühlung. Und da sah ich bei einem ein Loch in der Uniformjacke. Die Ränder des Lochs hatten sich gefärbt. Sie waren dunkelbraun, getrocknetes Blut. Dem Mann mußte eine Kugel durch die Brust gegangen sein, denn das Loch war ein glatter Ausschuß. Na ja, ich wunderte mich plötzlich, daß der Bursche so gut laufen konnte, vor allem so aufrecht, und als ich ihn fragte, ob wir nicht ausruhen sollten, schüttelte er den Kopf. Die Sache wurde mir unheimlich. Ich starrte immer nur auf das Loch. Schließlich hielt ich es nicht mehr aus und befahl ihnen, stehenzubleiben. Ich sah auf die Brust des Mannes und erkannte sofort das Einschußloch und einen Blutfleck. Er sprach gutes Englisch. Ich fragte ihn, ob das seine Jacke wäre, und er sagte ja und schwor, daß er das Ding schon seit Jahren auf dem Leib hätte.

– Du hättest ihm befehlen sollen, die Jacke auszuziehen, sagte Horace, dann hättest du ihn gleich ertappt.

– Das habe ich ja getan, sagte Alaric, genau das habe ich getan. Er mußte sich ausziehen.

– Na und?

– Seine Haut war nicht einmal geritzt.

– Paßte ihm denn die Jacke? War sie ihm nicht zu klein oder zu groß?

– Sie paßte ihm gut, das war ja das Sonderbare. Ich fragte ihn, woher die beiden Löcher stammten. Er konnte es sich nicht erklären. Ich schrie ihn an und beschuldigte ihn, daß er die Jacke eines Toten trüge. Daraufhin wurde der Bursche ironisch und sagte, es könnte durchaus sein, daß er bereits tot wäre, aber man hätte es ihm noch nicht gesagt. Ich weiß nur noch, daß er deswegen einen rechten Haken von mir einsteckte. Er begann sofort aus dem Mund zu bluten und drohte mir, daß er sich über mich beschweren wolle. Das hat er natürlich bleiben lassen.

– Und du kamst nach Salerno?

– Wenige Tage später, ja. Verstehst du, Horse, mit dieser Geschichte meine ich nur, daß es genug Gründe gibt, aus denen sich einer verstecken kann. Wer weiß, was dieser Bursche und was der aus der Lehmhütte ausgefressen haben.

– Ich glaube, du witterst zuviel, Alaric. Du wirst sehen: dieser Mann ist ein harmloser Einsiedler, der unsere Flugzeuge, unsere Fahrstühle, überhaupt unseren ganzen Jahrmarkt der Sensationen satt hat. Der lieber schweigen möchte, als reden, und der sich darum hier verkrochen hat.

– Mag sein, daß ich mich irre, sagte Alaric, es wäre ein angenehmer Irrtum. Aber trotzdem halte ich es für das beste, wenn wir hier schleunigst dünne werden. Paß auf, Horse, diese Geschichte mit dem Vater des Mädchens ist doch albern. Wahrscheinlich sitzt der Alte längst in seinem Hotel. Wir hätten ihn doch sonst finden müssen. Ich halte es für völlig sinnlos, daß wir seinetwegen das Benzin verbrauchen.

– Und was schlägst du vor?

– Ich bringe Biggi nach El Dabuh zurück, und zwar gleich. Wir wollen ja auch weiter. Falls Biggis Vater noch nicht im Hotel ist, kann sie sich dort bequem ein Suchkommando chartern. Bist du einverstanden?

Horace nickte. Sie verließen die Höhle und traten in das reine, unschuldige Licht des Tages. Die Brüder schauten auf ihr Zelt hinab und sahen das Mädchen, das an einer Stützstange einen Spiegel aufgehängt hatte und sich das Haar kämmte. Als ob sie gespürt hätte, daß man sie beobachtete, wandte sie sich um, erkannte die beiden Männer auf den Klippen und winkte. Da keiner von ihnen zurückwinkte, ergriff Biggi den

Spiegel und warf ihnen geknicktes Sonnenlicht hinüber. Jetzt winkten sie zurück. Sie beschleunigten ihre Gangart, wurden nur neben der Lehmhütte langsamer, und als sie den steilen Weg erreicht hatten, begannen beide zu laufen. Während des Laufs keuchte Alaric:

– Sie ist doch süß, Horse, nicht?

*

Dorniges Gestrüpp und Salzgebüsch suchten sich in dem armen Boden zu behaupten. Das Land machte einen trostlosen Eindruck, es wirkte wie eine ungeheure Brandstatt – rauchlos, gestorben, vergessen und verkommen. Sonne stand starr am Himmel, tötete gelassen, reiste gemächlich zum Horizont.

Der Kühler senkte sich, und das Auto rollte in ein Tal. Biggi saß versunken neben Alaric. Sie fühlte, daß die Suche nach ihrem Vater zwecklos war. Wenn ihm nichts Arges zugestoßen wäre, hätten sie ihn gleich am ersten Tag finden müssen; denn sie hielt es für ausgeschlossen, daß sich der Oberst so weit entfernt haben könnte. Andererseits ließ die Tatsache, daß sie ihren Vater nicht entdeckt hatten, auf eine Rettung durch außergewöhnliche Umstände hoffen. Aber wenn er durch etwas Außergewöhnliches gerettet worden war, dann könnten sie ihn auch nur auf außergewöhnliche Weise wiederfinden. In solchen Fällen bedingt eines das andere.

Von Zeit zu Zeit hob sie unmerklich den Kopf und sah Alaric heimlich von der Seite an. Er fuhr sehr sicher, seine Augen ruhten ständig auf dem Weg. Sein Mund war zusammengepreßt, und die muskulösen Unterarme lagen auf dem Lenkrad. Er hatte ihr gesagt, daß es zweckmäßig sei, wenn er sie nach El Dabuh zurückbrächte, und Biggi hatte das ohne weiteres eingesehen. Er war bisher, entgegen seiner Gewohnheit, sehr wortkarg gewesen, aber das lag wahrscheinlich daran, daß seine Aufmerksamkeit völlig vom Weg in Anspruch genommen wurde. Sie waren über eine geröllbedeckte Ebene gefahren, hatten ein Dünenmeer durchkreuzt und tuckerten nun durch ein langes, schmales Tal. Biggi verspürte plötzlich den Drang, sich bei ihm zu bedanken. Sie legte ihre Hand auf seinen Arm, drehte sich ihm zu und sah ihn an. Alaric lächelte.

– Wollen wir nicht eine kleine Pause machen? sagte Biggi.

– Dann kommen wir zu spät nach El Dabuh, sagte Alaric. Ich muß noch Benzin auftreiben, und das ist unmöglich, wenn es dunkel ist.

– Können Sie denn nicht die Nacht über bei uns im Hotel bleiben? Ich lade Sie ein. Horace wird gewiß warten.

– Horace müßte warten, ihm bliebe nichts anderes übrig. Also gut, meinetwegen. Aber eine Pause brauchen wir deshalb nicht zu machen. Es ist in jedem Fall besser, wenn wir noch vor der Dunkelheit ins Hotel kommen.

Sie zog ihre Hand zurück und sah schweigend hinaus auf die rostbraunen Abhänge, auf den Schutt aus Vulkans glühenden Essen. Kein Wind in der Luft. Die Hitze hockte wie eine riesige gelbe Henne über dem Tal, bewegungslos, stumpfsinnig, unerbittlich brütend. Sie ließ sich auf die beiden Menschen herab, erhitzte Gesichter und Körper, preßte sie aus. Das Auto fuhr langsam, wand sich unter den unsichtbaren schlappen Flügeln hervor, ein kleiner verlorener Austin.

– Sie kommen aus London? fragte Biggi nach einer Weile.

Sie wartete die Antwort nicht ab.

– Ich habe viel über London gehört, sagte sie. Ich liebe diese Stadt, obwohl ich sie nicht kenne, obwohl ich noch nie da war. Ich liebe sie mehr als Paris.

– Warum? fragte Alaric.

– London ist eine traurige Stadt, ein trauriger Riese. Ich liebe London, weil ich Mitleid mit dieser Stadt habe. Vielleicht ist Mitleid die erste Voraussetzung, etwas zu lieben. Können Sie das verstehen?

– Natürlich, sagte Alaric. Aber mir ging es genau so in Deutschland in der Gefangenschaft.

Er schaltete einen anderen Gang ein, der Kühler hob sich, und das Auto verließ das Tal.

– Sind Sie geflohen? fragte Biggi.

– Ja, sagte Alaric, und sogar erfolgreich. Ich war in einem Lager bei Posen. Kennen Sie Posen? Diese Stadt hat so etwas von preußischer Schwermut. Wir hatten in unserem Lager die Möglichkeit, Sport zu treiben. Wir besaßen auch einige Turngeräte: Barren, Pferd und Kasten. Den Kasten schoben wir immer dicht an den Zaun, und während wir über ihn hinwegsprangen, saß einer von uns im Kasten und grub. Die Erde wurde in Beutel gefüllt und das Loch jedesmal sorgsam zugedeckt. Und eines Tages war es so weit: fast alle Gefangenen flohen.

– Alle durch den unterirdischen Gang?

– O nein, nur ein Teil verschwand durch den Gang. Die anderen marschierten singend durch das Tor. Einer von uns hatte sich, ich weiß nicht woher, eine deutsche Uniform besorgt. Er ließ seine Kameraden antreten und tat so, als ob er sie zur Baustelle führte. Leider kamen sie nicht weit, fast alle wurden eingefangen. Wie ich später hörte, waren einige deutsche Wachtposten so begeistert davon, daß sie unseren Männern Tabak schenkten und Brot und überhaupt nicht daran dachten, die Strafmaßnahmen an den Gefangenen zu vollziehen.

– Sie sind nicht durch das Tor marschiert?

– Ich kroch durch den Gang. Polnische Freunde gaben uns Zivilkleidung, und dann trampte ich quer durch Deutschland zur Schweizer Grenze. – Bei Karlsruhe erkannte mich ein alter Eisenbahner; er hatte mich aus dem Halbschlaf geholt, ich hatte wohl ein englisches Wort gesprochen. Aber er hat mich nicht verraten, ich weiß nicht warum. Ich habe einiges von Deutschland zu sehen bekommen, habe mit vielen Leuten gesprochen. Ich liebe sie auch, aber, wenn ich ehrlich sein soll, ebenfalls aus Mitleid. Natürlich reicht das Mitleid schon aus, meinen Sie nicht? Wenn alle Mitleid für einander empfänden, dann wäre es schon genug. Einem, der Mitleid mit mir hat, würde ich nicht mißtrauen. Geht es Ihnen nicht auch so?

Das Mädchen nickte.

Alaric begann schneller und waghalsiger zu fahren. Der Motor brummte auf, und hinter dem Auto riß der Sog Staub empor, der sich in Wirbeln hochschraubte und nach einer Weile wieder in die Leblosigkeit zurückfiel. Biggi zündete eine Zigarette an und steckte sie Alaric in den Mund. Ein leichtes, glückliches Erstaunen irrte über sein Gesicht. Er wußte nicht, daß Biggi es in harmloser Kameradschaft getan hatte. Er fragte leutselig:

– Da Sie London lieben: lieben Sie auch die Engländer? Logischerweise müßten Sie es ja tun. Haben Sie mal welche kennengelernt?

– Selbstverständlich habe ich einige gesehen, bei uns in Hamburg sieht man genug von ihnen. Wissen Sie, ich finde, die Engländer sehen fast alle schlecht ernährt aus, mickerig sagt man bei uns. Mir tun sie immer leid, wenn ich sie bei uns auf dem Gänsemarkt oder am Dammtor sehe. Sie wirken so verfroren – so – wie soll ich sagen – unbeschirmt. Am liebsten möchte ich jedem, den ich sehe, ein Taschentuch oder ein Paar

Pulswärmer schenken, oder irgend etwas anderes. Vielleicht gibt es auf der Welt noch gar nicht das Geschenk, das mir für Engländer vorschwebt. Das müßte wohl noch erfunden werden.

Alaric antwortete nicht.

Biggi sah ihn besorgt an und fragte:

– Böse, Alaric?

– Wieso denn, ich habe doch danach gefragt.

Er schüttelte, versonnen lächelnd, den Kopf.

Als das Auto vor dem schäbigen Hotel in El Dabuh hielt, kauerte die Nacht bereits am Horizont. Biggi und Alaric verließen den Wagen, liefen ein paar Holztreppen hinauf und standen in einer Art Halle. Kein Mensch war zu sehen.

– Ich werde hier warten, sagte Alaric und schlenderte zu einem Tisch. Biggi sprang hinauf in den ersten Stock, lief über einen endlosen Korridor und blieb vor der Tür zu ihrem Zimmer stehen. Sie wartete, bis ihr Atem sich beruhigt hatte, legte dann ein Ohr an das Holz und lauschte.

– Warum lausch' ich eigentlich? Wenn er da ist, verhält er sich immer still … also warum?

Sie riß die Tür auf: der Oberst war nicht da. Das Bett war geordnet, der Marmortisch abgewischt und die Fenster geöffnet. Biggi lehnte sich fassungslos an den Türrahmen. Hatte sie sich im Raum geirrt? Es war ausgeschlossen, daß die Lampe eines anderen Zimmers an derselben Stelle beschädigt war. Der große Koffer? Er hatte doch bisher am Fußende gestanden. War der Raum bereits an einen anderen vermietet? Der große Koffer stand unter dem Bett. Die blanken Schlösser blinzelten durch das Halbdunkel, gleichgültige Metallaugen. Es war der richtige Raum. Aber wer hatte den Koffer unter das Bett geschoben? ›Wir werden uns verstehen‹, hatte der Oberst bei der

Ankunft zu dem barfüßigen Mädchen gesagt, ›wenn du nicht alles von seinem Ort rückst. Mich langweilt die Ordnung, sie ist unnatürlich und gewalttätig. Laß darum alles so liegen und stehen, wie du es vorfindest.‹ Das barfüßige Mädchen mit den gefetteten Haaren hatte den Koffer gewiß nicht unter das Bett geschoben.

Biggi drückte den Körper vom Türpfosten ab, ging zum Bett hinüber, bückte sich und zog den Koffer hervor. Sie bewegte die Schnappschlösser zur Seite, hob den Deckel an: Hemden, Unterwäsche, Taschentücher, Bürsten. Der Oberst hatte sich gesträubt, sie auszupacken, ohne Begründung. Biggi schob die Hand in eine Ritze zwischen den Wäschestücken, fuhr die Kante entlang und fühlte nach dem Boden. Sie tat es absichtslos, in Gedanken, und plötzlich setzte sich ihrer Hand ein Widerstand entgegen, ein kaltes, rauhes, lederartiges Hemmnis, das sich anfühlte wie eine Schlangenhaut. Das Mädchen zuckte zusammen und schrak auf. Dann griff sie bewußt hinein, fingerte eine Weile herum, weil sie es vermeiden wollte, die Wäsche durcheinander zu bringen, und schließlich gelang es ihr, einen schmalen Gegenstand hervorzuziehen: eine Brieftasche mit den Initialen ihres Vaters.

Die Brieftasche war prall mit Papieren angefüllt, enthielt ihrer beider Pässe und Reisebescheinigungen, Geld, Briefe und ein Notizbuch. Biggi wollte die Dinge wieder zurücklegen, als sie das Notizbuch entdeckte; oder: das Notizbuch entdeckte sie. Beide sahen sich auffordernd an: blättre mich durch, schien das Notizbuch zu sagen, rutschte aus der Brieftasche und fiel in Biggis Schoß. Es zog den Stoff zwischen ihren Schenkeln herab. Es war abgegriffen, fleckig, unansehnlich. Wahrscheinlich hatte es ihr Vater benutzt, um die Ausgaben während der Reise zu buchen.

Während Biggi einen Augenblick unentschlossen saß, wurde die Tür geöffnet, leise, geräuschlos wie der Nachtfall; der Spalt vergrößerte sich langsam und das Mädchen mit dem gefetteten Haar floß herein, stand wie ein geheimnisvolles Tier im Zimmer, die Augen auf Biggi gerichtet. Das Mädchen sprach nicht, es wartete, bis es entdeckt wurde. Biggi warf, als sie das Mädchen entdeckte, die Brieftasche in den Koffer und schnellte empor. Das Notizbuch fiel klatschend zu Boden. Sie bückte sich, hob es auf und steckte es in einen Beutel, den sie am Handgelenk trug. Bevor sie noch ein Wort gesagt hatte, ging das fremde Mädchen auf sie zu und schob den Koffer unter das Bett zurück.

– Wo ist mein Vater, fragte Biggi hastig.

– Er ist hier gewesen, sagte das Mädchen.

Es hatte eine dunkle, unpersönliche Stimme.

– Wann war er hier? fragte Biggi. Hat er nicht eine Nachricht hinterlassen? Er muß doch etwas gesagt haben, bevor er fortfuhr. Hat er nicht einen Brief an mich geschrieben? Er hat einen Brief geschrieben, nicht wahr?

– Er hat keinen Brief geschrieben, sagte das Mädchen.

– Er war nur wenige Minuten hier. Das Auto erwartete ihn.

– Heute?

– Heute.

– Aber wohin wollte er, hat er nicht gesagt, wohin er wollte? Erinnerst du dich, was er gesagt hat?

– Der Vater war traurig, er hat nichts gesagt.

– War er traurig, weil ich nicht hier war, fragte Biggi verzweifelt.

– Man sieht nur Traurigkeit, man sieht nie, warum einer traurig ist.

– Sagte er, daß er bald zurückkäme?

– Er ist mit dem Pockennarbigen gefahren, Ihr kennt ihn.

Biggi stürzte an dem fremden Mädchen vorbei, lief nach unten und suchte Alaric. Er saß an einem Tisch, rauchte und trank. Seine Beine waren weit ausgestreckt, ein Arm in die Lehne seines Stuhls gehakt. Er genoß die Entspannung. Als er Biggi herabkommen sah, wußte er, daß die nächsten Stunden einen anderen Verlauf nehmen würden, als er sie sich bereits vorgestellt hatte. So, wie sie jetzt auf ihn zukam, ernst, starre Augen, rudernde Bewegungen, ließ sie Alaric keine Hoffnung.

– Wollen Sie etwas trinken, fragte er. Ich besorge Ihnen einen Kaffee. Oder nehmen Sie etwas Kaltes?

– Er war hier, sagte Biggi, mein Vater war heute hier.

– Dann ist ja alles gut, sagte Alaric.

Er zog die Beine an und nahm einen Schluck aus seinem Glas.

– Ist er oben?

– Er ist fortgefahren, sagte Biggi. Offenbar ist er zu der Stelle gefahren, wo wir uns verloren. Ich nehme an, daß er unterwegs ist, um mich zu suchen.

– Warum sind Sie denn so aufgeregt, fragte Alaric. Jetzt brauchen Sie doch keine Angst mehr zu haben. Ihrem Vater ist nichts Schlimmes zugestoßen, das ist doch entscheidend.

– Er ist mit dem Pockennarbigen fortgefahren.

– Na und?

– Ich mag diesen Mann nicht, er ist mir nicht geheuer. Er ist überhaupt schuld daran, daß wir vom Sandsturm überrascht wurden.

Alaric angelte sich ihre Hand, beklopfte sie und sagte:

– Pockennarbige können auch nette Burschen sein, Biggi. Ich war mal mit einem befreundet. Die Phantasie der Romanschriftsteller hat sie, glaube ich, etwas in Verruf gebracht. Pockennarbig macht sich besser als glatthäutig. Da zeigen sich Chaos und Konflikt schon auf der Haut.

Er sah schmunzelnd zu ihr auf und zog sie auf einen Stuhl.

– Was sollen wir denn tun, fragte Biggi.

– Wir warten bis morgen. Heute kann ich ohnehin kein Benzin mehr auftreiben. Ich bin sicher, daß Ihr Vater Sie morgen ans Herz drücken wird.

– Ich bin nicht so sicher, sagte Biggi.

– Das ist eine aufregende Reise für Sie geworden, nicht wahr?

– Wenn wir nach Sylt gefahren wären – auf eine Insel bei uns in der Nähe –, dann wäre alles nicht so schlimm gekommen.

– Wollten Sie denn nicht nach Libyen? fragte Alaric.

– Ich? Gott bewahre. Mein Vater wollte, und ich mußte gehorchen. Er war während des Krieges hier unten. Sein bester Freund ist seinerzeit auf mysteriöse Art verschwunden. Mein Vater hofft, eine Spur von ihm zu finden. Aber nach so langer Zeit ist das wohl unmöglich. Hier unten ist ein Tag wie bei uns ein Jahr. Aber das wissen Sie ja besser als ich. Wir haben einige Jahre für diese Reise gespart, und jetzt …

– Möglicherweise findet Ihr Vater doch eine Spur, unterbrach sie Alaric. Je weiter manche Dinge zurückliegen, desto eher stößt man auf sie. Gehe weiter weg von mir, damit ich dich besser sehen kann, sagte mal irgend jemand, weiß nur nicht mehr, wer. Zigarette?

– Vielen Dank, sagte Biggi weich und schüttelte den Kopf. Sie saß unglücklich auf ihrem Stuhl, als ob sie einen Stock verschluckt hätte.

– Horace wird gewiß unruhig sein, sagte Biggi.

– Ah, Horse ist gern allein, der macht sich nicht viel aus andern Leuten.

– Sie müssen es wissen, sagte Biggi, Sie kennen ihn besser als ich.

– Ich kenne ihn sozusagen vom Ei her, ein prächtiger Bursche, nur ein bißchen hölzern. Er ist ziemlich unsicher, besonders Mädchen gegenüber.

– Ist das ein Fehler? fragte Biggi.

– Nicht gerade ein Fehler, aber diese Unsicherheit ist ohne Zweifel ein Nachteil. Er hat noch manche andere Nachteile – beispielsweise ist er ein wenig dickköpfig und rigoros –, aber sonst ist mein Horse ein prächtiger Bursche. Das werden Sie doch wohl schon bemerkt haben, wie?

– Natürlich, sagte Biggi, aber warum nennen Sie ihn eigentlich immer Horse? Ärgert ihn das nicht?

– Sie meinen, weil er eine gewisse Ähnlichkeit mit einem Pferd hat? Oh, das macht ihm nichts aus, er hat sich bereits daran gewöhnt. Wie ein Pferd an seinen Futterplatz, möchte ich sagen. Außerdem: wenn Horse wütend wird, stößt er zuweilen Töne aus wie ein Pferd. Er wiehert gewissermaßen vor Wut, und insofern trägt er seinen Namen zu Recht.

Alaric bewegte die Zehen in den Schuhen und blies den Rauch seiner Zigarette gegen die Handfläche.

– Ich mag Horse sehr gern, sagte Biggi.

– Sie mögen alle Engländer sehr gern, sagte Alaric lächelnd.

– Allerdings. – Wann wollen wir morgen zurückfahren?

– Wenn wir ausgeschlafen haben, sagte Alaric.

Sechstes Kapitel

D er Oberst lag kümmerlich auf dem Rücksitz, ein Haut-
beutel voll schwachen Atems – vom Leben an den Tod
verschachert. Staub fiel ihn an, bedeckte Augenlider und Hals,
Knie und Lippen. Der Kopf des Mannes war zurückgebogen,
der Mund geöffnet wie in verzweifeltem Verlangen. Die Falten
am Hals hatten sich gestrafft, und der Kehlkopf stand weit
hervor. Die morschen Arme, die schlapp aus den Schultern
heraushingen, hüpften und zitterten während der Fahrt.

Der pockennarbige Chauffeur blickte auf die Spur, fuhr an
ihr entlang wie an einem Bindfaden. Sie mußten auf das Zelt
stoßen.

Horace bemerkte plötzlich einen Schatten, der auf die Zeltwand fiel und ergriff unwillkürlich ein Messer. Er blieb reglos
liegen und wartete. Er vermutete, daß sich der Fremde aus der
Lehmhütte hervorgewagt hätte in der Meinung, das Zelt wäre
verlassen. Der Schatten bewegte sich nicht, stand senkrecht
und starr, als ob er zu einem Baum gehörte. Komm nur herein,
dachte Horace, er fühlte sich noch sicher. Da verlängerte sich
der Schatten – offenbar hob der Mann eine Hand – und nahm
etwas Bedrohliches an. Wenn die erhobene Hand eine Eisenstange hielt, wenn sie bereits hinter dem Kopf geschwungen
war, bereit, zuzubeißen ... Horace erinnerte sich, von einem
Überfall auf zwei Touristen gelesen zu haben, die, in einem
Zelt liegend, erschlagen worden waren. Der erste Hieb hatte

keinen der Menschen getroffen, aber er hatte das Zelt zum Einsturz gebracht, und als die beiden – es war ein junges Paar – versucht hatten, sich zu erheben und unter der Leinwand hervorzukriechen, da zeichneten sich ihre Umrisse so deutlich ab, daß jeder Schlag traf. Statt sich ruhig zu verhalten, dachte Horace, werden sie wahrscheinlich immer wieder versucht haben, auf die Beine zu gelangen, und das war ihr Verhängnis. Sie hatten sich unwissend ihrem Verhängnis entgegengedrängt, hatten ihm auf unheimliche Weise Vorschub geleistet.

Wenn die erhobene Hand eine Eisenstange hielt?

Horace rollte sich blitzschnell von seiner Luftmatratze, richtete sich neben dem Eingang auf und sprang ins Freie. Er erblickte einen mageren, verwelkten Mann, der eine Hand ausgestreckt über dem Kopf hielt, und einem anderen, der in einiger Entfernung stand, ein Zeichen gab.

– Fürchten Sie nichts, sagte der Oberst zu Horace, wir bringen Ihnen weder Freude noch Unglück.

Das kann jeder sagen, dachte Horace. Warum rufst du den andern?

– Sie sind Engländer, nicht wahr? sagte der Oberst. Einer aus dem Land Wellingtons.

Sein Gesicht verzog sich zu einem gequälten Lächeln. Er drehte sich in knackenden Gelenken und stelzte auf Horace zu, unsicher schwankend, mühselig. Seine Haut glich braunem Kreppapier, bei der Berührung – dachte Horace – müßte es knistern.

– Geben Sie mir die Hand, sagte der Oberst. Eine Wellington-Hand. Das ist alles, was ich vorerst will. Auch der Händedruck ist eine Art von Hingabe, eine zu alltäglich gewordene freilich.

Er taumelte leicht, Horace sprang hinzu und bewahrte ihn davor, auf den Boden zu stürzen. Er wunderte sich, wie gewichtslos dieser Mann war; er stellte ihn auf die Füße und reichte ihm die Hand.

Eine Mischung aus Rauch und Knochen.

– Sie haben recht, ich komme aus London. Wie mir scheint, kommen Sie aus Deutschland?

– Sieht man mir den Deutschen noch an, fragte der Oberst matt und glücklich. Ich dachte, ich trüge bereits die Uniform der Legionäre, der Legionäre des Staubes. Das macht mich froh, was Sie mir da sagen, macht mich ausgesprochen froh.

Horace glaubte einen gelinden Druck in seiner Hand zu spüren, aber er konnte sich auch getäuscht haben. Ein schwaches Gefühl von Ekel und Mitleid überkam ihn. Er versuchte die fremde Hand loszuwerden.

– Ah, klagte der Oberst mit trauriger Stimme, ah, jetzt kommt der Wind und reißt uns auseinander, der Wind aus der Stirn.

Leichte Schlagseite, dachte Horace, aber durchaus amüsant. Er legte dem Mann den Arm um die Schulter und führte ihn zum Zelt.

– Sie sind bestimmt auf der Suche nach Ihrer Tochter?

Der Oberst zeigte keinerlei Überraschung.

– Meine Tochter Biggi ist mir abhanden gekommen, sagte er. Sie ist naiv wie das Wasser des Mittelmeeres.

Merkwürdiger Vergleich. Was meint er damit? Die Durchsichtigkeit? Das optimistische Blaue?

– Hören Sie, Ihre Tochter ist hier. Sie ist mit meinem Bruder fortgefahren, um Sie zu suchen. Wenn Sie hier warten wollen? Ihre Tochter ist schon seit zwei Tagen bei uns.

Der Oberst blieb stehen, blickte Horace mit müder Verachtung an und befreite sich von seinem Arm. Er vibrierte wie ein angesägter Ast, sein Oberkörper geriet ins Wanken und beschrieb kleine Kreise, Spiralen des Unfaßbaren, der Bestürzung. Die Schultern zuckten unter einem unerklärlichen Krampf. Sein Körper verlor an Größe, schrumpfte durch den Knutenschlag eines Wortes zusammen.

– Was ist denn? fragte Horace betroffen.

Sein Arm war schon hinter dem Rücken des Obersten, um ihn, falls er kippen sollte, rechtzeitig abzufangen. Aber der Oberst machte eine unverhoffte Drehung und schlug Horaces Arm lasch herunter.

Inzwischen war der Fahrer herangekommen, stand still und beobachtete ausdruckslos den Oberst. Horace warf ihm einen hilfesuchenden Blick zu; der Blick traf, prallte ab und fiel ins Geröll.

– Wir brauchen Hilfe, sagte Horace vorwurfsvoll zum Chauffeur. Der winkte versteckt ab.

– Hier ist niemand, der Hilfe braucht, sagte der Oberst. Wer geboren ist, ist schuldig; der verdient keine Hilfe.

Er hielt in der spiralförmigen Bewegung inne, atmete hastig, führte mit großer Anstrengung die Fäuste an die Schläfen und hob das Gesicht zum Himmel auf. Horace sah durch einen breiten Hemdsärmel in die Achselhöhle des Mannes und vermißte einen Haarwuchs. Er sah die gespannte, gelbliche Haut über den obersten Rippen, ein winziges Stück der Brustwarze und einen Leberfleck am Oberarm.

– Mir scheint, auch Geborene brauchen zuweilen Hilfe, sagte er, und, an den Chauffeur gewandt: Wir tragen den Herrn ins Zelt. Bitte, würden Sie mir dabei helfen?

– Hebe dich weg von mir, Satan, sagte der Oberst verächtlich zu dem Pockennarbigen, und er nahm die Fäuste herab und machte Handbewegungen, mit denen man einen Hund verscheucht und rief:

– Sch – weg, sch, sch. Laß dich im Hotel bezahlen, ich brauche dich nicht mehr. Ich werde hier auf meine Tochter warten. Die Herren aus dem Lande Wellingtons werden mich heimbringen. Fort jetzt, sch, sch!

Der Chauffeur ging ohne Gruß und Bemerkung, und der Oberst sah ihm haßerfüllt nach.

– Falls Sie noch nicht das Vergnügen hatten, den Leibhaftigen zu kennen: das war er. Das, was ihn sympathisch und gefährlich macht, ist seine ständige Hilfsbereitschaft. Ich mißtraue, seit ich ihn kenne, jedem, der mit Hilfsangeboten um sich wirft.

– Kommen Sie, sagte Horace. Es kann noch eine Weile dauern, bis die beiden zurückkehren. Sie werden erschöpft und hungrig sein. Ich werde uns etwas zu essen machen.

Er streckte seine Hand aus, aber der Oberst wich vor ihr zurück wie vor einem glühenden Eisen und stelzte mit eigener Kraft zum Zelt. Horace schlug die Eingangswand vor ihm zurück, und dabei streifte die Schulter des Mannes fast sein Gesicht. Er riecht nach Wachs und Leder, dachte Horace. Diesen Geruch kenne ich gar nicht bei einem Menschen.

Der Oberst stieß mit dem Fuß gegen eine der Luftmatratzen und fragte geringschätzig:

– Hat meine Tochter darauf gelegen?

– Sie hat darauf gelegen, natürlich, wo sollte sie denn sonst geschlafen haben?

– Die Stunden der Nacht vertropfen schnell, sagte der Oberst. Biggi hätte sich auf die Erde legen sollen. Ich verachte sie.

– Aber ich bitte Sie, sagte Horace erstaunt.

– Bitten Sie nicht, antwortete der Oberst, das Bitten überlassen Sie besser den Platonikern. Die haben es nötiger.

Er stand gekrümmt da, mit baumelnden Armen, wie ein greisenhafter, unberechenbarer Affe.

– Während ich litt, schlief sie, sagte er. Ich habe gemeinhin nichts gegen den Schlaf, aber solange einer in der Nähe ist, der leidet, darf es keinen Schlaf geben. Sagen Sie mir offen – wir sind nun unter uns –, haben Sie den Spiegel zerbrochen?

– Welchen Spiegel? Sie müssen sich schon genauer ausdrükken, sagte Horace.

– Ich wiederhole keine Fragen, sagte der Oberst. Damit enthebe ich Sie einer Antwort.

Er setzte sich auf eine Luftmatratze, sah Horace lauernd von hinten an und sagte herausfordernd:

– Machen Sie uns etwas zu essen. Ich habe zwar keinen Hunger, aber ich nehme an, daß es mir gelingen wird, Ihnen bei der Mahlzeit Gesellschaft zu leisten.

Damit ließ er sich nach hinten fallen, wurde hochgeschleudert, kam zur Ruhe. Horace öffnete eine stabile Holzkiste, nahm vier Eier und Speck heraus und ging zur Kochstelle unweit des Zeltes. Er entfachte ein Spiritusfeuer, schob die Pfanne über die Flamme und schnitt Speckwürfel hinein. Kleine, zischende Explosionen erfolgten, es knallte und prasselte, und von den Speckwürfeln stieg ein harter, würgender Qualm in die Höhe. Mit knapper Bewegung zerbrach Horace die Schale der Eier am Pfannenrand, wischte das Weiße mit dem Zeigefinger aus und warf die Eierschalen in den Teich.

Selten solchen komischen Schwan gesehen, dachte er. Benimmt sich wie der Pascha von Marakesch. Alles, was er sagt, klingt unwiderruflich, endgültig. Der hat wahrscheinlich eine apodiktische Ader. Na, jedenfalls ist er da, und Biggi wird ihn bald wiederhaben. Möchte nur gern wissen, wo er gesteckt hat. Ich werde ihn fragen. Ach, wenn man's richtig nimmt, ist er ganz unterhaltsam.

Er drehte die Flamme aus, wickelte sein Taschentuch um den

Pfannenstiel und trug die Eier ins Zelt. Er setzte die Pfanne auf die Erde, zog zwei Emailleteller aus der Kiste und verteilte die Eier – jedem zwei. Dann verschloß er die Kiste und rückte sie dicht an die Luftmatratze heran, so daß der Oberst, wenn er sich aufrecht hinsetzte, bequem essen konnte.

Der Oberst lag steif und mit geschlossenen Augen da, seine Hände waren über dem Leib gefaltet. Fehlte nur noch ein Sträußchen.

– So, sagte Horace, wir können essen. Ich hoffe, die Eier werden Ihnen wohltun, da steckt allerhand Kraft drin.

– Es ist die unschuldige Kraft des Lammes, sagte der Oberst mit unbeweglichem Gesicht. Er traf keine Anstalten, sich zu erheben.

– Hier sind Eier eine Kostbarkeit, sagte Horace. Es freut mich, daß wir zur Feier des Tages noch welche da haben.

Feier des Tages? Das war eine verhängnisvolle Bemerkung.

– Was wollen Sie feiern? fragte der Oberst mit müder Arroganz.

– Haben wir heute etwa den Jahrestag der Schlacht bei Waterloo? Wollen Sie Wellington feiern?

– Ich dachte an Ihre Ankunft, sagte Horace ärgerlich, an Ihre glückliche Ankunft.

– Wer etwas von der Welt versteht, feiert nie eine Ankunft, sagte der Oberst. Der feiert, wenn es sein muß, bestenfalls einen Abschied. Lassen Sie sich also Ihre Wellington-Eier gut schmecken. Hoffnungen rechtfertigt erst der Abschied, und wenn es nur die Hoffnung auf einen Nachruf ist. Eine Ankunft hat etwas Trauriges, ich hatte dabei immer das Gefühl, als ob ich bis zu den Lenden im Morast stünde.

– Es waren unsere letzten Eier, sagte Horace.

Der Oberst überhörte den Vorwurf, er antwortete gleichgültig:

– Na und? Glauben Sie, daß mit dem Verschwinden dieser Eier das Jüngste Gericht anhebt?

– Also wollen Sie oder wollen Sie nicht?

– Ich hatte bisher stets den Eindruck, daß nichts, was ich sagte, der allgemeinen Klarheit entbehrte, sagte der Oberst. Essen Sie Ihre Eier in Frieden, aber essen Sie sie nicht zur Feier des Tages. Sie könnten es in der Zukunft bereuen.

– Das tue ich schon jetzt, brummte Horace.

Er setzte sich auf ein Klappstühlchen und begann zu essen. Er aß wütend, stopfte sich ein ganzes Ei in den Mund und kaute so grimmig, daß es aussah, als kaue er gleichzeitig gegen den Mann an, der in todesnaher Überheblichkeit auf der Luftmatratze lag und aus glasigen Augen gegen die Zeltwand stierte. Nachdem Horace seine Mahlzeit beendet hatte, schleuderte er den Teller in eine Ecke und erhob sich geräuschvoll.

– Wollen Sie überhaupt etwas essen? fragte er scharf.

– Soll ich Ihnen einen Tee kochen, einen starken, der Sie belebt?

– Halten Sie es für richtig, daß man sich belebt? fragte der Oberst. Ich schätze solche Belebungsversuche nicht. Sie stehen im Preis nicht höher als der Tee im Lande Wellingtons. Wozu soll man sich außerdem beleben? Aus welchem Grunde soll man die gnädige Kraftlosigkeit vertreiben? Um Eier braten zu können? Um das große Einmaleins parat zu haben? Der Himmel und der Körper besprechen sich ausführlich und legen in gewissen Abständen die neue Einstellung fest. Warum soll man ihnen zuwider handeln?

– Also, Sie wollen nichts mehr essen? sagte Horace feststellend. Er drehte sich um und wollte das Zelt verlassen.

Man kommt sich ja wie ein Schüler vor in seiner Gegenwart, dachte er.

– Halt, rief der Oberst, fliehen Sie nicht. Bleiben Sie hier.

– Es sind keine Eier mehr da!

– Wer sprach von Eiern? Ich würde gern einen Fisch essen. Ist es möglich, mir einen Fisch zu besorgen? Ich sah einen Teich in der Nähe, und ich nehme an, daß es in ihm Fische gibt.

– Wir können es ja versuchen, sagte Horace. Aber wir besitzen kein Angelgerät, und mit der Hand dürfte es uns kaum gelingen. Vielleicht können wir aber einen schießen.

Er trat an einen Gepäcksack heran, holte ein Gewehr hervor, strich über Lauf und Kolben. Er zog das Schloß heraus, hielt den Lauf gegen den Himmel und sah hindurch.

– Gut, sagte er, wir haben es schon lange nicht mehr benutzt.

– Dann wird es Zeit, sagte der Oberst. Ein Gewehr nimmt nichts mehr übel, als wenn man es unbenutzt liegen läßt.

Stöhnend, eine Hand um die Kiste gelegt, richtete er den Oberkörper auf, ergriff dann die Zeltstange und raffte sich an ihr vollends empor. Vorsichtig stieß er sich von der Stange ab, die ihm Halt und Sicherheit gegeben hatte, suchte durch systematisches Herumfuchteln mit den Armen sein Gleichgewicht zu gewinnen, und als es soweit war, stelzte er schief und mit entwaffnendem Hochmut an Horace vorbei und zum Zelt hinaus. Er schlug sofort den Weg zum Teich ein, unbekümmert darum, ob und in welcher Entfernung der Engländer ihm folgte; er erreichte das Ufer, knöpfte die Hose auf und schickte einen gebogenen Wasserstrahl in den Teich.

– Sie leiden nicht an der Blase, sagte er, zu Horace gewandt, danken Sie Gott dafür.

Er knöpfte die Hose wieder zu, entledigte sich seiner Schuhe und watete ins Wasser.

Horace lud das Gewehr, entsicherte es und ging, ohne auf den Oberst zu achten, am Ufer entlang, ständig Ausschau nach Fischen haltend. Und nach einer Weile entdeckte er, von einem Stein zur Hälfte verborgen, den dunklen Rücken eines Fisches. Der Kopf des Tieres steckte in einer Steinöffnung. Horace wartete darauf, daß sich der Fisch in seiner ganzen Größe hervorwage, aber offenbar ruhte er.

Die Schwanzflosse fächelte hin und her und schob das Kopfende in die Öffnung zurück, wenn es von einer geheimen Strömung erfaßt und hervorgezogen wurde.

Ich muß es so versuchen.

Der Fisch befand sich ungefähr eine halbe Armlänge unter Wasser. Horace hob das Gewehr, zog den Kolben in die Schulter ein und zielte. Das Tier stand jetzt völlig still. Der Mann drückte ab, und die Kugel durchbrach den Spiegel des Teiches und riß eine Schlammfontäne vom Grund hoch. Horace konnte nicht erkennen, ob er das Ziel getroffen hatte, er mußte warten, bis die Strömung den Schlammpilz zur Seite getrieben hatte. Bevor das jedoch geschehen war, war der Oberst herangestorcht, bückte sich und tastete mit der Hand den Grund ab. Er fand den Fisch, aber nur das Schwanzende. Die Kugel mußte das Tier zerrissen haben.

– Ein halber Fisch ist auch ein Fisch, sagte der Oberst, und er warf das Schwanzende ans Ufer.

– Wieviel wollen Sie essen? fragte Horace.

Er lud das Gewehr von neuem.

– Ich habe keinen großen Hunger, sagte der Oberst, zwei, drei Schwänze dürften genügen.

Horace wollte weitergehen. Solange er nach Fischen jagte, brauchte er sich nicht mit diesem komischen Schwan zu unterhalten. Die Freiheit, schweigen zu können, sollte ihm der nicht nehmen. Ich werde ihm die Fische braten, und dann soll er sie essen und sich in aller Namen hinlegen. Leute wie er gehören in die Horizontale. Wer senkrecht leben will, muß anders aussehen.

Kaum hatte er einen Schritt getan, da rief der Oberst:

– Halt!

Was will er denn jetzt wieder? Er soll froh sein, daß ich ihm die Fische schieße.

– Würden Sie mir das Gewehr leihen? bat der Oberst. Ich habe noch nie einen selbsterlegten Fisch gegessen. Geben Sie mir bitte das Gewehr.

Der übersteht nicht den Rückschlag, dachte Horace.

– Ich glaube, daß es besser ist, wenn ich schieße, sagte er. Das Gewehr ist mir vertrauter als Ihnen.

– Gewehre, sagte der Oberst, haben etwas von einer Prostituierten, sie sind jedem willig. Und der Mechanismus, mag er auch noch so kompliziert erscheinen, läuft ja schließlich nur darauf hinaus, daß der Bolzen das Zündhütchen trifft. Ich werde mich schon zurechtfinden, seien Sie unbesorgt.

– Ich bin unbesorgt, antwortete Horace, und Sie verstehen gewiß etwas von Gewehren. Aber im Augenblick halte ich es für ratsamer, wenn ich Ihnen auch den zweiten Fisch schieße.

Der Oberst machte ein kindisch-trauriges Gesicht, planschte an Land und kroch, um schneller vorwärts zu kommen, auf allen vieren zu Horace. Er zog sich an dessen Kleidung empor, und in einem nie gehörten Ton winselnder Trauer begann er, um das Gewehr zu betteln.

Horace wagte nicht, ihn zurückzustoßen; am liebsten hätte er es getan, denn das wehleidige Geplapper war ihm widerwärtig.

– Hören Sie doch auf, sagte er barsch.

– Das Gewehr und zwei Patronen, bettelte der Oberst mit vorgestreckten Händen. Sie tun einem alten Mann, der noch nie einen selbsterlegten Fisch gegessen hat, den größten Gefallen.

Horace ließ sich erweichen und reichte dem Mann das geladene Gewehr und eine Patrone.

– Aber Sie bleiben am Ufer, sagte er. Wenn Sie ins Wasser gehn und stolpern, bekommt es beiden nicht, Ihnen nicht, und dem Gewehr auch nicht.

Als der Oberst das Gewehr in den Händen hielt, änderte sich sein Gesichtsausdruck. Die kindische Trauer verflog und ein Lächeln von Verwegenheit und Überheblichkeit hockte unter den Augen. Sein Gesicht nahm die alten, für Horace so hassenswerten Züge an. Aber auch sein Gang schien, seit er das Gewehr in den Händen hielt, sicherer geworden zu sein. Er stelzte nicht mehr so schief und hilflos herum, sondern bewegte sich entschlossen, gelenkig. Er drückte die Knie durch, schlenkerte, was er sonst nie tat, mit dem freien Arm und hob die Absätze hoch. Horace beobachtete das mißtrauisch, und sein Mißtrauen wuchs, als er bemerkte, daß der Oberst nicht am Ufer entlangging und nach Fischen Ausschau hielt, sondern sich vom Teich fortbewegte. Er ging zu einem platten Felsblock, der wenige Meter von ihnen entfernt lag, brachte das Gewehr in Anschlag und richtete es auf Horace.

– Vorsicht, rief Horace lachend, es ist geladen. Und er versuchte, aus der Schußbahn zu treten. Die Mündung drehte sich mit, blieb auf ihn gerichtet.

– Es ist entsichert, rief Horace, diesmal schon in einiger Besorgnis.

– Ich weiß, sagte der Oberst ruhig. Wenn es nicht geladen und entsichert wäre, würde ich es nicht tun. Ich bin kein Freund des Theaters. Kommen Sie näher.

Horace, voll banger Unsicherheit, zauderte. Er grinste in fassungslosem Erstaunen herüber und blieb stehen.

– Kommen Sie näher, sagte der Oberst warnend. Ich lasse mich nicht reizen, denn der Reiz hat etwas Künstliches, und ich hasse das Künstliche.

Der Engländer ging verwirrt auf den Oberst zu und hob instinktiv die Hände. Er grinste noch immer, aber dieses Grinsen sah wie Notwehr aus. Er blickte in die Mündung, sah über ihr das Korn und dahinter das Auge des Deutschen. Wenn er abdrückte, mußte die Kugel Horaces Stirn treffen.

– Glauben Sie wirklich, ich wollte Ihr Gewehr, um einen Fisch zu schießen? fragte der Oberst. Ein Fisch, den ich schieße, schmeckt nicht besser als einer, den Sie schießen. Halten Sie mich für so kindisch? Wenn ich bedenke, daß Sie mir auf dieses Argument hin Ihr Gewehr gaben, so muß ich sagen, daß es eine Beleidigung für mich ist. Nehmen Sie die Hände herab, es stirbt sich besser bequem.

– Machen Sie keine Scherze, sagte Horace ernst, das Gewehr ist geladen. Es hat schon genug Unglücksfälle durch solche Spielereien gegeben.

Er wollte an den Oberst herantreten und ihm arglos das Gewehr wegnehmen.

– Ich bitte Sie, bleiben Sie stehen, sagte der Oberst dringend. Ich warne Sie zum letztenmal. Leider können Sie es nicht erleben, was geschieht, wenn Sie diese Warnung unbeachtet lassen. Ich müßte dann vor der Zeit abdrücken, und uns beiden wäre wenig damit geholfen.

Wenig geholfen? Was meint er damit? Ich hätte ihm nicht

das Gewehr geben sollen. Was soll denn das nur bedeuten? Horace schrie, weil er sich davon eine bessere Wirkung versprach. Er schrie:

– Nehmen Sie sofort das Gewehr herunter! Sie sind wohl verrückt geworden. Was wollen Sie denn von mir?

Der Oberst blieb ruhig, das Geschrei machte keinen Eindruck auf ihn.

– Es widerspricht meiner Gewohnheit, eine Frage zweimal zu stellen, sagte er. Aber in diesem Falle kann ich offenbar nicht umhin, es zu tun. Und so frage ich Sie, zumal wir völlig unter uns sind: Haben Sie den Spiegel zerbrochen?

– Wovon reden Sie denn überhaupt?

– Von meinem Kind, von meiner Tochter Biggi. Sie hat in Ihrem Zelt geschlafen. Also sagen Sie mir offen: Was ist geschehen?

– Nichts, sagte Horace, es ist überhaupt nichts geschehen. Wir waren ja ständig unterwegs, um Sie zu suchen.

– Hat einer von Ihnen meine Tochter geküßt? Sie können sich Zeit lassen mit einer Antwort.

– Ich werde Ihnen mal was sagen –

Horace setzte gerade an, als ein kleiner Vogel schräg aus dem Blauen stürzte, von den Klippen her. Wie ein Geschoß sauste er auf sie zu, auf den Oberst zu, auf ihn, und der Mann ließ für eine Sekunde das Korn aus dem Auge los und blickte auf den pfeilschnellen Körper, er fühlte einen dünnen Luftzug im Nacken und sah das Tier wieder kerzengerade in die Luft steigen – und in diesem Augenblick sprang Horace. Er sprang mit gesammelter Kraft, riß den Lauf nach oben und versuchte, dem überraschten Mann das Gewehr zu entwinden. Der Oberst stöhnte und rang verzweifelt um den Besitz der Waffe, sein Finger lag noch am Abzug. Horace wußte, daß der andere noch im Vorteil war, und darum entschied er sich rasch und ohne Bedenken: plötzlich zog er das rechte Knie an und stieß es dem Oberst in den Unterleib. Sofort hörte der Widerstand auf, ein Schuß löste sich, ein Schuß in den Himmel, und dann drang ein Röcheln und Gurgeln aus dem Mund des Obersten. Er preßte die Hände an den Unterleib, krümmte sich und sackte zu Boden.

Horace ergriff das Gewehr, zog das Schloß zurück und warf die rauchende Patronenhülse hinaus. Er wollte fortgehen, aber ein unerklärliches Mitleid hielt ihn fest. Biggis Vater tat ihm leid, tat ihm leid, wie er so dalag. Der Kopf hing über eine Felskante herab, die Augen verdreht, der Körper vor Qual gebogen. In diesem elenden Mann tat ihm Biggi leid, und er legte das Gewehr auf die Erde, schleppte den Oberst ans Ufer und kniete sich neben ihn hin. Er suchte nach einer Möglichkeit, ihm zu helfen, aber es gab keine Möglichkeit; der Oberst mußte diesen Schmerz allein verdauen.

Er erholte sich wider Erwarten ziemlich schnell, tastete scheu gespannt den Unterleib ab und stieß einen Seufzer der Erleichterung aus, als er feststellte, daß außen nichts beschädigt war.

– Fürchten Sie sich vor mir? fragte der Oberst mit sanftem Blick. Er wußte genau, wie ironisch das klang. Horace, der unschlüssig war, was er ihm darauf antworten sollte – ja gewiß, ich fürchte mich sehr – oder: fangen Sie schon wieder an – Horace schwieg.

– Hören Sie, sagte der Oberst freundlich, Sie glauben doch nicht ernstlich, daß ich auf Sie geschossen hätte. Es war nichts anderes als ein männlicher Spaß. Ich versichere Ihnen, daß es mir lediglich auf eine Antwort ankam, und ich hoffe, daß Sie mir die Bagatelle nicht übelnehmen. – Ah, der Schmerz rinnt wie kochendes Wasser durch den Leib. Der Schmerz rinnt bergauf.

Er warf sich auf die Seite, zog stöhnend die Beine an und umkrallte mit hageren Fingern kleine Geröllstücke. Speichel troff aus seinem Mund, die belegte Zunge hing über der Unterlippe hervor.

– Ich hatte nicht den Eindruck, daß es nur ein männlicher Spaß war, sagte Horace. Ich weiß, daß Sie geschossen hätten. Trotzdem tut es mir leid, daß ich Sie so zurichtete. Aber wenn Sie ehrlich genug sind, werden Sie zugeben, daß ich mich nicht anders verhalten konnte. Und jetzt bleiben Sie hier hübsch ruhig liegen, ich werde Ihnen noch einen Fisch schießen, damit Sie etwas zu essen bekommen.

Kurz darauf hörte der Oberst einen Schuß, er stützte neugierig seinen Oberkörper auf und sah, wie Horace ins Wasser stieg und einen größeren Fisch, der an die Oberfläche getrieben war, an Land brachte. Horace hatte die Finger in die Kiemen des Tieres gelegt, wedelte mit dem silbernen Leib und rief:

– Kopfschuß!

– Kopfschuß, wiederholte der Oberst, alle sind sie auf Kopfschüsse stolz. Das Herz ist zum Ziel zweiten Grades geworden. Bei diesem Zeitalter wundert mich nichts mehr.

Horace führte den Oberst zur Feuerstelle, setzte ihn dort nieder und begann, nachdem er Teller, Messer und Salz geholt hatte, den Fisch auszunehmen und zu säubern. Der Oberst versuchte hier und da, ihn zu bevormunden, ihm Ratschläge zu geben, an welcher Stelle der Fisch aufgeschnitten und welche Organe mit gebraten werden sollten, aber Horace sagte nur ›ja‹ und ›ist schon gut‹ und tat, was er für richtig hielt.

– Geben Sie mir die Luftblase, bat der Oberst.

Horace beachtete diese Bitte nicht. Horace zerstach sie mit

dem Messer und warf sie in den Teich. Er ärgerte sich, daß er sich nach allem überhaupt darauf eingelassen hatte, diesem Mann einen Fisch zu braten. Er machte sich begründete Vorwürfe wegen seiner Lauheit und wegen des schleichenden Mitleids, dessen er sich nicht hatte erwehren können. Gleichgültig schleuderte er eine halbe Handvoll Salz auf den Fisch, gleichgültig zerschnitt er ihn, gleichgültig warf er die Stücke in die Pfanne, so daß das heiße Fett auseinanderspritzte.

– Mir scheint, sagte der Oberst, als hätten Sie noch keinen Zugang zu den letzten Geheimnissen der Bratkunst. Ich fürchte, Sie haben das Salz zu wenig verteilt. Es ist daher nicht schwer, vorauszusagen, daß ein Teil wie aufgeweichte Schuhsohlen, der andere wie ein Salzsack schmecken wird. Aber im Lande Wellingtons haben ja bisher alle Hunger gelitten. Ich verarge es Ihnen durchaus nicht. Der Geist kann nur immer sich selbst auslegen: das gilt auch für die Kochkunst.

Horace warf wütend das Messer hin und sagte:

– Ich werde Ihnen mal was sagen, Sie. Wenn Sie nicht mit Ihren Meckereien aufhören, und wenn Sie hier versuchen, den Pascha von Marakesch zu spielen, dann können Sie Ihren Fisch roh essen. Eigentlich sollte ich Sie wegen versuchten Mordes festnehmen. Hier – damit warf er ihm den Kopf des Fisches in den Schoß – versuchen Sie's doch. Vielleicht kriegen Sie ihn durch Ihre heiße Zunge gar.

Er wandte sich um und ging energisch zu seinem Zelt.

Der Oberst hob bedauernd die Schultern, kroch an die Feuerstelle heran, drehte die Pfanne über der Flamme. Mit Horaces Messer wendete er die Stücke, ließ sie von der Gegenseite kurz durchbraten, und nachdem er sich durch mehrere Stiche in das Fleisch vergewissert hatte, daß es gar war, drehte er die

Flamme aus und aß mit langen Fingern. Während des Essens blickte er zu den Klippen hinauf, von denen der kleine Vogel unverhofft herabgesaust war.

Er aß nur wenig, kaum ein Stück von den dreien, die Horace in die Pfanne geworfen hatte. Dann erhob er sich und schwankte zum Zelt hinüber. Er hatte es sich sehr einfach vorgestellt: er wollte ins Zelt gehen und sich auf eine der Luftmatratzen legen und warten, bis Biggi zurückkam. Aber er hatte es sich zu einfach vorgestellt: Als er im Eingang stand, rief Horace:

– Raus! Hier kommen Sie nicht rein.

– Der Fisch hat trotz allem leidlich geschmeckt, sagte der Oberst heiter.

– Raus! rief Horace noch einmal. Ich verbiete Ihnen, das Zelt zu betreten.

Der Oberst hob erstaunt den Kopf. Die Laute, die aus dem Zelt zu ihm drangen, hörten sich fast so an wie das Wiehern eines Pferdes.

Jetzt weiß ich endlich, woran mich dieser Engländer fortwährend erinnerte. Er schimpft, wie er aussieht. Er verleugnet sich wenigstens nicht.

– Ich bin bestürzt, daß Sie mir das Zelt verbieten, sagte der Oberst. Sie dürfen jedoch versichert sein, daß ich Sie nicht darum bitten werde, mich hereinzulassen.

– Gehn Sie weiter, sagte Horace gereizt. Ihr Schatten regt mich schon auf.

– Wie interessant, sagte der Oberst, mein Schatten regt Sie schon auf.

In seiner Stimme lag gelassener Spott.

– Mein Schatten gilt also etwas, er kann etwas ausrichten. Was Sie mich da lehren, ist äußerst interessant. Er konnte

Horace nicht sehen und wartete auf dessen Erwiderung. Die erfolgte jedoch nicht. Nun wurde der Oberst anzüglich:

– Mein lieber Freund, rief er, Sie können sich kein Schweigen leisten. Das Schweigen kann sich nur der leisten, der viel oder der gar nichts zu sagen hat.

Horace dachte: ich rate dir, möglichst schnell zu verschwinden. Wenn du mich hochnehmen willst, bist du an den Falschen geraten.

Der Oberst schwieg eine Weile, dann fragte er, offenbar vernünftiger geworden:

– Es kann doch nicht Ihr Ernst sein. Ich darf doch wohl hier auf meine Tochter warten?

– Warten Sie, wo Sie wollen, sagte Horace, aber nicht hier im Zelt. Ich habe keine Lust mehr, mich mit Ihnen zu unterhalten.

– Gegen solch ein Argument läßt sich nichts ausrichten, sagte der Oberst.

Sein Schatten wurde kleiner, im Innern des Zeltes sah es aus, als schreite er mitten in die Erde hinein. Seine roboterhaften, eckigen Schritte wurden leiser und verklangen. Horace wälzte sich zu einem Schlitz und blickte hindurch: der dürre, mürbe Kerl quälte sich gerade den steilen Weg zur Hütte hinauf, weit nach vorn gebeugt, mit pendelnden Armen, die nahezu den Boden berührten.

Der Oberst hatte die Hütte bereits entdeckt und ging auf sie zu. Vor dem Einschlupf ruhte er sich aus, und als er sich ein wenig erholt hatte, ließ er sich auf die Hände herab, kroch hinein und schaute sich schnüffelnd um.

Er verzichtete darauf, einen Blick durch die Fensterlöcher zu werfen; er kroch behende zu den Konservendosen, prüfte die Aufschriften und pfiff überrascht durch die Zähne. Vertraute Namen, dachte er. Die Hütte kann noch nicht lange leer stehen. Das Lager muß erst vor kurzem auseinandergerissen sein. Aber, wer lebt hier? Ich werde das Lager wieder in Ordnung bringen, ich werde es einliegen; es ist ebenso weich wie die Matratze des Engländers. Und während er das dachte, legte er die Stofffetzen zusammen, schlug sie – soweit das möglich war – mit der Hand glatt und streckte sich aus.

Der Schmerz im Unterleib machte sich wieder stärker bemerkbar; der Oberst fürchtete, daß sein Geschlecht verletzt war, denn ein fühlbares Hämmern und Brennen hatte eingesetzt, das ihm die Besinnung zu rauben drohte. Er warf sich in mörderischer Qual hin und her, schlug die Zähne in den Handrücken, drückte den Kopf gegen die Lehmwand, bis es ihm schwarz vor Augen wurde, und plötzlich bemerkte er, daß er weinte. Er weinte lautlos, und seine Schultern zuckten.

Fliegen und Käfer bewegten sich über seinen Hals und seine Brust, eilten mit klebrigen Füßchen über seinen zerschundenen Körper. Er spürte es nicht mehr. Der Oberst war eingeschlafen. Der Schlaf hatte ihn hinabgezerrt in ein Land ohne Erinnerung, und der Schmerz irrte hoffnungslos auf und ab. Der Schmerz hatte das Spiel verloren.

Siebtes Kapitel

Pumpenschaden, sagte Alaric wütend.

– Kann ich Ihnen helfen? fragte Biggi einfältig. Ich verstehe allerdings nicht viel davon.

– Das ist reizend, sagte Alaric, aber ausgerechnet jetzt müßte man etwas davon verstehen. Gott sei Dank ist es nicht mehr sehr weit. Horace wird gewiß erfreut sein, wenn er das erfährt.

– Versteht Horace etwas davon? fragte Biggi. Sie kletterte aus dem Fahrzeug, reckte sich und tat ein paar Schritte, um sich die Füße zu vertreten.

– Leider versteht er etwas davon, und somit wird er die zweifelhafte Freude haben, das Ding zu reparieren; es geht nichts über zeitgerechte Unwissenheit, meinen Sie nicht auch?

– Ich schätze, es sind nicht mehr als vierhundert Meter bis zum Zelt, sagte Biggi. In zehn Minuten haben wir's geschafft.

Horace war trotz allem froh – wenn sich der Pumpenschaden auf halbem Weg von El Dabuh zu den Klippen herausgestellt hätte, wäre es schlimmer gewesen, hätte er, Horace, manchen Kummer mehr gehabt. Das wußte er genau, und als ihm Alaric von dem Mißgeschick erzählte, beruhigte er ihn, indem er darauf hinwies, daß er schon mehrere Pumpen zurechtgemacht hatte.

Während Biggi, heiß und erschöpft, ein Bad im Teich nahm, lagen die Brüder im Zelt, lässig auf den Luftmatratzen ausgestreckt. Sie rauchten und berichteten einander, was sie erlebt hatten, und als Alaric seufzend bemerkte, daß Biggis Vater nun unterwegs sei, um seine Tochter zu suchen, und sie wahrscheinlich die Aufgabe hätten, ihm – auf unerfindliche Weise – entgegenzufahren, erzählte ihm Horace sein Abenteuer. Er sagte: Wenn ich das gewußt hätte, wären wir nicht einen Zentimeter weit gefahren, um ihn zu suchen. Mir tut nur das Mädchen leid, und alles, was ich in dieser Angelegenheit unternehmen sollte, unternehme ich nur ihretwegen.

– Und wo steckt er jetzt? fragte Alaric.

– In der Lehmhütte. Ich war schon oben und habe hineingesehen. Er liegt auf den Lumpen und schläft. Du mußt ihn dir mal anschauen. Ein Mann, der nur aus Kopf und Haut zu bestehen scheint. Wenn du ihn siehst, könntest du daran zweifeln, daß Biggi seine Tochter ist.

– Ich werde zu ihm gehen, sagte Alaric.

– Du wirst nicht zu ihm gehen, du wirst hier im Zelt bleiben, und ich werde Biggi sagen, daß ihr Vater hier ist. Es ist besser so, Alaric, glaub's mir. Ich möchte nicht, daß auch du Streit mit ihm bekommst. Wir müssen ihn nach El Dabuh bringen, und es wird vorher gewiß nötig sein, mit ihm zu verhandeln. Diese Verhandlungen mußt du dann übernehmen.

Plötzlich hörten sie Biggi draußen rufen und sprangen auf. Das Mädchen war bereits wieder angezogen. Es winkte, rief und deutete wiederholt auf einen Hügel in der Nähe, über den etwa ein Dutzend Menschen zum Teich herabkam. Allen voran ging mit stockenden Schritten ein weißhaariger Greis, und hinter ihm folgten Männer, Frauen und Kinder, eine ganze Sippschaft von Eingeborenen. Einige der Frauen trugen an Tragstangen schlaffe Ziegenhautsäcke, die bei jedem Schritt hin und her schwangen. Offenbar wollten sie die Wassersäcke im Teich neu füllen. Schweigend und mit der ausgekühlten Würde einer Prozession kam die Gruppe näher, ließ das Zelt und seine Bewohner völlig unbeachtet. Auch die Kinder verhielten sich bereits würdig und besonnen und bemühten sich, ihre Neugierde zu unterdrücken. Alle trugen verwegene Lumpen auf dem Leib, Sackreste, waghalsige Turbane aus verblichenen Uniformhemden, die sie wer weiß woher haben mochten. Die Fetzen waren erfinderisch um die entscheidenden Körperteile geschlungen, und nur die Leute selbst wußten, wo die Knoten saßen und wie es kam, daß sie hielten. Hager und hochmütig die Männer, demütig und mit schmalen Silberstreifen geschmückt die Frauen: so gingen sie wenige Meter an Biggi vorbei, ohne sie eines Grußes oder Blickes zu würdigen.

Am Ufer des Teiches blieben sie stehen, und der Greis watete ins Wasser, ließ sich einen leinenen Schöpfbeutel reichen und begann, die Ziegenhautsäcke unter aller Blicken zu füllen.

Er ließ sich Zeit dabei, prüfte jedesmal umständlich, ob der Wassersack auch genügend gefüllt wäre, und dann band er ihn eigenhändig ab, verschnaufte einen Augenblick und verlangte nach einem neuen.

– Wunderbar, sagte Alaric belustigt. Die Burschen sind fast so umständlich wie wir. Ich könnte sie geschlossen für den Buckinghampalast engagieren. Nicht einmal einen Blick verschenken sie.

– Sei still, sagte Horace leise, wir werden ständig beobachtet. Der Alte sieht sich die Augen aus dem Kopf.

– Der Alte? wiederholte Alaric ungläubig.

Er beobachtete den wasserschöpfenden Greis, der Behälter um Behälter füllte, gleichgültig, gelassen, harmlos; zumindest hatte es den Anschein, daß ihn nichts interessierte als das Abfüllen seiner Ziegenhautbeutel. Aber allmählich merkte Alaric, daß der Greis, der mit gebeugtem Rücken im Wasser stand, während des Schöpfens zwischen Arm und Schenkel ständig zu ihnen blickte.

– Er möchte wissen, ob noch jemand im Zelt ist, sagte Horace.

– Die werden uns doch nichts tun, sagte Biggi erschrocken.

Sie hatte Horaces Bemerkung verstanden. Sie stellte sich unwillkürlich hinter ihn, und ihr belustigtes Erstaunen wich einem jähen Mißtrauen.

– Sie werden uns gewiß nichts tun, sagte Horace, aber sie haben etwas vor. Das spüre ich in meinem Knie, hätte ich fast gesagt. Ich möchte nur wissen, worauf sie es abgesehen haben. Sie können absolut unbesorgt sein, Biggi. Schlimmstenfalls –

– Schlimmstenfalls, ergänzte Alaric ironisch, nehmen sie das Zelt mit, ziehen uns aus und lassen sich bescheinigen, daß sie alles ordnungsgemäß erstanden haben. Willst du nicht für alle Fälle das Gewehr holen, Horse? Du kannst es ja hier draußen reinigen. Sie werden uns gewiß nichts tun, aber vielleicht werden sie noch weniger anrichten, wenn sie das Gewehr sehen.

– In Gegenwart friedlicher Leute kann man kein Gewehr reinigen, sagte Horace. Das wirkt immer herausfordernd. Aber ich glaube, sie sind beinahe fertig. Der Alte ist beim letzten Behälter. Wenn mich nicht alles täuscht, sind das Tuaregs.

Der Greis reichte die letzte, prall gefüllte Ziegenhaut ans Ufer, wusch sich flüchtig die Knie und watete dann an Land. Er gab den anderen ein knappes Zeichen, und darauf stieg die gesamte Sippschaft ins Wasser, netzte Gesicht und Schenkel, Brust und Oberarme – aber alles nahezu lautlos und mit steifen, übertrieben feierlichen Bewegungen. Der Alte stand breitbeinig am Ufer und überwachte die sonderbare Veranstaltung. Er sah von einem zum anderen, nickte beifällig oder drohte versteckt. Schließlich stieß er einen kurzen, fistelnden Befehl aus, und alle Männer und Frauen richteten sich auf und kehrten in verborgener Hast zu ihm zurück.

– Eine Galerie von Fürsten, sagte Alaric, Fürsten des Lichts und –. Er sprach nicht weiter, denn der Greis hatte sich in unerwartetem Entschluß ihnen zugewandt, trat dicht vor sie hin und sagte in einer Sprache, die er selbst für Englisch hielt:

– Wer ins Wasser springt, muß sich wie ein Fisch benehmen. Wir wollten eure Ruhe nicht stören, wir gehen jetzt weiter.

– Ihr habt uns durchaus nicht gestört, sagte Alaric. Von uns aus könnt ihr ruhig noch bleiben.

– Wir müssen weiter, sagte der Greis, aber bevor wir weitergehen, möchte ich meinen Söhnen dieses schöne Zelt von innen zeigen. Sie baten mich darum. Es ist ihr größter Wunsch. Euch kostet es nichts, diesen Wunsch zu erfüllen, sie hingegen wären reich beschenkt.

– Hast du gehört, Horse, sie wollen unser Zelt besichtigen. Bist du einverstanden? Du kannst ja zur Sicherheit mit hineingehen. So werden wir sie rasch los.

Horace nickte und wies einladend auf das Zelt, und der Greis forderte seine Söhne auf, der Einladung zu folgen. Ernst und würdevoll setzten sie sich in Bewegung, er selbst blieb bei Alaric. Einer nach dem andern verschwand im Zelt, man hörte Horaces erklärende Worte. Die Frauen kauerten neben den Wassersäcken und warteten.

– Seid ihr schon lange unterwegs? fragte Alaric den Greis.

– Wir sind immer unterwegs. Nur wer unterwegs ist, findet, was er sucht. Mein Großvater war unterwegs, mein Vater war unterwegs, und meine Söhne werden auch unterwegs sein. Die Wahrheit sitzt auf einem Pferd. Sie rastet nur kurze Zeit.

– Schön und gut, sagte Alaric, aber da ihr selber keine Pferde habt, seid ihr doch darauf angewiesen, die Wahrheit im Schlaf, während sie rastet, zu überraschen.

– Die Wahrheit hat gute Wächter, sagte der Alte, niemand kann sich ihr nähern. Sobald wir in ihre Nähe gelangen, schwingt sie sich aufs Pferd und reitet davon. Ich habe sie nicht einmal aus der Ferne gesehen, obwohl ich bereits mit meinem Großvater unterwegs war, um sie zu fangen.

– Und werdet ihr sie überhaupt einmal fangen? fragte Alaric.

– Das ist ausgeschlossen, niemand kann sich ihr nähern.

– Aber warum seid ihr dann unterwegs?

– Damit sie ständig vor uns flieht, sagte der Greis. Wir verfolgen die Wahrheit, damit sie jung, scheu und schnell bleibt, und damit sie nicht träge und gleichgültig wird, so daß jeder, der will, sich rühmen kann, die Wahrheit habe sich ihm gezeigt.

– Ihr seid Tuaregs, nicht wahr?

– Nein, sagte der Greis, wir sind Tibbus und immer unterwegs.

Die ersten Männer und Kinder kamen aus dem Zelt, verneigten sich leicht vor Horace, der sie hinausbrachte, und gingen stumm zu den Frauen hinüber. Vier Männer ergriffen die Tragstangen mit den baumelnden Ziegenhäuten, legten sie sich über die Schulter und warteten mit gesenkten Blicken auf das Kommando zum Aufbruch, das der Alte ihnen geben sollte. Als es erfolgte, gingen sie gemessen davon.

Schmunzelnd standen Biggi, Horace und Alaric vor dem Zelt und schauten der feierlichen, zerlumpten Prozession nach, die bereits in einer Talsenke untertauchte.

– Was waren das eigentlich für Leute? fragte Biggi. Die benahmen sich ja wie die ungekrönten Könige.

– Es waren Tuaregs, sagte Horace, die sogenannten Ritter der Sahara. Mich wundert, daß sie unser Zelt sehen wollten.

– Du irrst dich, sagte Alaric, es waren keine Tuaregs, sondern Tibbus. Der Alte hat es mir verraten.

– Tibbus? fragte Horace entsetzt.

– Ja, aber was fehlt dir denn? Du tust gerade so, als ob diese Leute die Pest hätten.

– Sie haben eine ganz besondere Art von Pest, sagte Horace. Die Tibbus sind die geschicktesten Diebe der Welt. Um Gottes willen: wir müssen sofort Inventar aufnehmen. Ich bin überzeugt, daß diese Burschen das halbe Zelt wegschleppen können, ohne daß man etwas merkt. Wenn es sein muß, stiehlt dir ein Tibbu deine silberne Kniescheibe. Darum also waren sie so feierlich.

– Woher weißt du denn das? fragte Alaric. Ich fand den Alten sehr vernünftig, und was er sagte, war ganz witzig.

– Während des Krieges hatten wir zwei Tibbus, die unser Vorratslager sauber hielten. Sie hielten es wirklich sauber. Eines Tages war nur noch Seife übriggeblieben, die konnten sie nicht gebrauchen.

Horace wandte sich um, ging rasch ins Zelt und beschäftigte sich damit, Beutel und Kästen zu öffnen. Und schon nach kurzer Zeit rief er:

– Alaric, hast du heute Lederschuhe an?

Alaric trug Stoffschuhe, und er stürzte ins Zelt und sagte:

– Du willst doch nicht behaupten, daß meine Lederschuhe weg sind?

– Und der letzte Whisky, sagte Horace resigniert. Außerdem fehlt mein Messer. Während der Alte dich witzig unterhielt, benahmen sich seine Söhne weniger witzig. Mein Schal ist auch verschwunden, gibt einen schönen Turban ab. Jetzt ist es zu spät. Wenn der Wagen in Ordnung wäre, hätten wir noch einige Hoffnung. Wir können die Dinge abschreiben.

Alaric umklammerte die Zeltstange, rüttelte an ihr, knirschte mit den Zähnen.

– Wie lange brauchst du, um die Pumpe heilzumachen, Horse?

– Oh, das kann lange dauern. Du wirst die Tibbus außerdem nicht finden, sie ändern ständig die Richtung. Wir müssen uns schon damit abfinden.

– Diese Känguruhs, sagte Alaric wütend, latschen hier herum wie die Fürsten, tun so, als ob sie das teuerste Geschenk zurückweisen würden, und dabei machen sie, wo sie können, lange Finger. Weißt du, worüber der Alte sprach?

– Dein Besteck ist auch nicht mehr da, sagte Horace.

– Über die Wahrheit, die auf einem Pferd sitzt. Das nächste Mal werde ich ihm etwas über die Wahrheit erzählen, die in der Faust steckt.

– Du regst dich viel zu sehr auf, sagte Horace. Für diese Burschen sitzt die Wahrheit nun mal auf einem Pferd, sie ist mit allen Hunden gehetzt. Es hat jetzt auch keinen Zweck, daß wir suchen. Mit der Zeit wird sich schon herausstellen, was sie uns abgeknöpft haben.

Biggi betrat das Zelt und setzte sich langsam auf einen Klappstuhl.

– Ich kann mir gar nicht vorstellen, daß diese stolzen Männer stehlen können, sagte sie.

– Wenn sie es nicht könnten, wären meine Lederschuhe noch da, sagte Alaric grimmig. Sie haben allen Grund, eingebildet zu sein, denn auf ihr Handwerk verstehen sie sich wirklich vortrefflich. Offenbar tun sie nur dann vornehm, wenn sie zum Angriff übergehen, nicht wahr, Horace?

– Dafür sind sie die Könige der Diebe, und jede Handlung beansprucht ihr eigenes Zeremoniell.

Alaric lief hinaus, kletterte auf einen Felsen und beobachtete die Sippschaft der Tibbus durch ein Fernglas, und er glaubte erkennen zu können, daß sie nun weniger gemessen und würdevoll einherschritten. Sie gingen in Gänsereihe, und ihre auf- und absteigenden Köpfe erweckten von fern den Eindruck eines gewaltigen Tausendfüßlers, der durch die Wüste kroch.

Als Alaric in das Zelt zurückkehrte, war Biggi nicht mehr da. Horace hatte die Abwesenheit des Bruders benutzt, um dem Mädchen zu sagen, daß ihr Vater sich in unmittelbarer Nähe befinde, in der Lehmhütte, und daß er augenblicklich schlafe, um sich von den Strapazen der letzten Zeit zu erholen. Er erzählte ihr nichts von dem Zerwürfnis, und Biggi war auch von den Mitteilungen so überrascht, daß sie nicht danach fragte, warum der Oberst sich nicht auf eine der Luftmatratzen gelegt, sondern die Mühe des Aufstiegs zur Hütte auf sich genommen hatte. Die Mitteilung, daß ihr Vater da war, drohte sie im Augenblick unverhoffter Erlösungsfreude fast schwindlig zu machen, und sie stürzte aus dem Zelt und lief mit langen Sätzen zur Hütte hinauf.

Klopfenden Herzens reckte sie sich vor einer Fensteröffnung und blickte hinein. Da lag er auf den Lumpen, armselig und übel, der Oberst, ihr Vater. Er lag gekrümmt da, als ob ihn der Schlaf in unsäglicher Qual vorgefunden hätte, die letzte Haltung seines gefolterten Körpers schien im Schlaf erstarrt. Das Gesäß schwebte ein wenig über der Unterlage, die Füße waren angezogen, und das ganze Gewicht des Mannes ruhte auf seinem Hinterkopf, der sich in die Lumpen hineingebohrt hatte. Ein unheimliches Glücksgefühl ergriff Biggi, und sie schlich in das Innere der Hütte, setzte sich neben ihren Vater auf den Boden und legte, atemlos lauschend, ein Ohr an seine Brust.

Es ging ihm besser, als sie befürchtet hatte. Zuversichtlich ergriff sie eine seiner Hände, bog sie in ihren Schoß und schnippte kleine, rotbraune Käfer herunter, die sich abmühten, in die Haut einzudringen. Mehrere Punkte deuteten darauf hin, daß es einigen Käfern schon gelungen war. Sie steckten fest im Oberst drin, von anderen sah nur noch der glänzende Hinterleib hervor. Biggi kniff sie, zutiefst angeekelt, mit den Fingernägeln entzwei.

Das Hemd des Obersten war an einer Stelle aus der Hose gerutscht, und das Mädchen bemerkte, daß unzählige Käfer, rotbraune und bösgrüne, am Saum des Hemdes emporenterten, bis sie sich unmittelbar über der körnigen Lendenhaut befanden. Hier ließen sie sich, wie Matrosen von Enterseilen, fallen, krabbelten nervös hin und her und suchten nach einem geeigneten Platz, nach einer Schürfstelle gewissermaßen, wo sie sich hineinbissen und hineinwühlten, bis nur noch kleine Punkte zu sehen waren.

Biggi hob mit spitzen Fingern das Hemd an und erschrak: fast der ganze Leib war von diesen widerwärtigen Punkten übersät, die Käfer hatten den Mann nahezu erobert. Unter der Brustwarze saßen die schimmernden Körperchen so dicht beieinander, daß sie eine Linie bildeten, einen Buchstaben. Und dieser Buchstabe glich, wenn man die Augen zur Hälfte schloß und etwas Phantasie vergeudete, einem V, – Victory, Sieg. Das Mädchen empfand den Wunsch, die gezeichnete Haut wie eine Tapete herunterzureißen, sie ihrem Vater vom Leib zu zerren und ihn von dem winzigen, heimtückischen Übel zu befreien. Biggis Hand schlug aus, zuckte an den Hals des Mannes und berührte dabei seinen Kehlkopf. Er machte eine Schluckbewegung, kurze Gurgeltöne, dann war er wieder still.

Biggi streichelte sein mürbes Kinn, liebkoste seine Wangen

und legte, Haar für Haar, seinen Scheitel frei. Sie fürchtete, daß er bei stärkerer Berührung aufwachen könnte, und darum hantierte sie so vorsichtig an ihm herum wie an einem kranken Vogel. Sie nahm sich vor, zu warten, bis er von allein aufwachte, und versuchte, sich das Gesicht vorzustellen, das er machen würde, wenn er sie neben sich erblickte.

Biggi dachte: wenn er ausgeträumt hat, werde ich ihn zu Horace herunterbringen. Er wird das Auto reparieren, und wir werden gemeinsam nach El Dabuh zurückfahren ... Warum ist er nur nicht im Zelt geblieben ... Er hat doch mit Horace gesprochen ... warum ist er ausgerechnet in diese schmutzige Hütte gegangen?

Sie warf einen raschen Blick zum Fenster, gewärtig, das bärtige, zerkniffene Gesicht zu entdecken, aber die Fensteröffnung war leer. Nur der Himmel bog sich herein, hohl und heiter.

Im Hotel werde ich ihn überreden ... oh, ich kann schon jemanden überreden, wenn ich will, er wird es schon einsehen ... sein Freund Mackenbrandt, werde ich ihm sagen, ist tot, ist längst Sand geworden.

Ihre Hand glitt ab, berührte sein Ohr. Entsetzt hielt Biggi den Atem an; sie wußte, daß er an keiner Stelle so schmerzempfindlich war wie an den Ohren. Sie legte den Oberkörper zurück und rührte sich nicht. Und da sah sie, wie er die vertrockneten Lippen auseinanderquälte, wie er kämpfte, um ein Wort durch die Zähne zu bringen, wie er sich abmühte, das Wort von sich selbst zu trennen, ihm Selbständigkeit und Wirkung zu geben.

– Du, sagte er mit ungeheurer Verachtung, du. Eine lasche, gelbweiße Zunge stieß dieses Wort zwischen den Zähnen heraus. Wieder holte er neuen Atem, neue Kraft:

– Du bist gekommen, wie? Nun, nachdem alles vorbei ist,

nachdem der Spiegel zerbrochen und die Qual vorbei ist, nun bist du gekommen.

Er sprach mit geschlossenen Augen, in unveränderter Haltung.

– Nun, da die Hammerschläge der Hitze aufgehört haben, bist du gekommen. Mir scheint, du liebst dich zuviel. Wer sich nicht liebt, begeht eine Schande, aber wer sich zuviel liebt, begeht eine größere Schande. Geh fort, du, hebe dich hinweg von mir. Deine Gegenwart ist voller Spinnweben: neues Leid, neue Verstrickung. Du läßt deinen Geist von deinem Körper beraten, du läßt dich vom Feuer der Begierde verfolgen. Flieg fort, du Irrlicht, laß dich von dem Engländer auf der Luftmatratze verbrennen. Geh doch, du Flimmerlicht, dein Zögern ist ein Fegefeuer für mich; hetz nicht mein Herz zu Tode.

– Vater, rief Biggi verzweifelt, Vater, du redest irre. Du hast wieder Fieber.

– Die Wahrheit kann man nur im Fieber sagen. Geh jetzt, ich höre schon den Zelthengst wiehern. Er tritt das Gras herunter, er zerbricht den Spiegel.

– Vater, wir waren die ganze Zeit unterwegs, um dich zu suchen, schrie Biggi. Mein Gott, was ist denn, was hast du nur! Wir haben dich überall gesucht, wir sind herumgefahren. Du bist krank, Vater.

– Schweig, sagte er mühsam, verteidige nicht das Laster und die Gemeinheit. Der offizielle Naturinstinkt hat sich bei dir zu früh gemeldet. Ich habe dich durchschaut. Sonst erdrücktest du mich mit deiner Besorgnis, sonst hast du mich in eine Knechtschaft des Dankes zu zwingen verstanden, aber als ich fort war, als es keine deutliche Spur von mir gab und keine Aussicht bestand, mich zu finden, da hast du wohl aufgeatmet, wie? Darauf hattest du nur gewartet. Ich kenne dich, weil ich mich kenne. Gut, wir wollen nicht mehr darüber sprechen. Zieh deine Hand zurück und berühre mich nicht mehr. Jede Berührung von dir ist Betrug. Ich hasse dich, du, geh!

– Ich lasse dich nicht allein, Vater, sagte Biggi. Sie begann zu weinen.

– Tränen, sagte er zynisch, reine Tränen sind ein Lerchenton, du weinst Marderträne. Wenn du noch etwas tun willst, so sage Mr. Wellington, deinem Engländer, daß er uns gegen Bezahlung nach El Dabuh zurückbringen möchte. Handle aber vorher den Preis aus, denn sie sind gute Geschäftsleute.

– Das stimmt nicht, Vater, sagte Biggi weinerlich. Sie haben tagelang nach dir gesucht, sie sind so anständig. Im Augenblick können sie uns nicht ins Hotel bringen, das Auto hat einen Pumpenschaden, sagte Alaric.

– Sieh mal, du nennst ihn schon beim Vornamen. Alaric, sagst du. Natürlich muß das Auto in dem Augenblick kaputt sein, da wir zurückfahren wollen. Auf diese Art bleibt dir seine Gegenwart länger erhalten. Es geht nichts über die Pläne der Primitiven, sie entwaffnen jeden durch ihre Arglosigkeit.

– Du bist ungerecht, Vater, du bist gemein!

– Ich habe mich mit dem, der den Spiegel zerbrach, überworfen, sagte der Oberst. In deinen Augen muß das eine Gemeinheit sein, denn das bedeutet ja, daß ich deine Freude dämpfe. Du mußt den in Schutz nehmen, der dich versengte, das ist nur natürlich. Du hast dich bereits entschieden. Geh fort, geh, wohin du willst, nur bleibe nicht in meiner Nähe.

– Ich bleibe, entschied Biggi.

– Gut, sagte der Oberst, ohne die Lider zu heben, wenn dich mein Wort nicht vertreiben kann, so muß ich zusehen, dich durch meinen Willen zu vertreiben. Mein Wille ist stark genug dazu, das wirst du gleich erfahren …

Der Oberst spannte sein Gesicht an, sein Körper erzitterte unter äußerster Konzentration, und ein rhythmisches Stöhnen drang aus seinem Hals. Biggi, die ihn bestürzt anblickte, fühlte widerstrebend, wie eine schleichende Macht sie befiel, eine Macht, die sie aufstehen ließ, die ihr befahl, zum Eingang zu gehen, und die sie schließlich dahin brachte, daß sie sich verwirrt bückte und zu ihrem eigenen Erstaunen ins Freie kroch. Und da brach sie zusammen – das magnetische Kraftfeld seines Willens, das sie bisher aufrecht gehalten hatte, versagte hier, reichte nicht so weit. Biggi verbarg ihr Gesicht in den Händen und weinte sich aus, und nachdem sie allmählich wieder Fassung gewonnen hatte, öffnete sie das Lederbeutelchen, das sie am Handgelenk trug, und holte ihr Taschentuch heraus. Sie wischte die mit Tränen und Sand bedeckten Wangen rein, strich das Haar zurück und preßte das Taschentuch in der Hand zusammen.

Er will, daß ich ihn aufgebe, gut, meinetwegen. Vielleicht ist es besser für ihn und für mich. Er verdient kein Mitleid mehr, er ist grausam und gemein. Er muß jemanden haben, den er quälen kann. Mich nicht. Was heißt das schon, Vater zu sein. Blutsverwandtschaft garantiert überhaupt nichts, besagt nichts, verpflichtet zu nichts. Man müßte vaterlos heranwachsen und sich mit zwanzig Jahren einen Vater suchen dürfen. Dabei hätte man zumindest die Möglichkeit freier Entscheidung. Das andere ist rücksichtsloser Zufall. Jetzt kümmere ich mich nicht mehr um ihn. Er will es nicht, und ich kann es nicht mehr.

Da fiel Biggis Blick auf das Notizbuch, und das Notizbuch bettelte: Nimm mich zur Hand, nimm mich zur Hand. Und das Mädchen dachte: Ich habe vergessen, dich in den Koffer zurückzulegen, ich durfte dich nicht mitnehmen, aber nun bist du unwiderruflich hier. Du gehörst mir nicht, und ich rühre dich nicht an.

Aber Biggi konnte nicht widerstehen, und sie berührte das Notizbuch, ein fleckiges, schäbiges Ding. Sie vergewisserte sich, daß niemand in der Nähe war, zog es heraus und schlug den Deckel um:

Heinz Mackenbrandt.

Das war nicht die Handschrift ihres Vaters; das Notizbuch gehörte unzweifelhaft seinem besten Freund und Vertrauten Mackenbrandt, dessentwegen sie hierhergekommen waren. Biggi blätterte die erste Seite um und fand nur ein großes, einsames Wort: Pilz. Es war in Blockbuchstaben geschrieben, und Biggi betrachtete es lange, und je länger sie auf dieses Wort starrte, desto größer wurde ihr Verdacht, daß mit dem Wort »Pilz« nur der Oberst gemeint sein konnte. Sie stellte sich ihren Vater mit Schirmmütze vor oder mit einem Tropenhelm auf dem Kopf, und dabei fand sie, daß er ein wenig pilzähnlich damit ausgesehen haben müßte. Sie las weiter, nebensächliche Stichworte über Autofahrten, las Bemerkungen über den Pilz – und ihr Verdacht wurde Gewißheit. Sie fand eine »Studie über die Gefangennahme eines abgeschossenen englischen Piloten: … er flog so niedrig, daß ich sein Gesicht erkennen konnte, es war jung und ernst. Er flog einen halben Kreis und kam dann wieder von vorn. Diesmal waren wir vorbereitet. Der Pilz kroch unter das Auto und rief uns etwas zu, das wir nicht verstanden. Der junge Pilot schoß auf uns, ich sah es an den Tragflächen aufblitzen, aber er traf nicht. Er flog nicht höher als fünf Meter über der Erde, und ich beobachtete, wie die Leuchtmunition unserer Maschinengewehre in den Rumpf des Flugzeugs drang. Es machte plötzlich einen Satz, drehte auf uns zu und landete. Der Pilot war offenbar unverletzt, denn er kletterte aus den Trümmern und erwartete uns. Er war blaß und noch jünger, als ich gedacht hatte; er sah aus wie ein vornehmes Muttersöhnchen, ein sympathischer Kerl. Wir gingen heran und fragten ihn etwas, aber er gab keine Antwort. Ich reichte ihm eine Zigarette, er nahm sie und rauchte. Mir schien, als habe ihn das Unglück sprechunfähig gemacht. Er nahm die Zigarette nicht aus dem Mund. Ich fragte ihn, ob er verletzt wäre, und er betrachtete seine Beine, hob prüfend die Arme und drehte sie, dann schüttelte er den Kopf. Ich stand dicht neben ihm und bemerkte, daß er zitterte. Er hatte Angst. Da stelzte der Pilz heran; er hielt eine Maschinenpistole in der Hand und richtete sie auf den jungen Piloten. Er machte mit dem Lauf eine Bewegung, gab mir zu verstehen, daß ich zur Seite treten sollte. Ich trat einen Schritt nach vorn, und nun geschah etwas Merkwürdiges: der junge Pilot blickte zitternd auf den Pilz, er nahm die Zigarette aus dem Mund und wich rückwärts zu den Trümmern seiner Maschine zurück. Langsam hob er die Hände, und unerwartet sackte er zusammen, als ob ihn eine Kugel getroffen hätte. Aber der Pilz hatte nicht geschossen, niemand hatte geschossen. In diesem Augenblick flog ein anderes Flugzeug über uns hinweg. Der Pilz untersuchte den jungen Piloten und stellte fest, daß er tot war. Niemand hatte auf ihn gefeuert. Wahrscheinlich ist er gestorben, weil er glaubte, der Pilz werde ihn erschießen. Eigentlich hat er ihn erschossen …«

Biggi blätterte weiter, sie wußte jetzt, daß mit Pilz ihr Vater gemeint war. Dieses Wort war am Anfang nur selten zu finden, aber je länger Biggis Lektüre dauerte, desto öfter tauchte es auf, und auf den letzten Seiten stand es fast in jeder Zeile. Das Mädchen warf einen prüfenden Blick zum Fenster der Lehmhütte: es war leer. Biggi las Stichworte, Beobachtungssplitter, flüchtige Randbemerkungen zu verschiedenen Erlebnissen, und gleichsam unter der Hand wuchsen diese Stichworte und Splitter zusammen, neigten sich einander zu, so daß ein anfangs nur punktiertes Geschehen zusammenhängend und fließend wurde ...

»Die Stellung Wellingtons – wie der Pilz die andern nannte – war bei S. sechshundert Meter entfernt. Wenn sie weniger als fünfhundert Meter entfernt gewesen wäre, hätte er sich nicht hinfahren lassen. Es war still drüben, dann und wann schossen sie Leuchtkugeln. Der Pilz wollte einen Gefangenen haben, und er befahl einem Leutnant, einen Stoßtrupp hinauszuschikken. Der Leutnant, ein alter Mann – ich glaube ein Reservist –, sagte, daß es sinnlos sei. Die Leute hätten wenig Möglichkeiten, sich zu verbergen, und würden ausnahmslos abgeschossen werden. Aber der Pilz wollte es, und daraufhin suchte der Leutnant vier Männer aus und machte sich mit ihnen auf den Weg. Wir warteten etwa fünfzehn Minuten, dann hörten wir Schüsse. Keiner der Männer kehrte zurück.

Ich habe den Pilz immer gehaßt, vom ersten Augenblick an, da ich ihn sah, aber ich haßte ihn noch nie so sehr wie in diesem Augenblick. Wenn ich das hier überstehe und gesund nach Hause komme, werde ich versuchen ...« (eine unleserliche Stelle), dann:

»jemand erzählte mir, daß die drüben ihn suchen, er hat es von einem Offizier gehört. Der Pilz soll etwas ausgefressen haben. Ich traue ihm alles zu ...«

Biggi klappte das Notizbuch erschrocken zu, sie knüllte es zusammen und drückte so stark, daß die Knöchel ihrer Hand weiß wurden. Sie konnte nicht weiterlesen. Sie wehrte sich gegen das, was sie gelesen hatte, versuchte es abzuschütteln, ihren Vater freizusprechen; sie sträubte sich, dem Notizbuch zu glauben. Sie dachte: Mein Gott, der Pilz muß ein anderer gewesen sein, muß. Er kann das doch nicht getan haben. Er kann mich doch nicht so belogen haben. Mackenbrandt war sein Freund, seinetwegen haben wir das Geld für die Reise gespart. Es ist ausgeschlossen. Der Pilz muß ein anderer gewesen sein! Das Notizbuch ist so gehässig. Sie blickte hilfesuchend zu den Felsen, als ob sie von dort eine Antwort erhalten könnte, aber der Fels war alt und erhaben und gleichgültig. Und Biggi dachte: Es ist wahr, er war der Pilz. Mackenbrandt war nie sein Freund; er hat dich belogen. Er hat dich belogen, weil er zu feige war, die Wahrheit zu sagen. Traue es ihm zu; nach allem, was geschehen ist, mußt du es ihm zutrauen. Wer weiß, warum er hierhergekommen ist. Er wird seine Gründe haben. Nein, dachte Biggi dann wieder, das ist unmöglich. Er ist doch mein Vater. Selbst wenn er der Pilz war, ist es doch denkbar, daß Mackenbrandt ihn aus persönlichen Gründen haßte. Aus Gründen, die du nicht kennst. Und wenn nun dieses Notizbuch eine Fälschung ist? Der Augenschein spricht gegen deinen Vater, aber ist man denn gerecht, wenn man nur dem Augenschein glaubt?

Im Augenblick liegt alles, auch das Unzugängliche, das Verborgene. Du mußt dem Augenschein glauben. Denk daran, wie er dich quälte, was er von dir verlangte. Warum sollte er nicht auch andere so gequält haben? Er hat Mackenbrandt als seinen besten Freund und Vertrauten ausgegeben. Schreibt so ein Freund über den andern? Würdest du einem Menschen deine Freundschaft antragen, wenn du ihm alles zutraust, auch ein Verbrechen?

Biggi schob das Notizbuch hastig in den Lederbeutel zurück und verbarg es unter dem Taschentuch. Sie erhob sich und ging zur Hütte. Sie reckte sich zum Fenster hinauf: der Oberst lag da, wie sie ihn verlassen hatte, stumpf, zerbröckelnd. Er hatte seine unbequeme Lage nicht verändert.

Das Mädchen hatte ein höllisches Gefühl: Sie stand auf zwei Eisschollen, mit jedem Fuß auf einer, und die Eisschollen strebten auseinander, ihr Körper senkte sich immer mehr, die Beine lagen fast im Spagat. Es schien, als ob es bereits zu spät wäre, auf eine einzige Scholle zu springen, das Druckvermögen war zu gering.

– Vater! rief sie.

Und ihre Stimme klang zornig und verzweifelt. Sie zog sich mit den Händen zur Fensteröffnung empor, und der trockene Mörtel riß die Haut über ihren Knien auf.

– Vater! schrie sie noch einmal.

Ihr Gesicht verzerrte sich unter der Anstrengung, sie konnte ihr Gewicht nicht länger halten und fiel herab. Sie trommelte mit der Faust gegen die Hüttenwand, hieb rücksichtslos auf sie ein, mit wütender Freude, als gälten die Schläge einem verruchten Wesen, das ihr Leid zugefügt hatte.

Der Oberst antwortete nicht, er lächelte spöttisch.

Biggi fühlte seinen lautlosen Spott durch die Mauer dringen; ihre Schläge erfolgten weicher und zögernder, und schließlich hörten sie auf. Die schmerzenden Fäuste aber gaben ihr ein Gefühl von Kraft und Widerstandslust. Das Mädchen überwand mühelos das magnetische Schutzfeld seines Willens, kroch in die Hütte hinein, stand neben seinem Lager und starrte kalt, mit furchtlosen Blicken auf ihn herab.

– Was willst du, fragte er müde. War das die Posaune des schlechten Gewissens, die du gegen die Mauer richtetest?

Sie stieß ihn leicht mit der Fußspitze an und brachte ihn zum Verstummen.

– Vater, fragte Biggi scharf, warum suchst du Mackenbrandt?

Er schwieg.

– Ich will es wissen, warum du ihn suchst!

Biggi erschrak über die Lautstärke, mit der sie sprach.

– Ich habe dir oft genug gesagt, daß du zu den Menschen gehörst, die das Fragen lieber bleiben lassen sollten. Du taugst gerade zum Antworten.

– War er dein Freund? fragte Biggi lauernd. Sag jetzt: War er dein Freund. Ich muß es wissen.

Sie beobachtete, wie zwei braune Käfer – ein Pärchen? – sich in seinen Hals bohrten, sie beobachtete das jetzt jedoch ohne Mitleid und ohne Furcht.

– Ich hätte Grund, mich über diese Frage zu wundern, sagte der Oberst. Aber ich tue es nicht. Mackenbrandt war und ist mein Freund. Es liegt nun an dir, was du unter Freundschaft verstehst. Sei klug und geh jetzt. Ich brauche meine Ruhe.

Und Biggi wandte sich um und ging hinaus.

Achtes Kapitel

Horace arbeitete am Auto, und obwohl er das Hemd ausgezogen und ein leichter Ostwind eingesetzt hatte, schwitzte er, und der Schweiß rieselte über seinen Rücken. Dann und wann straffte er den schmerzenden Rücken und blickte zu den Klippen hinüber, die der Ostwind von ihrem feinen Dunstschleier befreit hatte. Sie ragten einsam, verheißungsvoll und bläulich über die Ebene. Horace hatte sein Hemd neben einen Strauch geworfen, und er achtete nicht weiter darauf, sondern arbeitete, um den Schaden schnell zu beheben. Er sah ein, daß er den Defekt nur notdürftig reparieren konnte.

Wenn wir Glück haben, dachte er, werden wir gerade nach El Dabuh kommen. In El Dabuh werden sie gewiß Ersatzteile haben, zumindest sollte es dort die Möglichkeit geben, Ersatzteile zu beschaffen. Man kann sie ja von einem anderen Ort herbeiholen lassen.

Während er das dachte und arbeitete, ging Alaric zur Lehmhütte hinauf, um sich den Oberst anzusehen. Er war neugierig auf diesen Mann, und er mußte ihn sehen. Er hatte sich einen Plan zurechtgelegt, wie er ihm antworten und begegnen wollte, und er hatte sich auch schon die Worte ausgedacht, die er ihm zur Begrüßung sagen wollte.

Aber er kam nicht dazu, sie anzubringen, denn kurz vor der Hütte stieß er auf Biggi, und Biggi bat ihn eindringlich, ihren Vater schlafen zu lassen.

– Er ist außerordentlich erschöpft, sagte sie, und als Alaric entgegnete, er wolle dann nur einen Blick durch die Fensteröffnung werfen, wandte Biggi ein, daß auch das bereits ausreiche, um ihren Vater aus dem Schlaf zu schrecken. Er sei empfindlich wie niemand, den sie kenne, und sie bat Alaric so dringlich, von seinem Plan abzulassen, daß er es endlich tat. Sie faßte ihn an der Hand und zog ihn zum Teich hinunter, fort aus dem Bannkreis der Hütte. Und als sie am Ufer des Teiches saßen, dachte Biggi, daß sie Horace nicht gehindert hätte, ihren Vater zu stören; ihr Vertrauen zu Horace ging sogar so weit, daß sie ihm gegebenenfalls erzählt hätte, wessen sie ihr Vater verdächtigt hatte. Vor Alaric empfand sie eine hemmende Scham, ihm konnte sie es nicht erzählen.

Sie saßen nebeneinander und sprachen über die Rückfahrt, sie sprachen über Kairo und Hamburg und über die Pyramiden, vor denen sich die Brüder fotografiert hatten, und Alaric lachte oft und war jung und selbstbewußt. Sie zogen die Schuhe aus und hielten die Füße ins Wasser, und von Zeit zu Zeit dachten sie an Horace, der das Auto reparierte.

In einer Stunde werde ich fertig sein, dachte Horace. Dann werde ich eine kleine Probefahrt machen. Es genügt, wenn ich den Wagen zum Zelt bringe. Er hatte den Wunsch, zu rauchen, und ging zu seinem Hemd und wollte es hochheben. In der Hemdtasche steckten die Zigaretten. Horace bückte sich und streckte die Hand aus, und da zuckte plötzlich etwas auf sein Bein zu, etwas, das aussah wie ein zweifingerdicker Ast. Als Junge hatte er es oft erlebt, daß er beim Spielen im Wald auf eine Stockgabel getreten war, und manchmal hatte ihn das eine Stockende, natürlichen Hebelgesetzen folgend, am Schienbein getroffen. In dem Augenblick, da Horace sein Hemd ergriff und etwas auf sein Bein zuschoß, glaubte er zuerst auch, daß es ein Stock sei, der durch seinen Tritt hochgeschnellt wurde. Aber während er bei einem Stockhieb stets nur einen äußerlichen, harmlosen Klopfschmerz wahrgenommen hatte, empfand er diesmal den heißen, spitzen, tiefen Schmerz einer Injektion. Er empfand den Schmerz in der Höhe des Knöchels, und er empfand ihn fast schon, bevor der Gegenstand seinen Fuß berührt hatte. Es war ein verfrühter, ein voreiliger Schmerz, ein Schmerz, wie er sich mitunter angesichts eines unausweichlichen Unglücks einstellt.

Die Schlange biß nur einmal zu, sie schlug ihre Zähne in den Fuß, drang bis zum Knöchel durch, und ließ sofort wieder los. Es war eine kleine Schlange, sie war nicht länger als der Arm eines Mannes, und an der dicksten Stelle konnte man sie ohne Schwierigkeiten mit Daumen und Zeigefinger umfassen. Sie hatte eine senkrechte Spaltpupille, und ihre Nasenkante war ein wenig aufgestülpt. Ihr Leib war oben grau, unten silbergrau, und vom Kopf bis zum Schwanz waren dunkelgrüne Ringe gezogen.

Horace hatte gar nicht gesehen, wie die Schlange zubiß; als er erkannte, daß es eine Schlange war, hatte sie schon wieder losgelassen. Es war die erste Schlange, die er in diesem Gebiet gesehen hatte, und er war eine Sekunde lang verblüfft darüber, daß es hier überhaupt Schlangen gab. Wo kommst du denn, um Gottes willen, her, dachte er eine Sekunde. Dich darf es hier doch gar nicht geben. Aber gleich darauf empfand er den siedenden Schmerz, und er bildete sich ein, schon jetzt eine Schwellung und eine ständig schlimmer werdende Lähmung des Fußes feststellen zu können. Und er machte einige wilde, panische Schritte und sah ein, daß die Lähmung doch nur Einbildung war. Horace setzte sich auf die Erde, erfaßte mit beiden Händen das verletzte Bein und bog den Knöchel zu sich heran. Es war nur eine kleine Bißwunde, ein roter Punkt mit dünnem, blauem Rand, zu klein, als daß er sie beachten würde, wenn er nicht die Schlange gesehen hätte.

Horace hatte das Hemd fallen lassen, und die Schlange kroch auf das Hemd und blickte ihn an. Sie ringelte sich lose zusammen, nur der platte Kopf stand steif und steil empor, als ob er von einem Stock getragen würde. Der Mann erhob sich vorsichtig und ergriff einen schweren Schraubenschlüssel. Er näherte sich der Schlange von hinten, aber das Tier wandte den Kopf und ließ ihn nicht unbemerkt herankommen. Jetzt fühlte Horace tatsächlich, wie das Bein anschwoll. Es schwoll langsam an und nur am Knöchel. Aber das versetzte ihn in eine hektische Angst, und er begann die Schlange zu hassen und suchte nach einer Möglichkeit, sie zu töten. Der Kopf der Schlange bewegte sich, so oft Horace einen Schritt machte, er stellte sich fortwährend auf ihn ein. Aber der Mann tötete die kleine Schlange dennoch. Er hieb ihr mit dem Schraubenschlüssel auf den Kopf, und als der Kopf herabsank, zertrat Horace ihn. Einmal hatte die Schlange nicht die Bewegungen des Mannes mitgemacht, das wurde ihr zum Verhängnis.

Der Knöchel ist noch dicker geworden, dachte Horace, und der Schmerz meldet sich schon in den Drüsen. Vielleicht war sie nicht giftig, und die Schwellung ist nur eine Folge der plötzlichen Wunde, aber ich habe solch eine Schlange noch nie gesehen und weiß nicht, ob sie giftig ist oder nicht. Aber nach einer Weile wußte er, daß sie giftig war. Im verletzten Bein traten nun doch Lähmungserscheinungen auf, und er hatte kein Gefühl mehr in den Zehen. Er blickte immer wieder angsterfüllt auf den roten Punkt, der kaum größer geworden war, und dann blickte er zu den Klippen hinüber. Er wußte schon jetzt, daß es ihn große Anstrengung kosten werde, die Strecke zu den Klippen zurückzulegen, und er überlegte, auf welche Art er sich bemerkbar machen und Alaric herbeirufen könnte. Er sah keinen Weg.

Horace erinnerte sich, daß ihm ein Freund einst erzählt hatte, man müßte einen Schlangenbiß ausschneiden, ihn ausbeißen oder ausbrennen, und vor allen Dingen müßte man eine Stauung des Blutes bewirken, das Bein so hoch wie möglich abbinden. Er kramte sein Taschentuch hervor und versuchte, es um den Oberschenkel zu schlingen, aber das Taschentuch war zu kurz.

Horace machte einige verzweifelte Schritte, das Bein war noch schwerer geworden, es drohte ihn im Stich zu lassen, und bis zu den Klippen waren es noch vierhundert Meter. Das Gift, das aus dem Hohlkanal des Schlangenzahns in sein Blut gedrungen war, wurde durch das ganze Bein getragen und hinauf zur Lende. Horace bückte sich nach seinem Hemd, und der Wunsch, das Bein abzubinden, wurde so stark in ihm, wurde durch die nackte, heiße Furcht so groß, daß er das Hemd an der Stelle des Schlitzes einriß. Er riß einen schmalen Streifen heraus und band ihn zitternd um den Schenkel. Er zog den Knoten so fest an, daß er aufstöhnte. Sein ganzer Oberkörper war schweißbedeckt.

Ich kann das Bein kaum noch anheben, dachte er.

Ich kann die Wunde nicht ausbrennen, und wenn ich sie mit dem Messer ausschneide, wird es andere Folgen geben, denn das Messer ist nicht sauber. Ich muß die Wunde herausbeißen, es hilft nichts. Ich muß in mein eigenes Fleisch beißen, damit ich's bis zu den Klippen schaffe. Aber ich habe es noch gar nicht versucht, zu gehen. Möglicherweise komme ich drum herum. Ich möchte nicht gern in meinen Knöchel beißen – ich könnte es vielleicht bei Alaric, wenn er in der gleichen Lage wäre. Bei mir bin ich nachsichtig, weil ich meine »Standhaftigkeit« kenne. Alaric würde von meinem Biß überrascht sein, ich selbst kann mich nicht überraschen. Ich signalisiere meinen eigenen Biß und damit den Schmerz.

Es geht doch ganz gut, dachte Horace nach den ersten Schritten. Es geht doch wesentlich besser, als ich gedacht habe. Wahrscheinlich ist das auch nur ein weniger gefährliches Gift. Und etwas Einbildung ist auch dabei.

Aber nachdem er fünfzig Meter gegangen war, fünfzig von vierhundert, wurde das Bein zu Blei, und er keuchte und torkelte, und das Bein war so schwer, als ob es ihn in die Erde ziehen wollte.

Es geht doch nicht, dachte Horace, es ist so dick wie das Bein eines Elefanten. Ich muß mir jetzt Linderung verschaffen, sonst komme ich nicht bis zu den Klippen. Noch hundert Meter, dann kann ich rufen, dann werde ich Alaric rufen, und er wird kommen und mir helfen.

Horace ließ sich erschöpft auf den Boden herab und bog den roten, angeschwollenen Knöchel vor sein Gesicht. Du willst mich also im Stich lassen, dachte er, du siehst übel aus, Fuß. Der Knöchel war prall, weich und gerötet, und nur an der winzigen Wunde hatte sich eine härtere Stelle gebildet. Der Mann biß in den Knöchel, grub seine Zähne genau in den roten Punkt, und als er sie zurückzog, spürte er ein kleines, geschmackloses Stück Haut auf der Zunge. Er spuckte es aus und drückte mit beiden Händen auf den Knöchel, so daß aus der neuen Wunde Blut hervortrat. Horace preßte beide Daumen in den Knöchel. Dann stand er auf und humpelte weiter. Wenn ich den Fetzen von meinem Schenkel herunterreiße, geht es schneller, dachte er, dann kann ich die hundert Meter rasch hinter mich bringen und Alaric rufen. Aber wahrscheinlich ist es besser, wenn ich ihn drauflasse. Er schnürt verdammt ab, aber er verhindert, daß das Gift in den Körper kommt.

Einmal ruhte Horace sich aus, dann war er in Rufweite der Klippen gelangt, und er legte die Hände an den Mund und schrie aus Leibeskräften:

– Alaric! Alaric!

Alaric hörte den Schrei, er und Biggi sprangen auf und liefen los, und sie fanden Horace am Boden liegend. Er lächelte schwach und erzählte ihnen von seinem Mißgeschick. Alaric nahm seinen Bruder auf die Schulter und trug ihn ins Zelt. Er legte ihn auf eine Luftmatratze, setzte sich auf einen Klappstuhl und sah zu, was Biggi nun mit ihm tat. Biggi hatte sich Horaces in jeder Hinsicht angenommen: sie säuberte die Wunde, massierte das Bein nach unten und suchte ihm alle nur erdenklichen Annehmlichkeiten zu verschaffen. Horace protestierte sanft gegen so viel Mitgefühl, zumal die Schmerzen geringer geworden waren.

– Es ist wirklich nicht nötig, sagte er, es geht mir schon viel besser.

Biggi blieb unnachgiebig.

– Wenn es Ihnen heute abend besser geht, sagte sie, dann können wir immer noch zufrieden sein.

Alaric beobachtete Biggis Verhalten mit zunehmender Ungeduld, es tat ihm nicht wohl, daß das Mädchen unausgesetzt seinen Bruder berührte, und obwohl Horace einerseits gegen das sanfte, blonde Samaritertum protestierte, schien es ihm andererseits doch erhebliches Behagen zu bereiten. Alaric spürte das ganz genau, und er wurde von heimlichem Neid ergriffen und stellte plötzlich erschrocken fest, daß er gern mit Horace getauscht hätte, daß er den Schlangenbiß unter solchen

Bedingungen auch in Kauf genommen hätte. Er blies Horace den Rauch seiner Zigarette ins Gesicht und sagte:

– Wie weit bist du eigentlich mit dem Auto? Hast du den Schaden geflickt?

– Das ist doch jetzt völlig nebensächlich, sagte Biggi. Wie können Sie so etwas fragen?

– Da ist doch nichts dabei, sagte Alaric. Sehen Sie denn nicht, wie gut es ihm geht? Außerdem ist es sehr wichtig, daß das Auto wieder fahrbereit ist. Wir haben keine Lust, bis zum Jüngsten Tag hierzubleiben. Bist du fertig, Horace?

– Quälen Sie ihn doch nicht mit solchen Fragen, sagte Biggi. Er braucht jetzt Ruhe. Er wird das Auto schon wieder in Gang bringen. Aber bis morgen muß er liegenbleiben.

– Ich bin fast fertig, sagte Horace. Es ist nicht mehr viel dran zu machen, Alaric. Wenn du's so eilig hast, kannst du ja versuchen, selbst weiterzubasteln.

Alaric warf seinem Bruder einen wütenden Blick zu und erhob sich; er schritt beleidigt zum Eingang, aber im letzten Augenblick schien er sich zu etwas anderem zu entschließen, und er kam wieder zurück und warf sich brummend auf seine Luftmatratze. Er legte die Beine übereinander, verschränkte die Hände im Nacken und starrte gegen das Dach des Zeltes.

Jetzt sage mir nur einer, was die an ihm findet, dachte er. Ich bin sicher, daß sie sich mit mir viel weniger Mühe geben würde, wenn die Schlange mich gebissen hätte. Das muß ihm Spaß machen, sich das Bein massieren und sich die Haare aus der Stirn streichen zu lassen. Aber warte, mein Junge, was du auf deine Weise herbeiführst, werde ich auf meine Weise schaffen. Du glaubst doch nicht, daß ich mir das gefallen lasse. Andere fordern mich dadurch heraus, daß sie etwas auf dem

Kerbholz haben, du forderst mich durch deine Unschuld und Harmlosigkeit heraus. Warte nur ab.

Er wälzte sich auf die Seite, legte eine Hand über das Gesicht und tat, als ob er zu schlafen versuchte.

– Alaric, sagte Horace, du könntest uns eigentlich etwas zu essen machen. Was hältst du davon, wenn du eine von den neuen Dosen aufmachst, eine von denen, die wir in Kairo gekauft haben?

– Im allgemeinen essen Kranke nicht, und wenn sie etwas verlangen, dann soll man ihnen nichts geben, sagte Alaric mürrisch. Hunger beschleunigt die Genesung. Du weißt doch, was Mutter in solchen Fällen immer zu sagen pflegte.

– Vielleicht hast du recht, sagte Horace, aber in diesem Fall möchte ich dich darum bitten. Biggi würde es gewiß tun …

– Bewahre, sagte Alaric ironisch, sie ist unabkömmlich. Weil du es bist, werde ich aufstehen, ausnahmsweise.

Er öffnete eine Kiste und wühlte umständlich eine Fleischbüchse heraus, dann blickte er Horace übertrieben mitleidsvoll an und verließ das Zelt.

– Ich hätte es auch tun können, sagte Biggi.

– Es geht sehr schnell, sagte Horace. Die Dose muß nur aufgewärmt werden.

– Ziehen die Schmerzen ab? fragte Biggi besorgt.

– Sie sind auf dem Rückzug, sagte Horace. Offenbar war es eine ungefährliche Schlange. Wie es immer in solchen Situationen ist, übertreibt man in der Schrecksekunde das Ausmaß der Verletzungen. Anscheinend war alles gar nicht so schlimm, wie ich gedacht habe. Nur der Knöchel ist noch sehr dick.

– Sie werden auf jeden Fall bis morgen liegenbleiben, sagte Biggi. Man darf damit nicht scherzen.

Sie setzte sich auf den Klappstuhl, legte die Hände auf die

Knie und blickte vor sich hin. Sie dachte an ihren Vater, und Horace merkte, daß sie an ihn dachte, und er fragte:

– Waren Sie bei ihm? Ich weiß bestimmt, daß er zur Hütte hinaufgegangen ist.

– Er ist noch immer in der Hütte, sagte Biggi.

– Haben Sie mit ihm gesprochen?

Biggi überlegte, was sie sagen sollte. Sie log und sagte:

– Nein. Nein, ich habe nicht mit ihm gesprochen. Er schlief, und ich wollte ihn nicht wecken. Er sah sehr elend aus. Der Schlaf wird ihm guttun nach soviel Aufregung, meinen Sie nicht auch? Schlaf ist immer gut.

– Dann weiß er noch nicht, daß Sie hier sind?

– Das weiß er sicher, sagte Biggi.

– Also haben Sie doch mit ihm gesprochen?

– Nein, log sie weiter, gesprochen habe ich ihn nicht. Aber ich hatte einmal das Gefühl, daß er mich ansah. Mein Vater weiß immer, wer in seiner Nähe ist.

Sie versuchte, Horace abzulenken:

– Soll ich das Bein noch ein wenig massieren? fragte sie. Wollen Sie noch ein Kissen? Ich kann es ja von Alarics Matratze nehmen.

– Da kommt er, sagte Horace.

Alaric kam herein und stellte die Pfanne mit dem aufgewärmten Fleisch auf die Erde. Es war mageres, langfaseriges Fleisch, und Horace holte sich eine Handvoll von dem Duft heran und schloß im Vorgenuß die Augen.

– Der Herr sind einverstanden? vergewisserte sich Alaric spöttisch.

Er tat den größten Teil des Fleisches auf einen Blechteller, stieß eine Gabel hinein und stellte das Ganze neben Horace hin.

– Schlecht bekomm's dem Kranken, sagte er, und, zu Biggi gewandt: Wollen Sie mal probieren? Es sind allerdings keine Zwiebeln dran.

Biggi schüttelte den Kopf, und Alaric griff sich eine Gabel und begann aus der Pfanne zu essen.

Am Himmel reisten große Wolken heran, und die Felsrücken und Klippen erhielten eine andere Farbe: safrangelb, schmutzigbraun. Das Licht wurde trüber, und das Wasser des Teiches glich ausgegossenem Metall. Die namenlose Stille der Erwartung brach an.

– Es kann sein, daß wir Regen kriegen, sagte Alaric. Wie ist es, Horse, als zünftiger Kranker müßtest du das doch in deinem Bein spüren? Du solltest am Zucken deiner Wadenmuskeln vorsorglich die Niederschlagsmenge berechnen, denn du weißt besser als ich, daß das Wasser nirgendwo auf der Welt so kostbar und so gefährlich ist wie hier in der Wüste.

Er schob die Pfanne in eine Ecke und wischte sich mit dem Taschentuch Mund und Hände ab.

– Wieso ist das Wasser hier gefährlich? fragte Biggi. Ich denke, es ist nur kostbar und selten.

– Man kann eher in der Wüste ertrinken als in Wales, sagte Alaric. Das hängt einfach damit zusammen, daß das Regenwasser bis zu einer gewissen Tiefe in den Boden sickert und dort die Salze und mineralischen Bestandteile löst. Na ja, und wenn dann eine Trockenperiode einsetzt, wird das Wasser nach oben gesaugt, und dabei ergibt es sich, daß die gelösten Salze beim Verdunsten ausgeschieden werden. Dabei entsteht dann ein ziemlich harter Panzer, die oberste Bodenschicht wird gewissermaßen verkittet. Was meinen Sie, was ein Wolkenbruch hier anrichten kann!

– Es sieht mir gar nicht nach Regen aus, sagte Horace kauend.

– Um so besser, sagte Alaric.

Eine leichte Bö brachte die Zeltwand zum Zittern, und alle hoben den Kopf und lauschten. Kein neuer Windstoß rüttelte an ihrer luftigen Behausung, aber die pralle Stille wurde unterbrochen durch unerwartete, schlürfende Schritte, die langsam näher kamen. Biggi kannte den Fall dieser Schritte, und sie war die erste, die sich erhob und zum Eingang des Zeltes trat.

– Komm her! befahl der Oberst. Er stand in einiger Entfernung und zeigte keine Bereitschaft, ihr entgegenzugehen.

– Vater, sagte Biggi, Horace, einer der Männer, wurde von einer giftigen Schlange gebissen.

– War die Schlange blond? fragte der Oberst geringschätzig. Entschuldigungen gehören nach hinten, mein Kind; warum springst du mir damit ins Gesicht? Bleib da stehen, du darfst mir nicht zu nahe kommen, denn ich kann dich gerade noch aus der Entfernung ertragen. Und ich möchte nicht, daß du den Takt meines Herzens an die beiden Wellingtons verrätst. Sieh nicht auf die Erde, sieh mich an, halte meinen Blick aus. Nimm die Hände vom Rücken, mein Kind, Hände gehören nach vorn. Wir sind unter uns, und einem Vertrauten wie mir kannst du dein schlechtes Gewissen zeigen wie eine neue Armbanduhr. Ich werde daraufblicken und schweigen.

– Was willst du? fragte Biggi schroff. Bist du heruntergekommen, um mich zu quälen?

Ihr Blick glitt herab zu seinem Hals, und sie erkannte die beiden schimmernden Punkte unter der Haut; und sie blickte weiter an dem verlorenen, längst überfälligen Mann herab, an diesem windschiefen, wandelnden Kruzifix: er hatte das Hemd noch nicht in die Hose geschoben, es hing immer noch an der Seite heraus; seine X-Beine suchten ständig nach Halt zwischen den Geröllstücken, ruckten tastend in geeignete Spalten;

das Gesicht des Obersten zeigte die Züge müden Erstaunens. Biggis Schroffheit hatte ihn ein wenig überrascht. Sie hatte ihn jedoch nicht so überrascht, daß es ihm die Sprache verschlagen oder daß er in einem andern Ton zu ihr gesprochen hätte.

– Du hast bessere Beziehungen zu denen im Zelt als ich, mein Kind. Aber bilde dir nichts darauf ein, denn diese Beziehungen verdankst du nicht dem Geist, sondern der Natur und deinem Alter. Du wirst diese Beziehungen jetzt ausnützen.

Biggi sah ihm mißtrauisch in die Augen, mit einer Kühnheit, deren sie früher nie fähig gewesen wäre. Hier, in der Wüste, hatte sie ihre Selbstsicherheit zurückgewonnen, hier, in der einsamen, lautlosen Öde begann sie aufzuwachen und die perverse Demut zu verlieren, mit der sie bisher alles angehört und ausgeführt hatte, was der Oberst von ihr verlangte. Wenngleich sie nie fühlte, was in ihr vorging, so hatte sie doch das Gefühl, daß es etwas Ungeheures war, das sie ergriffen hatte und das sie zur Auflehnung gegen ihren Vater reif machte. Später glaubte sie, es sei Mackenbrandts Tagebuch gewesen, aber sie war nie ganz sicher.

– Also, was willst du? fragte sie. Wir können noch nicht nach El Dabuh zurück, denn Horace ist krank. Sobald es ihm wieder besser geht und er wieder laufen kann, wird er das Auto reparieren. Er ist nahezu fertig.

– Famos, sagte der Oberst. Aber daran hatte ich nicht gedacht. Komm nicht näher heran, ich merke, daß du unwillkürlich auf mich zutrittst.

Biggi ging wütend einige Schritte zurück. Von hier aus hatte sie Mühe, ihren Vater zu verstehen. Aber er sollte nicht den Eindruck haben, daß ihr etwas an seiner Nähe lag.

– Geh zu ihnen, sagte der Oberst, geh zu denen, die den Eisblock deiner Unschuld zum Schmelzen gebracht haben.

Sag ihnen nicht, daß du von mir kommst: sie könnten sonst womöglich meine Bitte abschlagen. Ich bin hergekommen, um einen Büchsenöffner zu borgen. Ich bin sicher, daß deine Freunde einen besitzen. Sag ihnen, du möchtest für mich die Dosen öffnen, die oben in der Hütte stehen.

– Das geht nicht, sagte Biggi, das ist unmöglich.

– Mein liebes Kind, was möglich ist oder nicht, wissen die Greise besser.

– Das geht nicht, die Dosen gehören dir nicht. Es wäre ein glatter Diebstahl.

– Ein glatter oder rauher Diebstahl, sagte der Oberst, was heißt Diebstahl, wenn man Hunger hat? Ich habe Hunger.

– Dann werde ich Alaric bitten, dir eine von seinen Dosen zu geben. Wir können sie ihm später bezahlen.

– Nein, sagte der Oberst.

– Warum nicht. Kannst du das begründen?

– Es gibt eine Hilfe, die Schmerzen hervorruft. Wenn ich mir jetzt von dem jungen Wellington helfen ließe, könnte ich vor Schmerzen nicht schlafen. Darum werde ich die Büchsen öffnen, die oben in der Hütte stehen, und du wirst jetzt zu ihnen gehen und einen Öffner verlangen.

– Nein, sagte Biggi mit Entschiedenheit, es wäre Diebstahl.

Der Oberst sah sie erstaunt an, es war das erstemal, daß Biggi ihm so offen und so energisch widersprochen hatte. Dieser Widerspruch wirkte wie ein Peitschenhieb auf ihn, machte ihn unsicher. Er schrumpfte unmerklich zusammen, wie eine Ballonhaut, aus der man etwas Luft entweichen läßt. Die X-Beine stocherten nervös im Geröll herum, um neuen Halt zu finden, und der Oberst gewann alsbald seine schnöde Gelassenheit zurück.

– Gut, sagte er, wenn du nicht zu ihnen gehen willst, dann

werde ich zu ihnen gehen müssen. Unter solchen Umständen bleibt mir nichts anderes übrig. Aber du kannst gewiß sein, daß ich sie bei dieser Gelegenheit über dich, mein liebes Kind, aufklären werde. Ich werde sie nicht im ungewissen lassen über die Fähigkeiten und Eigenschaften meiner Tochter, und es fragt sich, ob dir und deinen jaulenden Wünschen damit gedient wäre. Sieh mich nicht so verächtlich an, mein Kind. Verurteile nie die Erpressung, denn sonst müßtest du auch die Natur verurteilen, der du deine Beziehungen verdankst. Die Natur lebt von Erpressungen, sie ist auf Erpressung gegründet, und wenn wir erpresserisch werden, tun wir eigentlich nichts anderes, als mit natürlichen Mitteln zu arbeiten. So, und nun gehe ins Zelt und hole den Büchsenöffner; ich hoffe, daß du zur Vernunft gekommen bist.

Biggi wußte, daß der Oberst, wenn sie sich weigerte, ins Zelt gehen würde. Sie wußte auch, da sie seine Bedenkenlosigkeit kannte, daß er sie in seiner gemeinen Art herabsetzen würde, wo er konnte, und sie blickte ihrem Vater hart und haßerfüllt ins Gesicht und sagte:

– Warte hier. Ich hole dir den Öffner, du.

Sie sagte es mit aller Verachtung, und der Oberst grinste und lispelte:

– Ich habe nie an dir gezweifelt, mein Kind. Und wenn du den Öffner hast, wirst du mit mir zur Hütte gehen und die Dosen aufschlitzen; denn, wie du weißt, fehlt es mir dazu an der nötigen Kraft.

Biggi empfand ein würgendes Schamgefühl, und sie wandte sich hastig um und ging, dem Weinen nahe, ins Zelt zurück. Als sie herein kam, setzte sich Alaric gerade mit unschuldiger Miene: offenbar hatte er die Verhandlung draußen beobachtet.

– Es ist mein Vater, sagte Biggi, er läßt um einen Büchsenöffner bitten, Horace. Könnten Sie ihn wohl für kurze Zeit entbehren?

Horace nickte freundlich, und Alaric sprang auf und sagte:

– Selbstverständlich, wir können Ihrem Papa sogar einen schenken, denn wir haben mehrere davon hier.

Er öffnete die Bestecktasche und wickelte einen Büchsenöffner aus einer Cellophanhülle.

– Genügt der? fragte er lachend. Öffnet garantiert Dosen und Herzen, bei Herzen muß man nur etwas fester aufdrücken.

Das Mädchen dankte ihm mit trauriger Freude und ging hinaus. Aber Alaric ging hinter ihr her, ohne daß sie es merkte. Und als sie dicht vor ihrem Vater stand, schob Alaric sich plötzlich hervor. Er streckte dem Obersten eine Hand entgegen, öffnete die Lippen und sagte:

– Tag, Sie alter …

Er wollte ›Versteckspieler‹ sagen, doch das Wort versagte sich ihm in diesem Augenblick. Er bekam es nicht aus der Kehle. Die arglose Heiterkeit verschwand von seinem Gesicht, die ausgestreckte Hand hing dem Oberst nur noch lasch entgegen. Der Oberst ergriff beiläufig Alarics Hand und ließ sie sofort wieder los. Dann verbeugte er sich knapp und frostig, rief Biggi heran und befahl ihr, ihn zu stützen, und während Alaric betroffen zurückblieb, stakte er ohne eine weitere Bemerkung, von seiner Tochter umsorgt, auf den steilen Weg zu, der zur Lehmhütte hinaufführte.

Alaric starrte ihm offenen Mundes nach, und erst nach einer Weile ging er zu Horace, steckte die Hände in die Taschen und blickte unbeweglich auf seinen Bruder herab. Eine Frage lag in der Luft.

– Was ist denn los, Alaric?

– Das ist er, Horse, ich erkannte ihn sofort.

– Wer, wen meinst du?

– Ich erzählte dir doch von den beiden Gefangenen, die ich zurückbrachte. O Gott, Horse, das war der Bursche, der die Jacke eines Toten trug, der unverletzt war, obwohl vorn in der Jacke ein Einschuß und hinten ein Ausschuß war. Das war der, den ich zusammenschlug. Es ist einfach unfaßbar. Aber ich täusche mich nicht. Du kannst sicher sein, daß es stimmt. Ich erinnere mich genau an dieses arrogante Gesicht, an die X-Beine, an den ganzen Kerl.

Horace stützte sich auf und machte einen Versuch, die Luftmatratze zu verlassen, doch Alaric drückte ihn sanft herab und sagte:

– Du mußt liegenbleiben, Horse, es ist besser für dich.

– Ist er schon fort? Alaric.

– Ja, er ist mit Biggi zur Hütte hinaufgegangen. Jetzt wird er nicht mehr zu sehen sein. Wolltest du ihn danach fragen?

– Nein, ich wollte ihn ins Zelt holen. Ich glaube, der Mann ist krank. Er hat irgendein Leiden, von dem man nicht weiß, wo es sitzt.

– Wahrscheinlich im Gewissen, sagte Alaric. Ich möchte wetten, daß der etwas auf dem Kerbholz hat.

– Wir haben alle etwas auf dem Kerbholz, sagte Horace, alle, die damals dabei waren, haben einige Kerben abbekommen. Das ist nichts Besonderes, Alaric. Ich möchte nicht wissen, wie es manchen Engländern zumute wäre, wenn sie hierherkämen. Vielleicht irrst du dich auch. Ich würde jedenfalls nichts mehr von der Sache erwähnen. Im Krieg hat ein Soldat nur die Möglichkeit, Gutes zu tun, indem er Unrecht vermeidet.

– Willst du damit sagen, daß ich Unrecht begangen habe?

– Ja, Alaric, auch wir haben Unrecht begangen, bewußt oder

unbewußt. Laß den armen Kerl in Frieden. Er ist krank. Das siehst du doch auf den ersten Blick. Es ist unsinnig, ihn mit einer längst vergangenen Geschichte zu quälen. Damit wird keinem geholfen.

– Es fragt sich, ob so etwas überhaupt vergessen werden darf, sagte Alaric. Ein Mord, Horse, ein Verbrechen, ist nie vergangen und ausgelöscht, wenigstens so lange nicht, bis er gesühnt ist. Und selbst dann, würde ich sagen, darf es noch nicht aus dem Gedächtnis entschwinden.

– Kein Mensch hat solch ein Gedächtnis, Alaric. Das ist zuviel verlangt. Und wenn du es hättest, so könntest du es bestimmt nicht ertragen, es würde dich auseinanderreißen. – Leg dich hin und schlaf. Schlaf ein paar Stunden und laß den armen Kerl in Frieden. Ich bitte dich darum. Solange er oben in der Hütte bleibt, kriegst du ihn doch nicht zu sehen, und was du nicht bemerkst, soll dich nicht ärgern. Oder stört es dich, wenn er auf den Lumpen liegt?

Der Oberst sank auf das Lager von Lumpen und befahl Biggi, die Dosen zu ihm zu bringen und sie unter seinen Blicken zu öffnen. Es war dunkel in der Hütte, eine Wolke stand hoch über dem Fenster und hinderte den Himmel daran, mit seinem brutalen Licht hereinzufallen. Die Wolke bewegte sich kaum vorwärts, wie wankelmütig stand sie da, ausgefranst und wankelmütig. Der Regen blieb aus.

Biggi schlug den Dorn des Büchsenöffners in eine der Dosen, löste durch knarrende, schnelle Schnittbewegungen den Deckel und bog ihn zurück. Ein schwefelartiger, fürchterlicher Gestank breitete sich in der Hütte aus, und Biggi hielt die Dose weit von sich und dachte: das wird selbst ihm zuviel sein. Aber zu ihrer Überraschung schien der Oberst den Gestank gar nicht wahrzunehmen. Er fragte nur:

– Was ist es? Beschreibe mir den Inhalt, denn du verstehst dich besser darauf als ich.

Und Biggi sagte:

– Entsetzlich, verfaulter Spinat. Wenn ich das Zeug nicht gleich fortwerfe, falle ich in Ohnmacht.

– Gib her, sagte der Oberst gleichgültig. Offenbar hast du noch immer nicht das Wort Diebstahl vergessen. Ich mißtraue dir, und das Mißtrauen gilt genau soviel wie der Haß, und darum werde ich von dem Spinat probieren.

– Das ist unmöglich, sagte Biggi, das kannst du doch nicht essen. Du darfst das nicht probieren. Außerdem müßte es ja wohl auch zubereitet werden.

– Du verwehrst mir auch nicht, gewisse Sorten Käse zu essen.

– Käse muß stinken, Vater, aber Spinat darf es nicht.

– Das sagst du, und alles, was du sagst, sieht dir ähnlich. Gib die Dose her, ich befehle es dir.

Biggi überwand sich und reichte ihm mit abgewandtem Gesicht die Dose. Wenn sie ihn angesehen hätte, wäre ihr übel geworden. Er griff mit zwei Fingern in die dunkelgrüne, mit Blasen durchsetzte Masse, führte die Finger zum Mund, und dann hörte Biggi ihn schlucken. Etwas kniete auf ihrem Magen. Sie trat ans Fenster, reckte sich empor und sog tief die warme, aber saubere Luft ein.

– Du hast recht, sagte da der Oberst, das Zeug ist schlecht. Der Besitzer kann froh sein, daß wir die Dose geöffnet haben, denn auf diese Weise nehmen wir ihm eine Illusion. Wirf die Dose hinaus und versuch es mit einer anderen. Auch das Essen ist ein Abenteuer.

Neuntes Kapitel

Der Regen blieb aus, auch nachts. Die Nacht war groß und makellos und warm, und Alaric konnte nicht einschlafen. Von draußen her ertönte das trockene Surren der Insekten, und dicht neben ihm schlief sein Bruder, schlief sich gesund. Ein Wunder, daß diese Nacht so warm ist, dachte Alaric. Gewöhnlich ist es hier unten kälter. Am Abend waren noch einige kurze, heiße Windstöße erfolgt, Stöße, die gleichsam zur Probe geführt wurden, und dann hatte sich die ausgefranste, lehmfarbene Wolke bewegt, war denselben Weg zurückgezogen, den sie gekommen war. Es sah so aus, als ob sie sich nach langem Überlegen etwas anderes vorgenommen hätte.

Alaric lag auf dem Bauch, das Kinn auf einem Handrücken, er lag unbeweglich da und horchte auf die Atemzüge seines Bruders und auf das Surren der Insekten. Die Dunkelheit im Zelt fühlte sich weich an. Draußen muß sie härter sein, dachte Alaric, draußen muß die Dunkelheit hart und faßbar sein. Durch die Zeltwand schimmerte schwach der Mond. Er stand hinter einem kalten Dunstschleier und sah aus wie fremdartiges Fleisch. Der Mann tastete nach dem Klappstuhl, berührte ihn, seine Hand suchte weiter nach den Streichhölzern und Zigaretten, und als er sie gefunden hatte, bewegte er sich vorsichtig und ging leise aus dem Zelt hinaus. Er trat in den Zeltschatten und zündete ein Streichholz an, sein Gesicht tauchte zwischen den Handflächen hinab und kam wieder herauf. Alaric verbarg die Glut in einer gekrümmten Hand und schlenderte zum Teich hinunter. Die Oberfläche war glatt und stumm, das Wasser glänzte dem Mond entgegen.

Die Klippen hatten viel von ihrer waghalsigen Wildheit verloren, von ihrer unberechenbaren Kühnheit. Jetzt, in der Dunkelheit, nahmen sie sich harmlos und einfach aus, und gegen den Nachthimmel wirkten sie sogar künstlich, wie ein Bühnenbild. Wenn Alaric sich bückte, konnte er die schwachen Konturen der Lehmhütte sehen – sie lag im Schatten eines Felsvorsprungs, und Alaric hatte, seitdem Biggi und ihr Vater oben waren, keinen Laut aus der Hütte vernommen. Wahrscheinlich werden sie schlafen, dachte Alaric, wahrscheinlich.

Er rutschte über kantiges Geröll zum Teich hinunter und sprang auf einen größeren Stein, der zur Hälfte im Wasser lag. Der Stein wackelte anfangs, aber der Mann verteilte sein Körpergewicht, indem er die Füße auseinander stellte, und der Stein lag ruhig. Alaric bückte sich und tauchte den Zeigefinger ins Wasser, und gerade als er das tat, hörte er einen unendlich fernen, langgezogenen Ruf. Der Ruf klang aus in ein furchtbares Aahhh! Es hörte sich an, als wäre er auf dem Grund des Teiches ausgestoßen worden, oder tief im festen Herz der Klippen, und er klang wie ein wilder Hilferuf.

Rufe, dachte Alaric, Rufe bilden hier die einzige Abwechslung, etwas anderes geschieht anscheinend nicht. Und er drückte die Knie durch und lauschte, ob sich der Ruf wiederholen werde. Er wiederholte sich mehrmals, aber Alaric war nicht in der Lage, herauszufinden, woher das Rufen kam. Aber dann fiel ihm der Eremit ein, der Besitzer der Lehmhütte, der noch immer in einer der Höhlen stecken mußte, und er wartete, um letzte Gewißheit zu erlangen, auf den nächsten Ruf. Er hatte sein Ohr den Höhleneingängen zugekehrt und wartete, aber nun blieb es still.

Alaric sprang zurück ans Ufer und lief zum Zelt. Er nahm die Taschenlampe, die an einer Zeltstange hing, vom Haken, schaltete sie ein und richtete den Lichtkegel unerbittlich in Horaces Gesicht. Horace wachte sofort auf, er brauchte nur wenige Sekunden, um sich zurechtzufinden. Er fragte:

– Was ist denn los, Alaric?

– Der Einsiedler ruft um Hilfe, ihm scheint etwas zugestoßen zu sein.

– Der Eremit? Leuchte mich doch nicht ständig an. Man wird ja blind davon.

– Er muß in einer der Höhlen sein, sagte Alaric.

– Hast du's genau gehört?

– Ja, er rief mehrmals. Er muß allerdings tief in den Klippen drinstecken, denn seine Rufe waren kaum zu hören. Am Tage hätte sie gewiß niemand bemerkt.

Horace stellte freudig fest, daß sein Bein, bis auf den Knöchel, wieder völlig in Ordnung war. Er machte einige Übungsschritte, schlenkerte das Bein zur Seite und sagte:

– Wunderbar, es geht schon wieder. Nimm du die Taschenlampe mit, Alaric.

Dann gingen sie hastig zu den Höhlen hinauf, und als sie an der Lehmhütte vorbeikamen, verlangsamten sie, in geheimer Übereinstimmung, ihre Schritte, aber keiner von ihnen blieb stehen und blickte durch das Fenster. Sie hätten es beide gern getan, und die Verlockung war so groß, daß, wenn einer diesen Wunsch ausgesprochen hätte, der andere ihm augenblicklich gefolgt wäre. Und Alarics Daumen hatte sich auch schon an die Knipsvorrichtung geschoben, bereit, die Taschenlampe aufflammen zu lassen. Da jedoch keiner den Wunsch auszusprechen wagte, strebten sie an der Hütte vorbei und den Höhlen zu.

– Wir brauchen uns nicht zu trennen, Horse, sagte Alaric. Wir gehen in die linke Höhle, die ich bereits kenne, hinein, und später steigen wir durch den Fluß und können deinen Weg zurückgehen. Einverstanden?

Horace nickte, und sie drangen in die Höhle ein. Alaric hatte die Taschenlampe eingeschaltet, und der scharfe Lichtstrahl zuckte durch das Dunkel, irrte über die rissigen, feuchtschimmernden Wände. Jedes Wort, das sie sprachen, wuchs zu einem dumpfen Dröhnen an, lief ihnen voraus, lief als Warnung für den Fels voraus. Ihre Schritte hallten in dem Gewölbe. Sie gingen stockend, leuchteten jeden Winkel ab, und zuweilen richtete Alaric den Lichtkegel nach hinten, fürchtend, ihnen könnte etwas entgangen sein.

Aber alles war reglos, ruhig und gleichmütig, und je weiter sie in die Höhle vordrangen, desto ruhiger wurden auch sie. Zumindest fanden sie ihre innere Ruhe wieder, denn äußerlich vergrößerte sich die Spannung, ob Alaric recht behalten und den Einsiedler hier aufstöbern würde. Der Lichtkegel flitzte über die am Boden liegenden Felsbrocken, über Vorsprünge und ernste Steinnasen und Wände, er schnellte zur Decke hinauf, zwängte sich in Risse und Spalten, und er glich einem unermüdlichen, gewissenhaften Auge, auf das sich die Männer verlassen konnten.

Plötzlich zupfte Alaric seinen Bruder am Ärmel und blieb stehen. Horace dachte, Alaric habe eine Spur entdeckt, und fragte leise:

– Siehst du was?

– Wir müssen rufen, sagte Alaric. Es hat keinen Zweck, so weiterzugehen.

– Wir sind noch lange nicht so weit, sagte Horace. Wir sind sehr langsam gegangen, das darfst du nicht vergessen.

– Trotzdem halte ich es für richtig, daß wir rufen, sagte Alaric. Vielleicht ist er in der Nähe und gibt uns Antwort. Wir sollten …

Er unterbrach sich selbst, denn unmittelbar neben ihnen erklang ein metallenes Ticken.

– Das Wasser, sagte Horace, der unterirdische Fluß.

Er zuckte zusammen, als Alaric zu rufen begann. Er rief zweimal hintereinander:

– Haa–loo!

und sein Ruf suchte nach einem Weg zwischen den Steinen. Sie lauschten gierig, und in ihr Lauschen brach das Ticken des Baches ein und zählte und sammelte die Zeit;

– Haa–loo!

rief Alaric noch einmal, und da erhielten sie ferne Antwort. Sie rissen einander nach vorn, das gelbe, verläßliche Auge der Lampe hüpfte nicht mehr soviel herum, und die Männer stolperten, weil sie nicht genügend auf den Weg achteten. Klirrend meldete sich kleineres Gestein, knallte gegen die Wände, von den Fußspitzen hochgeschleudert.

Und nach einer Weile verständigten sie sich wieder, und diesmal traf sie die Antwort von allen Seiten –, sie schien aus dem Boden zu dringen, aus den Wänden und aus der Decke. Der Lichtkegel fegte nervös in alle Richtungen, kehrte immer wieder zurück. Aber unverhofft verschwand er, fiel in eine düstere, unergründliche Öffnung, und die Männer gingen sofort darauf zu. Es war der Riß, durch den man den Fluß sehen konnte, die Stelle, an der sie schon einmal gewesen waren.

– Hier bin ich doch durchgestiegen, sagte Horace.

– Hier haben wir den herrlichen Steinregen erlebt, sagte Alaric.

Er richtete den Strahl auf das zähflüssige, bleierne Wasser, und dann lenkte er ihn über Trümmer und winzige Stromschnellen.

– Da, Horace, siehst du? Durch den Steinregen ist das Bett des Flusses nach einer Seite hin abgeriegelt worden. Ich möchte wetten, daß der Eremit vor uns hierher flüchtete und durch das unterirdische Gewitter abgeschnitten wurde. Er sitzt bestimmt hinter diesem Trümmerhaufen. Hör mal genau hin, ich werde noch einmal rufen.

Diesmal konnten sie die Richtung, aus der die Antwort kam, genau bestimmen. Der Mann saß hinter den Trümmern. Sie wateten durch das eiskalte Wasser bis zu der bizarren Wand aus Felsbrocken.

– Wir müssen sie forträumen, sagte Horace. Gib mir die Taschenlampe.

Und er leuchtete die Wand ab und suchte nach einem geeigneten Ansatzpunkt. Er entdeckte einen Felsbrocken, der sich nur lose eingeklemmt hatte, und Horace hieb mit dem Fuß auf ihn ein, aber er bewegte sich nicht.

– Hier fehlt eine Sprengladung, sagte Alaric resigniert.

In diesem Augenblick berührte Horace den sturen Stein von der Seite, er tippte ihn nur an, und der Stein löste sich aus seiner Verklemmung, neigte den breiten, aschgrauen Rücken und fiel herab. Die Männer sprangen zurück, weil sie glaubten, dem herabfallenden Stein würden andere folgen, und der Lichtkegel untersuchte gewissenhaft jeden Zentimeter an der Wand. Der Stein fiel jedoch ohne Gefolge; er hatte eine Lücke in der Wand hinterlassen, und Horace stieg, von Alaric unterstützt, zur Lücke hinauf, prüfte mit der Hand die darüberliegenden

Brocken und zwängte sich dann in die Lücke hinein. Er hielt die Taschenlampe in der ausgestreckten Hand, und der starre Lichtkegel war wie eine vorgehaltene Waffe und beruhigte ihn.

– Siehst du was? rief Alaric von unten.

Horace sah nichts. Die Lücke wurde so eng, daß er nicht weiterkommen konnte, und der gelbe Strahl verlor sich in eisblauer Tiefe.

– Ruf doch mal, sagte Alaric.

Aber Horace rief nicht, sondern nahm einen kleineren Stein und tickte mit ihm in regelmäßigen Abständen gegen den Fels. Das Ticken klang hell und übertönte das gleichartige Geräusch des Flusses bei weitem. Es drang durch die Lücke, durchriß das kalte Schweigen der Felsen und reiste davon in die Dunkelheit. Horace unterbrach das Ticken und lauschte, und nach einer Weile wurde es beantwortet. Es kam durch die Lücke auf ihn zu. Der Mann mußte nur wenige Meter von ihnen entfernt sein.

– Können Sie uns verstehen? rief Horace.

Der Fremde konnte sie gut verstehen, er sprach Englisch mit einem fremden Akzent, der aber keine Rückschlüsse auf die Herkunft des Sprechenden erlaubte. Er bat sie, die Lücke nach unten zu vergrößern, er hatte in dieser Hinsicht entscheidende Vorarbeit geleistet, und es bedürfte, wie er sagte, keiner allzu großen Anstrengung, um ihn herauszuholen. Er selbst habe keine Möglichkeit, die unteren Blöcke fortzubewegen, denn sie hätten sich, gerade auf seiner Seite, allzu ungünstig verklemmt, und außerdem fehle es ihm auch an Kraft.

Die beiden Brüder begannen nach seinen Weisungen zu arbeiten, nach Weisungen, die sie aus der Dunkelheit erreichten, und sie reckten und stemmten und keuchten, und die Taschenlampe stand senkrecht auf einem Stein und schickte ein langsam dünner werdendes Licht zur Decke. Als sie den Spalt so weit vergrößert hatten, daß ein Mann hindurchkriechen konnte, leuchtete die Lampe nur noch rötlich-matt, und als Alaric dem Eremiten zurief, er solle jetzt versuchen, zu ihnen durchzudringen, erlosch das Licht.

Sie standen gebückt am Spalt und warteten, und zuerst hörten sie den heiseren Atem des Mannes und kleine schwache Flüche, die sie nicht verstanden. Er näherte sich herausfordernd langsam; dann und wann hörten sie überhaupt nichts mehr von ihm, und es hatte den Anschein, als gäbe es ihn gar nicht; dann vernahmen sie wieder einen gepeinigten Laut, einen Zischlaut, mit dem sich der Eremit vorwärtsschleppte, und ihre Erwartung wuchs. Sie hatten ihn beide noch nicht gesehen, sie wußten nicht, wer dieser Mann war, der allein in dieser Einsamkeit lebte, und Alaric fluchte lautlos, daß die Taschenlampe gerade jetzt ausgegangen war.

Das heisere Atmen wurde stärker und deutlicher, sie hörten bereits Kratz- und Schleifgeräusche, die der Mann auf seinem Weg verursachte. Sie hörten ihn stöhnen und Unverständliches murmeln, und seine Ankunft glich einem Ereignis. Die Brüder erwarteten ihn in geduckter Haltung, sprungbereit. Sie wären nicht überrascht gewesen, wenn ihnen ein jäher Lichtstrahl einen Hieb versetzt hätte. Sie hielten den eigenen Atem an, und ihre Köpfe und Leiber waren geladene Erwartung.

Dann hörten sie, fast zu ihren Füßen, ein rhythmisches Ächzen: er war da. Alaric fühlte, wie sich eine Hand auf seinen Schuh legte, wie sie gegen den Knöchel stieß und tastend und mißtrauisch an seiner Wade emporkletterte, und dieses Gefühl war so furchtbar, daß er einen energischen Schritt zurücktat und die Hand in die Dunkelheit zurückschleuderte. Er hörte, wie die Hand in das Wasser klatschte, und gleich darauf erfolgte ein verwunderter Ausruf des Geretteten.

– Es ist wohl geschafft? fragte er und erhob sich.

– Es ist geschafft, bestätigte Horace, jetzt müssen wir nur noch in die Höhle zurückfinden, denn die Batterie der Taschenlampe hat sich verausgabt.

Er machte eine Handbewegung und stieß dabei den Fremden an. Er traf ihn am Kinn und fühlte einen harten Bart. Horace versuchte sich das Gesicht des Mannes vorzustellen, seine Phantasie war jedoch diesmal nicht sehr erfinderisch, und das Bild, das er sich von dem Fremden machte, glich einem bärtigen indischen Willenskünstler, von dem er vor langer Zeit in einer illustrierten Zeitung eine Photographie gesehen hatte.

Der Eremit begann sich umständlich und mit monotoner Stimme für seine Rettung zu bedanken. Er verlangte die Hände der beiden Männer, hielt sie kurz in der seinen und ließ sie überraschend wieder los. Dann erkundigte er sich, ob das Zelt unten am Teich ihnen gehörte und ob sie noch lange hierzubleiben gedächten. Seine Fragen erfolgten rasch hintereinander, sie ließen Horace keine Zeit, den Mann zu fragen, ob er sie herausführen wolle.

Alaric wurde ungeduldig, er wollte zurück, und er unterbrach den Fremden und sagte:

– Ich glaube, Horse, nun wird es Zeit, wahrscheinlich haben wir draußen schon Tag. Die Öffnung zur Höhle muß hier links sein.

Und er watete durch den Fluß zurück und fand die Öffnung bald wieder. Alaric zwängte sich als erster hindurch, und Horace richtete es so ein, daß er als letzter dran war. So war der Fremde nicht eine Sekunde allein. Sie fürchteten zwar nicht, daß er ihnen, nachdem sie ihn gerettet hatten, entfliehen würde, aber sie hielten es beide für besser, ihm nicht erst die

Möglichkeit dazu zu geben. Der Eremit empfahl ihnen, eine Hand an seine Jacke zu legen, er übernahm die Führung; er hatte, wie er sagte, jeden Vorsprung und jeden Block, der in der Höhle lag, im Gedächtnis, und an der Sicherheit, mit der er sich fortbewegte, merkten sie, daß er die Wahrheit gesagt hatte.

Der Stoff seiner Jacke war dünn, trocken und brüchig. Er fühlte sich an wie ein Sack, der jahrelang auf dem Speicher einer Bäckerei gehangen hatte. Horace drehte einen Jackenzipfel zu einem Pfropf zusammen, und Alaric, der ein Loch erwischt hatte, hatte einen Finger hineingebohrt und ihn hakenförmig gekrümmt. Allmählich vergrößerte sich das Loch, und Alaric schob zwei Finger und schließlich die ganze Hand hinein.

Sie kamen schneller voran, als sie gedacht hatten, und sie erreichten bald den Eingang der Höhle. Die tiefblaue, libysche Nacht wölbte sich ihnen entgegen, und über den zerhackten, toten Felsen hing ein blasser Mond.

Sie traten aus der Höhle, den Eremiten in der Mitte, und als sie der kalte Lichtstoß des Mondes traf, sahen sie einander an. Die Brüder wandten blitzartig den Kopf, um den, den sie gerettet hatten, zu begutachten, um vielleicht nachträglich zu entscheiden, ob es sich gelohnt hatte, ob der Gerettete der Mühe wert gewesen war.

Sie erblickten ein bärtiges, zerkniffenes Gesicht, ein Gesicht wie das Relief eines mittleren Gebirges. Sie blieben stehen, und der Gerettete mußte es sich gefallen lassen, in Augenschein genommen zu werden. Alaric und Horace blickten ihn keinesfalls scheu und heimlich an, sondern offen und schonungslos. Sie blickten ihn an und fanden nichts Wesentliches, nichts Außerordentliches an ihm.

Jetzt erst dachte Alaric daran, daß er Streichhölzer bei sich hatte, Streichhölzer und Zigaretten.

– Rauchen Sie? fragte er den Fremden.

– Nein, nein, sagte der verlegen.

– Du, Horse?

Er hielt seinem Bruder das Zigarettenpäckchen hin.

– Ich bin dafür, daß wir diese Zigarette in Ruhe rauchen, sagte Alaric. Was meinst du, Horse? Wir könnten uns auf diese Steinbank hier setzen.

– Gemacht, sagte Horace, und sie setzten sich alle drei auf einen länglichen Stein.

– Ich glaube, mein Knöchel ist durch das Wasser besser geworden. In jedem Fall ist er nicht mehr so dick und weich. Willst du mal fühlen, Alaric, hier, an dieser Stelle.

– Danke, sagte Alaric, vielleicht später.

Er blickte den Einsiedler, der aufrecht und stumm zwischen ihnen saß, von der Seite an und fragte:

– Wie fühlen Sie sich denn? Ihretwegen waren wir schon einmal unterwegs. Warum haben Sie sich damals nicht gemeldet, es wäre dann alles viel einfacher gewesen, für Sie sowohl als auch für uns. Haben Sie denn überhaupt etwas gegessen?

– Ja, sagte der Mann, ich hatte mir etwas mitgenommen. Außerdem habe ich in der Höhle ein kleines Versteck – er schmunzelte über sich selbst – und dort liegen noch einige Dinge. Ich litt nur unter der Kälte und unter der Vorstellung, daß ich dort nicht mehr herauskäme.

Er sprach langsam, biß jedes Wort, das er sagte, gewissermaßen auf, und schmatzte leicht, wenn er einen Satz vollendet hatte.

– Sind Sie Däne? fragte Alaric plötzlich.

Er wußte selbst nicht, warum er Däne sagte, zumal er auch keine Ahnung hatte, was das Typische im Aussehen eines Dänen sei.

– Nein, sagte der Einsiedler, ich bin kein Däne, ich bin Pole. Mein Geburtsort ist Kalisz in der Nähe von Lodz.

Die Brüder sahen ihn erstaunt an, und nach einer Weile fragte Alaric:

– Und was machen Sie hier? Wie sind Sie hier hängengeblieben? Das muß doch seine Gründe haben?

– Es hat seine Gründe, sagte der Einsiedler. Aber ich bin hier, um sie zu vergessen. Es gibt für mich nur einen Grundsatz, nämlich den, ohne Grundsätze zu leben.

Die Brüder horchten gespannt auf. Offenbar hatte der Mann jahrelang nicht ein einziges Wort gesprochen, und alles, was die Zeit an Gedanken und Erfahrungen in ihm gestaut hatte, was sie zurückgehalten hatte, da niemand da war, der sie sich hätte anhören können: – all das floß jetzt über. Und der Einsiedler begann zu erzählen, und anfangs redete er noch zusammenhanglos, so daß seine Zuhörer Mühe hatten, die Splitter miteinander zu verbinden, aber dann ergab es sich, daß sie Nacht und Stunde vergaßen und den Ort, an dem sie sich befanden. Und seine Erzählung wurde breit und bildete mancherlei Strudel, sie schob sich voran wie ein östlicher Strom, wie Weichsel oder Bug.

– Ich war schon einmal hier, während des Krieges, erzählte er. Wir hatten uns von Rumänien nach England durchgeschlagen, einige Freunde und ich, und eines Tages meldeten wir uns freiwillig und wurden hierhergeschickt. Wir überstanden alles, und später, in Italien, sind wir die Via Appia hinaufgezogen, und wir überstanden selbst Monte Cassino. Und dann war alles zu Ende – alles geht zu rasch zu Ende, und das Ende ist ebenso schlimm wie der Anfang. Zwei von uns wollten zurück, und einer davon war ich. Wir gingen nach Kalisz zurück, aber wir sind nur zwei Wochen dort geblieben. Wir hatten uns nicht einmal angemeldet, und das war gewiß gut. Der andere blieb in Berlin hängen, und ich ging nach Hamburg. In Hamburg begann ich zu studieren, aber es dauerte nicht lange, denn ich erhielt ein Stipendium in Oxford und ging dorthin. Es gefiel mir gut in Oxford, ich gewann Freunde, und das Leben ließ sich ertragen. Aber dann ging es auch nicht mehr. Ich fuhr nach Tunis, und von Tunis kam ich hierher.

Er beschrieb die Stationen seines damaligen Lebens, aber er erwähnte nie die Gründe, die ihn dazu veranlaßt hatten, von einem Ort wegzugehen. Er vermied jede Erklärung, die sein Handeln hätte verstehbar machen können. Alaric fühlte sich dadurch gereizt, der dumpfe, wehmütige Fatalismus des Einsiedlers reizte ihn so sehr, daß er ihn in beinahe vorwurfsvollem Ton fragte:

– Ja, aber um Himmels willen, warum sind Sie denn so sang- und klanglos nach Tunis gefahren? Warum gefiel es Ihnen nicht mehr in Oxford?

Der Pole lächelte versponnen und sagte:

– Es gefiel mir nirgendwo mehr, ich hatte genug.

– Wovon? fragte Alaric.

– Ich hatte genug von dem lüsternen Bedürfnis, die Welt zu verändern, ich hatte genug von der Sucht des Westens, die Einsichten seiner Erfinder mit hektischer Hast zu publizieren. Ich konnte es nicht mehr aushalten, daß man plötzlich eine organisierte Jagd auf die letzten Geheimnisse machte. Meinetwegen soll man die Geheimnisse jagen, aber die, die sie finden, sollen sie für sich behalten. Was publiziert ist, ist schon entwertet, und der Westen ist in dieser Hinsicht süchtig. Ich weiß nicht, ob Sie mich richtig verstehen. Aber das ist ja auch gleichgültig. Ich bin aus dem Osten, und ich fürchte mich vor dem Osten, weil es dort als ausgemacht gilt, das, was man erfahren und entdeckt und eingesehen hat, zu verschweigen. Ich habe Angst vor dem Osten, weil ich das weiß, und weil darin eine ungeheure Stärke liegt. Und an dieser Stärke werden wir kaputtgehen. Wenn sich echte Überlegenheit äußert, so äußert sie sich in dem, was man verschweigt. Sie werden mich gewiß nicht verstehen können, wenn ich Ihnen nun sage, daß ich deswegen nach Tunis fuhr. Ich sehe alt aus, nicht wahr? Wenn ich mein Gesicht betaste, komme ich mir vor wie ein Greis. Die Sonne hat es zerschnitten und der Staub und die fade Erinnerung. Sehen Sie, hier bin ich allein. Und was ich erfahre, brauche ich keinem zu sagen. Ich bin vor Ihnen geflohen, weil ich nicht sprechen wollte, weil ich befürchtete, daß Sie mich zuviel fragen würden.

– Hm, sagte Alaric, als der Pole schwieg, das ist immerhin ein Standpunkt. Aber sieht das nicht allzusehr nach Fahnenflucht aus? Was meinst du, Horse?

– Ich weiß nicht, sagte Horace, ich weiß es wirklich nicht.

– Wir haben nur eine Möglichkeit, sagte der Pole, die Möglichkeit der Desertion. Unsere Erfolge liegen nur hier, gewinnen können wir nicht mehr. Und was sollten wir auch gewinnen: Das ewige Leben? Eine glückliche Gemeinschaft? Ich ziehe das Scheitern vor, und darum bin ich hierhergegangen.

Er fuhr sich mit einer Hand schnell unter die Jacke und kratzte sich am Leib.

– Man kann tot sein, ohne daß das Herz aufgehört hat zu schlagen, sagte er dann. Meinen Sie, daß man diesen Zustand Leben nennen kann?

Alaric spielte mit der Taschenlampe, und zufällig schob er den Schaltknopf nach vorn: die Lampe blitzte auf, denn die Batterie hatte sich etwas erholt. Der Lichtkegel flog durch das Dunkel und traf die Hütte des Polen, blieb genau auf der Fensteröffnung liegen.

– Sind Sie nicht müde? fragte Horace.

– Ich werde später schlafen, sagte der Einsiedler.

Der Lichtkegel verlor wieder an Stärke, die feinen Drähte der Birne glühten nur noch, schließlich erloschen sie.

– Warum sind Sie denn ausgerechnet in die Wüste gegangen? fragte Alaric. In Schottland hätten Sie doch auch einen abgeschiedenen Winkel finden können.

– Ich bin zufällig hierhergekommen, sagte der Einsiedler, aber inzwischen habe ich eingesehen, daß es keinen besseren Platz für Fahnenflüchtige gibt als die Wüste. Wenn ich nach Schottland gegangen wäre, so hätte ich leichter in Versuchung kommen können, meine Umgebung zu verändern, als hier. In Schottland hätte ich vielleicht einen Garten angelegt oder wilde Früchte gepflückt. Dadurch wäre ich in einen Zustand des Wartens oder gar Hoffens geraten, und ich hätte mich selbst beschielen müssen, denn wenn man nach der besten Möglichkeit des Scheiterns sucht, muß man konsequent sein. Sehen Sie, und die Wüste zwingt einem diese Konsequenz auf, sie legt einem konsequentes Verhalten nahe. Offen gestanden macht sie es uns leichter. Sie ist in jeder Hinsicht eine Art lieblose Mutter der Fahnenflüchtigen.

Von der Hütte löste sich eine Gestalt, trat in das kalte, traumhafte Licht des Mondes und blickte sich um: Biggi. Die drei Männer beobachteten sie gespannt. Das Mädchen ging in einem Kreis um die Hütte herum, blieb von Zeit zu Zeit stehen und lauschte.

– Du hast sie mit deiner Taschenlampe geweckt, sagte Horace.

– Soll ich sie rufen? fragte Alaric.

– Nein, das Kind ist sehr müde. Laß sie ruhig suchen, wenn sie nichts findet, wird sie sich wieder hinlegen und schlafen.

Aber Biggi ging nicht hinein. Nachdem sie die nähere Umgebung der Hütte abgesucht hatte, blickte sie noch einmal durch die Fensteröffnung auf ihren schlafenden Vater und kam dann zu den Höhlen herauf. Sie ging sicher und zielbewußt, und die Männer drückten sich, als sie kurz vor ihnen war, in den Schatten, um nicht gesehen zu werden. Biggis Gesicht war ernst, und eine geheime Bereitschaft lag in diesem Gesicht, reine Entschlossenheit. Die Männer warteten, bis das Mädchen vorbei war, dann traten sie aus dem Schatten heraus und sahen, daß Biggi, ohne zu zögern, auf eine der Höhlen zuschritt, auf die, die sie gerade verlassen hatten.

Alaric und Horace wechselten einen Blick, und Horace nickte zustimmend, und dann erhob sich Alaric leise und schlich dem Mädchen nach. Biggi war bereits in der Höhle verschwunden, ihre Schritte waren kaum noch zu hören.

Das hätte ich ihr nicht zugetraut, dachte Alaric. Soviel Furchtlosigkeit hätte ich nicht bei ihr vermutet. Aber was mag sie nur vorhaben? Sie hat keine Taschenlampe bei sich und keine Streichhölzer. Wahrscheinlich will sie sich – nein, das glaube ich nicht. Wenn sie sich vor ihrem Vater verstecken wollte, dann hätte sie es leichter haben können, dann wäre sie ihm schon gestern davongelaufen. Ich muß mich an der Wand entlangschleichen, denn wenn sie zurückblickt, erkennt sie mich sofort gegen den Nachthimmel.

Und Alaric betrat die Höhle und bewegte sich, den Rücken an der Felswand, vorwärts. Er machte kleine, vorsichtige Sprünge, und wenn Biggi ihre Schritte unterbrach, blieb der Mann ebenfalls stehen und wartete.

Plötzlich hörten Biggis Schritte völlig auf, und sie erklangen nicht wieder, solange Alaric auch lauschte.

Und als die Frist, die er sich innerlich gesetzt hatte, vorüber war und er aus seinem Versteck hervortreten wollte, vernahm er einen leisen Anruf. Das Mädchen konnte nicht allzu weit sein, aber wen rief sie? Der Anruf wurde mehrmals wiederholt, er war halb geflüstert. Und als keine Antwort erfolgte, hörte Alaric das Mädchen sagen:

– Warum melden Sie sich nicht? Hallo! Verstehen Sie mich nicht? Ich bin allein hier, Sie brauchen sich nicht zu fürchten. Melden Sie sich doch. Ich weiß, daß Sie hier sind.

Meint sie mich? dachte Alaric. Und er erschrak, weil er glaubte, Biggi habe ihn entdeckt. Aber er erfuhr sogleich, daß er nicht gemeint war, denn Biggi sagte:

– Ich muß mit Ihnen etwas besprechen, bitte melden Sie sich doch. Es betrifft Ihre Hütte.

Sie meint den Polen, dachte Alaric erleichtert. Die Neugierde spickte seine Zunge, und er lächelte und drehte sein Gesicht zur Wand, und dann legte er die Hände an den Mund, so daß kein Wort zur Seite entweichen konnte; seine Lippen berührten leicht den kalten, toten Fels, und er sagte mit verstellter Stimme:

– Was wollen Sie?

Er horchte gespannt den Worten nach, ob er seine Stimme wiedererkennen könnte. Aber das war nicht möglich. Dadurch, daß er gegen den Fels sprach, wurden die Worte gleichsam eingedunkelt und leblos, rollten scheinbar herkunftslos durch die Höhle. Und als Biggi sogleich antwortete, wurde Alaric übermütig, und er setzte monoton hinzu:

– Bleiben Sie, wo Sie sind. Wenn Sie näher kämen, müßte ich schweigen. Was wollen Sie von mir?

– Können Sie mich verstehen? fragte Biggi.

Jetzt war ein leises Zittern aus ihrer Stimme herauszuhören.

– Bleiben Sie, wo Sie sind, sagte Alaric, ich kann Sie gut verstehen.

– Hören Sie, sagte Biggi, ich bin nur hergekommen, um mich bei Ihnen zu entschuldigen.

– Weswegen?

– Ich möchte mich entschuldigen, daß wir Sie aus Ihrer Hütte vertrieben haben. Augenblicklich schläft mein Vater in ihr. Aber wir werden die Hütte morgen früh räumen. Wir fahren bei Sonnenaufgang.

– Ist das alles?

– Nein, außerdem möchte ich mich dafür entschuldigen, daß mein Vater einige Ihrer Dosen öffnete. Wir werden sie Ihnen selbstverständlich ersetzen. Ich kann nichts dafür. Wir werden Ihnen Geld geben oder den entsprechenden Wert.

Alaric empfand Freude an diesem Verstellungsspiel, und er fragte lauernd:

– Warum haben Sie die Büchsen geöffnet, sie gehörten Ihnen nicht.

– Mein Vater wollte es, und ich habe es getan.

– Warum gehorchten Sie Ihrem Vater?

Biggi schwieg, und Alaric fand, daß er zu weit gegangen war, und darum sagte er:

– Sie können eine Antwort verweigern.

– Mein Vater ist krank, sagte Biggi. Er hatte Hunger, und darum habe ich die Büchsen geöffnet. Wir werden sie Ihnen so schnell wie möglich ersetzen.

– Es hat keine Eile, sagte Alaric.

Gleich darauf vernahm er ihre Schritte und preßte sich gegen die Wand, um unerkannt zu bleiben. Biggi ging ahnungslos an ihm vorbei und dachte: Mackenbrandt, wenn dieser sonderbare Mann nun Mackenbrandt wäre? Wenn er es wäre? Er könnte es sein, dachte sie und beschleunigte ihre Schritte. Wahrscheinlich ist er es sogar. Wenn dieser Mann Mackenbrandt wäre – Biggi begann zu laufen, sie lief mit aufgerissenem Mund dem Nachthimmel entgegen, der vor der Höhle stand.

In verzweifelten Sätzen strebte sie dem Ausgang zu, und als sie den ersten Fuß ins Freie setzte, erstarrte sie: denn vor ihr stand der Besitzer der Hütte, stand jäh und peinigend da, als ob er sich von den Klippen abgespalten hätte. Der Mond erhellte sein zerkniffenes Gesicht, seine Augen blickten sie ruhig an.

Biggi glaubte, ihr Blut müsse gerinnen, sie bemerkte nicht, daß Horace dicht hinter dem Einsiedler stand, sie sah nur ihn, ihn, und er musterte sie mit stummem, rätselhaftem Tierblick, und Biggi hob ihre Hand, als wolle sie nach ihm schlagen. Die erhobene Hand sauste herab, zwang den Körper zu einer Drehung, und dann floh das Mädchen in die Höhle zurück, aus der es gekommen war.

Der Einsiedler war zu überrascht, als daß er etwas sagen konnte. Er sah ihr erstaunt so lange nach, bis das Dunkel sie an sich genommen hatte, und bevor er sich noch zu Horace umwandte, sagte der:

– Sie hat sich erschreckt.

– Vor mir? fragte der Einsiedler. Erschrickt man schon vor mir? Ich dachte, man erschrickt nur immer vor sich selbst. Sie wird doch wiederkommen, nicht wahr?

– Sie wird gewiß wiederkommen, sagte Horace, denn Alaric ist ja in der Höhle. Mich wundert nur, daß sie mich nicht erkannte.

– Sagen Sie mir, sehe ich wirklich so aus, daß man vor mir davonlaufen kann? Bin ich tatsächlich schon ein Augenschreck geworden?

– Wahrscheinlich ist es nur Ihr Bart, sagte Horace ablenkend.

– Sollen wir warten, bis sie zurückkommt? fragte der Pole.

– Nein, sagte Horace. Das beste ist, wenn wir jetzt ins Zelt gehen. Sie können die letzten Stunden bei uns schlafen, denn ich fürchte, daß Ihr Lager belegt ist – ein alter, kranker Mann, der gern allein sein möchte. Er hat viel Aufregendes erlebt in den letzten Tagen, und es würde ihm sicher guttun, wenn er sich einmal ausschlafen könnte.

Und sie gingen zum Zelt hinab.

Zehntes Kapitel

Biggi ließ Alaric vorangehen, und als sie unter freiem Himmel standen, spähte das Mädchen angestrengt umher, hielt Ausschau nach dem Mann, vor dem sie geflohen war. Alaric hatte es nicht leicht gehabt, sie zu überreden. Er hatte immer wieder beteuert, daß dieser Mann harmlos sei und daß er, Alaric, statt seiner dem Mädchen geantwortet habe, aber Biggi glaubte es ihm nicht. Erst nachdem er ihr vorgemacht hatte, auf welche Weise er seine Stimme so hatte verstellen können, ging sie mit Alaric ins Freie. Sie hielt sich ständig dicht hinter ihm, eine Hand auf seinen Rücken gelegt, und Alaric ging langsam, damit die Hand nicht herunterrutschte.

– Horace hat ihn ins Zelt mitgenommen, sagte Alaric.

– Sehen Sie den Lichtschein? Horace würde für sich allein nie eine Kerze anzünden. Er findet sich auch in der Dunkelheit zurecht. Ich möchte wetten, daß er bei ihm unten ist. Sie brauchen wirklich keine Furcht mehr zu haben, Biggi. Außerdem ist der Eremit ein netter, kauziger Kerl. Sie sollten sich mal mit ihm unterhalten.

– Kennen Sie zufällig seinen Namen? fragte Biggi.

– Nein, sagte Alaric, seinen Namen hat er nicht genannt. Aber das taten wir auch nicht. Namen bedeuten nichts, und hier unten schon gar nichts. Nehmen Sie eine Zigarette?

Biggi lehnte ab und blickte zum Zelt hinab, hinter dessen von innen erleuchteten Wänden die Gestalten zweier Männer zu sehen waren. Ihre plumpen Schatten bewegten sich auf der Zeltwand, und dann trat einer zur Kerze, streckte die Hand aus, und die Kerze erlosch.

– Jetzt gehen sie schlafen, sagte Alaric. Zweifeln Sie noch immer daran, daß dieser Mann o. k. ist? Wenn er es nicht wäre, dürfte er jetzt bestimmt nicht auf meiner Luftmatratze liegen.

Er umfaßte den Oberarm des Mädchens und schob es mit sanftem Druck in den Schatten. Er schob es zu der natürlichen Steinbank, auf der sie vorher zu dritt gesessen hatten, und hier ließ seine Hand den Oberarm los und schlich zur Schulter hinauf. Alaric drückte das Mädchen auf die Steinbank hinab und setzte sich dicht neben sie. Er rauchte schweigend, ohne die Zigarette in die Hand zu nehmen, und als er sie aufgeraucht hatte, stieß er sie mit der Zunge zwischen den Lippen hinaus. Die Zigarette überschlug sich und fiel mit der Glut auf die Erde, und ein winziger Funkenregen sprühte auseinander.

Es wurde kühler, und Biggi begann zu frösteln. Alaric blickte sie von der Seite an, mit einem unruhigen, bekümmerten Blick, und dann legte er einen Arm um sie und sagte:

– Es wird kühl, es geht auf den Morgen zu. Bald wird die Sonne hochkommen.

Er sagt es, um die Handlung seines Armes zu entschuldigen, dachte Biggi. Seltsamerweise bin ich gar nicht müde. Morgen mittag werde ich müde sein, aber vielleicht sind wir um diese Zeit schon im Hotel.

– Glauben Sie, Alaric, daß Horace das Auto morgen vormittag reparieren kann?

– Ich bin sicher, daß er das kann, sagte Alaric. Wenn die Schlange nicht gewesen wäre, hätte er den Schaden bereits behoben. In solchen Sachen besitzt er eine erstaunliche Fertigkeit. Dafür ist Horace wirklich gut.

Er machte einen Versuch, Biggi an sich heranzuziehen, aber er spürte einen krampfhaften Widerstand und gab es auf. Er gab es aber nur im Augenblick auf, und nach einer Weile versuchte er es wieder. Wortlos setzten sie ihre Kräfte gegeneinander, zogen und stemmten, ihre Knie drückten mit, und mit einem kleinen, überraschten Schrei stellte Biggi fest, daß sie verloren hatte. Sie wollte sich erheben, aber Alarics Arme waren schwer und hart und hielten sie unten. Er zog ihren Kopf an seine Brust, und sie fühlte seine Atemstöße in ihrem Nacken.

Biggi lag neben ihm in geduckter Bereitschaft, sie hatte alle Muskeln angespannt und wartete auf die Sekunde, da seine Arme etwas leichter würden. Sie überlegte, wohin sie laufen könnte, wenn sie sich befreit hätte.

– Was ist denn, Biggi, sagte Alaric, hast du Angst vor mir? Ich will dir doch nichts tun. Schau mich an.

Er hob ihren Kopf hoch und legte ihr eine flache Hand unter das Kinn.

– Was hast du denn, Biggi?

Er dachte: Wenn Horse, der Pinsel, hier säße, dann würde sie ihm entgegenkommen, ich möchte nur wissen, was sie an dem findet. Wie warm sie an der Seite ist. Frauen haben entweder zuviel Verstand oder zuwenig. Es gibt nur wenige von solidem Mittelmaß. Und er beugte sich herab und küßte sie auf die Stirn.

Biggi verhielt sich reglos, scheintot wie ein Igel lag sie neben ihm. Der Kuß taute sie nicht auf. Langsam senkte sie wieder den Kopf an seine Brust. Sie unterdrückte ihren Atem und hörte, wie der Mann einen Seufzer der Verzweiflung ausstieß, und Biggi lächelte versteckt und frohlockte. Alaric öffnete Daumen und Zeigefinger zu einer Schere und setzte diese Schere an Biggis Nacken. Er drückte leicht, aber das Mädchen rührte sich nicht. Er drückte stärker, stärker als er durfte, und da sagte das Mädchen vorwurfsvoll:

– Au, Sie tun mir ja weh!

– Was ist denn mit dir? fragte Alaric ungeduldig.

– Mich friert, sagte Biggi, ich möchte in die Hütte gehen.

– Was hast du nur gegen mich?

– Nichts, was sollte ich gegen Sie haben? Ich bin Ihnen dankbar für alles, was Sie für mich getan haben.

– Gib mir einen Kuß, Biggi, ja?

– Einen, was?

Alaric warf sie wütend herum, hob sie empor und küßte sie auf den Mund. Das Mädchen sah ihn dabei traurig und voller Mitleid an, und Alaric merkte, daß sie ihn so ansah, und er sagte gereizt:

– Tu doch nicht so, Menschenskind, du siehst mich an, als ob ich dir leid täte. Dabei bist du diejenige, die einem leid tun kann. Wenn Mitleid abgegeben wird, bekommt es immer der Falsche.

– Jeder hat Mitleid nötig, sagte Biggi, und am meisten die, die glauben, ohne es auskommen zu können.

– Biggi, sei doch vernünftig, bat Alaric.

– Bin ich es nicht?

Leider Gottes, dachte Alaric. Er strich ihr über das Haar, legte ein Ohr frei und wog ihren Hinterkopf in seiner Hand. Dann umschloß er sie fest und drückte sie an sich, aber Biggi war steif und teilnahmslos und wartete auf eine Möglichkeit zur Flucht.

Es hat keinen Zweck, dachte Alaric, bevor ich mich lächerlich mache, lasse ich sie lieber gehen. Wahrscheinlich habe ich mich schon lächerlich gemacht. Sie hat doch etwas vom Alten, von dieser arroganten Spinne. Er sagte:

– Gut, gehen Sie in die Hütte zu Ihrem Vater.

Er sagte das, aber sein Griff lockerte sich nicht.

– Nutzen Sie noch die letzte Stunde aus. Der Tag ist bald da. Schlafen Sie.

Bevor ich sie loslasse, muß sie mir doch einen Kuß geben, dachte er, und er beugte sich über sie.

Mitten in der Bewegung empfing er einen Schlag. Er hatte das sausende Geräusch gehört, das Geräusch eines Stockes, der die Luft zerschnitt. Er war jedoch so vollkommen auf sein Ziel eingestellt, daß er zu spät reagierte. Der Stock traf ihn genau am Hinterkopf, es war nur ein schlapper Schlag, aber der Schlag bewirkte, daß Alaric auf Biggi fiel und eine Sekunde wie betäubt liegenblieb. Ein dumpfes Brausen meldete sich in seinem Schädel, und er glaubte, den Mund voller Asche und Bier zu haben. Es war dasselbe Gefühl, das er einmal in einer Kneipe gehabt hatte, als man ihm irrtümlich mit einem Stuhlbein über den Kopf schlug. Und er dachte auch jetzt, daß der Schlag, der ihn getroffen hatte, ein Irrtum sei.

Er wollte aufspringen und sehen, wer der Schläger war, als er einen zweiten Hieb einsteckte, und dann nahm er eine ganze Serie von hastigen Schlägen wahr, die auf seinen Kopf, seinen Hals und auf seine Schultern niedersausten. Alaric war völlig benommen, aber in seiner Benommenheit merkte er, daß auch Biggi, die halb unter ihm lag, von den Schlägen getroffen wurde. Sie hatte die Hände vor das Gesicht gezogen, und ihre erstickten Schmerzensschreie, die sie nach jedem Hieb ausstieß, verebbten allmählich und gingen in ein leises Weinen über. Das Brausen in seinem Schädel war so angeschwollen, daß Alaric nicht den vor Anstrengung keuchenden Mann hörte, der hinter ihnen stand, den Stock hob und schlug und jedem Schlag eine unflätige Bemerkung voranschickte. Alaric hatte seine Hände über den Hinterkopf gelegt, und an der Stelle, an der ihn der erste Schlag getroffen hatte, nahm er ein heißes Brennen wahr. Offenbar war an dieser Stelle die Kopfhaut geplatzt. Er krümmte sich zusammen, senkte eine Schulter und ließ sich über die Steinbank fallen. Dabei traf der Stock noch einmal seine Wade, zum letztenmal. Er raffte sich hinter der Deckung auf, ergriff zornig einen faustgroßen Stein und wandte sich um. Vor ihm stand der Oberst, stand breitbeinig da und ließ, obwohl er selbst schon erschöpft war, den Stock mit unbarmherziger Regelmäßigkeit auf Biggi fallen. Alaric zögerte nicht einen Augenblick: er holte aus und warf den Stein, und der Stein sauste auf den Oberst zu und traf den Stock. Alaric hatte nicht auf den Stock gezielt, er hatte den Mann treffen wollen. Er hatte ihn davon abbringen wollen, weiter auf das Mädchen einzuschlagen, und das war ihm auch gelungen. Der Stein traf den Stock mit voller Wucht, riß ihn dem Mann aus den Händen, und dann hörte Alaric den Stock über den Boden rollen.

Der Oberst stutzte und blickte verwirrt auf seine Hände. Er begriff noch nicht, wodurch er seine Waffe so schnell verloren hatte, und nach einer Weile rief er:

– Sie sind es also, ich hatte Sie für Ihren Bruder gehalten. Aber dieser Unterschied besagt nichts. Es ist mir gleichgültig, wer den Spiegel zerbricht, aber der, der ihn zerbricht, muß büßen.

Alaric bückte sich unauffällig nach einem zweiten Stein. Der Oberst sah das. Er sagte höhnisch:

– Über lange Distanz kämpfen, darauf verstehen Sie sich

vortrefflich. Sie haben noch nicht einmal das Weiße in meinem Auge gesehen.

Alaric hielt den Stein wurfbereit umschlossen, er fühlte die scharfen Kanten in der Hand und wußte, daß sich der Oberst von solch einem Treffer nicht so leicht erholen würde. Ein dünnes Blutgerinnsel bewegte sich warm über seinen Nacken. Seine freie Hand glitt darüber hin und wischte das Blut ab.

– Ich brauche das Weiße in Ihrem Auge nicht zu sehen, sagte Alaric verächtlich, ich kenne es. Ich kenne es schon seit einigen Jahren.

Biggis Weinen erstarb, und sie drehte den Kopf zur Seite, um jedes Wort zu verstehen.

– Denken Sie nur mal nach, sagte Alaric. In den letzten Tagen bei Benghasi. Sie waren doch hier, nicht wahr? Wissen Sie noch, wer Sie seinerzeit zurückbrachte? Sie wissen es genau! Wenn ich damals nicht fortgekommen wäre, hätten wir uns beide noch miteinander beschäftigt. – Aber dafür ist es noch nicht zu spät!

– Wer sind Sie überhaupt? fragte der Oberst müde.

– Ich bin nicht der, dessen Jacke Sie damals trugen, sagte Alaric. Den gibt es gewiß nicht mehr. Ich bin der, der Sie damals zurückbrachte, der Ihnen ins Gesicht schlug, als Sie ihn anlogen. Na, erinnern Sie sich jetzt?

– Ich habe stets nur meine eigenen Jacken getragen, sagte der Oberst, belästigen Sie mich nicht.

Er trat an Biggi heran und befahl ihr, aufzustehen und ihm zu folgen, aber das Mädchen schwieg und rührte sich nicht.

– Lassen Sie das Kind in Frieden, sagte Alaric drohend, und er umkrallte den Stein fester.

– Spielen Sie sich nicht so auf, sagte der Oberst. Sie haben, als Sie den Spiegel zerbrachen, auch nicht daran gedacht, daß

Biggi ein Kind ist. Und außerdem ist es meine Tochter. Gehen Sie hinab in Ihr Zelt, Sie haben hier nichts verloren.

– Dafür habe ich aber etwas gefunden, sagte Alaric, nämlich Sie! Das sollte man kaum für möglich halten. Vielleicht können Sie mir jetzt erklären, warum Ihre verdammte Haut heil war, während in der Jacke ein blutumrandeter Ein- und Ausschuß war. Hm? Diese Erklärung sind Sie mir noch schuldig, mir und einigen anderen. Und wenn Sie sich durchaus nicht erinnern können, dann werde ich Ihrer Erinnerung ein wenig nachhelfen.

Alaric beherrschte sich nur mühsam, die leichte Kopfwunde brannte, und der Stein glühte in seiner Hand und verlangte, freigelassen zu werden.

Die Rechnung für den Stock bekommt er extra, dachte Alaric. Aber das muß warten. Es sieht so aus, als ob er das Mädchen bewußtlos geschlagen hätte. Diese Rechnung wird ihm auch noch zugestellt.

In diesem Augenblick wandte sich der Oberst um und lief, so rasch er konnte, zur Hütte zurück. Alaric war so erstaunt, daß er den Stein erst warf, als der Oberst bereits zwanzig Meter gewonnen hatte. Der Stein verfehlte sein Ziel, prallte gegen die Klippen und fiel hinab in den Teich. Und als Alaric dem Fliehenden nachstürzen wollte, stöhnte Biggi auf, und er beugte sich über sie und strich ihr über die Wangen. Biggi stieß seine Hand zurück und sagte:

– Gehen Sie! Gehen Sie fort. Ich will Sie nicht mehr sehen. Jetzt ist alles aus. Jetzt bleibt keine Hoffnung mehr.

Sie begann wieder zu weinen.

– Was ist denn nun schon wieder? fragte Alaric betroffen.

– Gehen Sie! sagte Biggi.

– Aber was habe ich Ihnen denn getan?

– Lassen Sie mich allein, bat sie, und ein Weinkrampf schüttelte ihre Schultern. Alaric verließ sie und schritt auf die Hütte zu. Er hatte gesehen, daß der Oberst in ihr verschwunden war, und er schritt selbstsicher und entschlossen dahin, weil er wußte, daß der Oberst nun nicht mehr entkommen könnte. Er duckte sich unter dem Fenster, legte ein Ohr gegen die Wand und horchte. In der Hütte war alles ungeheuer still, zu still.

Es wurde hell und der Mond stieg von den Klippen und verblaßte. Ein zaghaftes Licht sickerte durch festes, hohes Gewölk, trennte es auseinander. Die Sonne zog von Kairo herauf.

Alaric blickte nicht auf den Himmel, er lag auf den Knien vor dem ovalen Einschlupf der Hütte und wartete. Aber der Oberst gab keinen Laut von sich, und Alaric beschloß hineinzukriechen. Er wußte, daß es nicht ungefährlich war, zumindest war er in der Sekunde gefährdet, da er, auf allen vieren liegend, den Kopf in die Hütte schieben würde. Der Oberst brauchte nur seitlich neben dem Eingangsloch zu stehen und ihm auf den Kopf zu schlagen – er hätte seinen Kopf nicht einmal mit den Händen decken können, denn mit den Händen mußte er den Körper stützen. Und Alaric dachte an die Art, wie sie vor einigen Jahren Scharfschützen in Versuchung gebracht und gefoppt hatten, indem sie einen Stahlhelm auf das Bajonett gepflanzt und ihn über den Grabenrand gehalten hatten. Er unterließ es, den Oberst herauszurufen, ihn überhaupt anzurufen und damit seine heimliche Gegenwart preiszugeben.

Er kroch in den Einschlupf hinein, aber nur so weit, daß sein Kopf unter der Wand blieb, und dann streckte er, sicherheitshalber, eine Hand aus. Die Hand schob sich langsam und erwartungsvoll in das Innere der Hütte hinein, sie stieß immer weiter vor, ragte starr in die Dunkelheit, die sich noch in der

Hütte befand, aber nichts geschah. Nichts sauste auf sie herab, kein Schlag erfolgte, kein Schmerz.

Wenn er zuschlägt, dachte Alaric, dann flitz ich rein, wenn der Stock oder womit er auch zuschlagen mag, unten ist, dann muß ich mit einem Satz in der Hütte sein, bevor er den Stock wieder oben hat. Aber warum schlägt er nicht zu? Wenn er neben dem Eingang steht – und er wird gewiß dort stehen –, dann muß er die Hand erkennen. Er kann sie nicht übersehen. Offenbar hat er sie auch schon bemerkt, und nun steht er und wartet, bis ich den Kopf nachschiebe. Er will, daß ich der Hand vertraue, denn er weiß, daß ein Schlag auf die Hand nicht soviel nützt wie ein Schlag auf den Kopf. Aber ich werde ihm diesen Gefallen nicht tun, ich werde nicht so leichtsinnig sein und meiner Hand vertrauen.

Und Alaric zog die Hand wieder ein und kroch zurück. Auf den Klippen lag schwaches Morgenrot, und der Fels glänzte rosafarben. Der Mann schlich zum Fenster, reckte sich nach oben und sah in die Hütte. Er sah schräg zum Einschlupf hinunter, aber er konnte nicht erkennen, ob dort jemand stand. Die Dunkelheit wollte und wollte nicht aus der Hütte weichen.

Alaric mochte nicht länger warten, und seine Ungeduld trieb ihn dazu, das Schweigen aufzugeben. Er rief:

– Warum verstecken Sie sich, he! Warum verkriechen Sie sich, Sie Feigling? Kommen Sie doch heraus, wenn Sie ein reines Gewissen haben.

Er erhielt keine Antwort.

– Wenn Sie nicht herauskommen, rief Alaric, dann komme ich hinein. Glauben Sie ja nicht, daß ich Angst davor hätte. Ich zähle bis drei. Wenn Sie dann nicht draußen sind, können Sie sich auf was gefaßt machen. Warum antworten Sie nicht? Hören Sie genau zu: ich beginne jetzt zu zählen! Eins …

Er hieb, als er die Zahl sagte, so heftig gegen die Wand, daß die ganze Hütte erdröhnte und dünne Lehmstückchen abflogen. Die Faust schmerzte, aber Alaric holte in besessenem Zorn aus, schlug mit gleicher Heftigkeit gegen die Wand und schrie:

– Zwei!

Im Innern der Hütte regte sich immer noch nichts, und das ununterbrochene, herausfordernde Schweigen machte ihn rasend vor Wut. Wenn er die Kraft gehabt hätte, so wäre er nicht davor zurückgeschreckt, die kleine Hütte vom Boden zu reißen und sie in den Teich zu stoßen.

– Drei! schrie er, daß seine Stimme sich fast überschlug. Jetzt durfte er nicht länger warten, er hatte seine Drohung ausgesprochen, er mußte sie nun auch erfüllen. Unter Umständen hatte er sich damit selbst eine Falle gestellt – nun mußte er den Kopf durch den Einschlupf schieben. Er wußte das, und er ging nicht allzu schnell zum Eingang der Hütte. Aber er ging, und vor dem ovalen Loch ließ er sich auf die Knie fallen und kroch vorwärts. Er stockte noch einmal leicht, dort, wo er bereits gewesen war, aber diesmal konnte er es sich nicht erlauben, die Hand als Kundschafter vorauszuschicken; durch seine Drohung hatte er die Gefahr ganz in Kauf genommen.

Er gelangte unversehrt in das Innere. Er hatte den Kopf und die Schultern eingezogen, wie eine Schildkröte hatte er versucht, den gefährdeten Kopf zu verbergen und die Bedrohung mit dem bewährten Panzer des Rückens aufzufangen. Jedoch auch das wäre nicht nötig gewesen, denn es sauste kein Schlag auf ihn herab. Alaric wunderte sich nicht einmal darüber, denn in dem Augenblick, da sein Körper in der Hütte war und er hochschnellte, sah er auch schon, daß niemand neben dem Eingang stand.

Der Mann, nach dem seine Fäuste suchten, lag ausgestreckt auf den Lumpen, lag kümmerlich und still da, bewegungslos. Alaric konnte nicht glauben, daß der Oberst schlief, aber als er sich über ihn beugte, vernahm er die ruhigen, unschuldigen Atemzüge eines Schlafenden, und er war so verblüfft, daß er sich vorsichtig erheben und, um den Schlaf des Mannes nicht zu stören, behutsam hinausgehen wollte. Dann fiel ihm ein, daß der Oberst sich vielleicht auch nur schlafend stellte und ihn durch eine List dazu bringen wollte, die Drohung fallen zu lassen. Und bei diesem Gedanken erfaßte Alaric eine unbändige Wut, und er kniete neben dem Liegenden nieder, hob die Hand und versetzte ihm mit der flachen Kante kurze, klatschende, aber harmlose Schläge. Er schlug gegen den Hals und gegen das Kinn und gegen das Schlüsselbein. Er hieb präzise auf ihn ein, wenn auch nicht mit voller Kraft, und erst als dem Munde des Mannes ein leichtes Gurgeln entfuhr, ließ Alaric nach. Er schwitzte, und der Schweiß floß kalt über seine Stirn.

Der Oberst schluckte und stöhnte.

– Haben Sie jetzt genug? fragte Alaric. Das war erst für den Stock. Und gleich kommt noch die Rechnung für Biggi.

In seiner Hand pulste das Blut, und er hob sie sachlich empor und wollte gerade zu neuen Trommelschlägen ansetzen, als der Oberst die Lippen öffnete und sagte:

– Stören Sie nicht meine Kreise. Haben Sie keinen Respekt vor dem Schlaf? Unterbrechen Sie nie den Schlaf eines Menschen, denn Sie hindern ihn daran, zu sich selbst zu kommen.

Alaric lachte erbittert auf, und dann ließ er seine Hand fallen und versetzte dem Mann wieder diese kurzen, präzisen, aber merkwürdig laschen Schläge. Es sah nicht so aus, als ob diese Schläge ihm Genugtuung brächten. Er schlug fast mechanisch zu. Und seine Worte, die die Schläge begleiteten, kamen auch mechanisch:

– Wirst du still sein, du – du – wirst du still sein, du – stieß er hervor.

Aber bald hielt er in seinen Schlägen inne, und in dem düstern Raum der Hütte waren nur sein Keuchen und leise Gurgellaute des Obersten zu hören. Alaric hatte es nicht darauf angelegt, den Mann bewußtlos zu schlagen, und um sich zu vergewissern, daß dies noch nicht der Fall war, fragte er:

– Haben Sie jetzt genug, ja? Sie brauchen es nur zu sagen, sonst kann es gleich weitergehen.

Er rüttelte ihn an den Schultern, daß der Kopf vor und zurück fiel, und schleuderte den schlaffen Körper in die Lumpen.

– Haben Sie jetzt genug? fragte Alaric zornig.

Der Oberst machte einen Sprechversuch, aber die Worte, die er bilden wollte, gingen unter in einem tiefen Ächzen, das aus der Brust heraufdrang. Als das Ächzen verklungen war, wiederholte er den Versuch, und diesmal gelang er. Alaric hörte Worte, die unvollendet waren, halbfertige Worte, die nicht aus dem Munde des Mannes, sondern aus dem Innern seines Körpers zu kommen schienen. Die Worte, die Alaric hörte, hatten gleichsam eine dünne, zitternde Haut, sie hatten noch nicht die artikulierte Härte empfangen, die Worte durch Zusammenarbeit von Zunge und Zahn erhalten.

– He – di – we – vo – mi, sagte der Oberst.

Hebe dich weg von mir, sprach es in ihm. Du willst mich schlagen, und dabei schlägst du dich selbst. Du willst mich züchtigen, obwohl du mich nicht liebst. Mach dich nicht lächerlich. Züchtigen kannst du nur mit einer Hand, mit der anderen mußt du den, den du züchtigst, umarmen.

Wenn sich ihnen alles versagt, dachte Alaric, wenn sie am

Boden liegen und keine Hoffnung mehr haben, dann sind sie alle wie Jesus. Das kennen wir. Wenn sich einem alles versagt, dann ist Entsagung billig.

Er rief:

– Können Sie mich hören, he!? Verstehn Sie, was ich sage?

– Ich will es nicht verstehn, sagte der Oberst. Was Sie sagen, ist Spreu. Heben Sie sich weg, Wellington, Sie wütender Teetrinker. Schlagen Sie die Klippen zusammen, aber nicht harmlose Leute. Die Argumente des Bizeps, die Sprache der Muskeln: das gilt unter Bären, aber nicht unter Menschen. Halten Sie sich nichts zugute darauf, daß Sie mich verprügeln. Ich bin kein großer Schläger. Was haben Sie nun davon? Ihre Missionsfreudigkeit in Ehren, aber glauben Sie, daß Sie einen Menschen mit Hilfe der Fäuste wandeln und überzeugen können? Daß Sie seine Seele mit der Kante der Hand dressieren?

Alaric sagte:

– Ich will Ihnen mal was beibringen! Passen Sie gut auf!

Er sprach nicht weiter, denn zu seiner Verwunderung erhob sich der Oberst plötzlich, bewegte den Kopf hin und her, als wollte er die Schläge, die er empfangen hatte, abschütteln, und dann richtete sich der Mann kerzengrade auf und schritt mit verkrampftem Gesicht auf den Eingang zu. Alaric bereute fast, daß er nicht stärker zugeschlagen hatte – der Oberst mußte eine unwahrscheinliche Zähigkeit besitzen, eine übertriebene Empfindungslosigkeit, die ihn dazu befähigte, Schmerzen wie Wassertropfen abzuschütteln. So etwas hatte Alaric noch nie zuvor erlebt, und er sah in sprachlosem Erstaunen zu, wie der Oberst, mühsam zwar und gefährlich wankend, an ihm vorbeiging. Dann faßte er sich und sprang dem Oberst mit ausgebreiteten Armen in den Weg.

– Halt, sagte er, hier kommen Sie nicht weg. Wie mir scheint, haben Sie immer noch nicht genug. Ich will Ihnen jetzt mal was sagen: Leute wie Sie dürften eigentlich nicht mehr am Leben sein. Sie müßten tot sein, wenn es auf dieser Welt mit rechten Dingen zuginge. Aber offenbar geht's hier nicht mit rechten Dingen zu. Sie haben sich selbst überlebt.

Der Oberst schmunzelte nachsichtig und sagte:

– Und nun glauben Sie wohl, mir etwas sehr Originelles gesagt zu haben, nicht wahr? Sie urteilen und denken aus dem Handgelenk, wie meine Tochter. Was wäre denn, wenn ich mich und meine Art überlebt hätte? Wäre es ein Grund für einen Nationaltrauertag, wenn man eines Tages erkennen sollte, daß einer unter den Lebenden ist, der von Rechts wegen hätte tot sein sollen? Was würden die Leute tun, die Leute von London beispielsweise, wenn auf dem Trafalgar-Square ein Dinosaurier in seiner großen, vorsintflutlichen Unschuld auftauchte? Würde man ihn unter Berufung darauf, daß er sich verspätet habe, erschießen und in ein Museum schleppen? Wer darf das von den Leuten in London? Und ist die Überlebtheit ein Unrecht? Wenn Sie so wollen, so haben wir uns alle überlebt, wir gehören zu einer theoretisch längst ausgestorbenen Art, und jeder hat etwas von der veralteten und verstaubten Unschuld des Dinosauriers.

– Reden Sie nicht so albern, sagte Alaric schroff.

Albern, dachte der Oberst. Etwas regte sich in seinem Oberschenkel, und er hob ihn ruckartig an und stieß Alaric sein Knie in den Unterleib. Der Stoß war bei weitem nicht so eindrucksvoll wie der, den er selbst von Horace empfangen hatte, aber der Oberst wußte nun, wie wirksam so ein Stoß war und welche Möglichkeiten er einem verschaffen konnte. Denn Alaric stöhnte auf und krümmte sich, die Hände an den Unterleib gepreßt, zusammen. Und diesen Augenblick nutzte der Oberst und kroch schnell und unbehindert ins Freie.

– Von Ihrem ehrenwerten Bruder gelernt, rief der Oberst höhnisch, dann verschwand er.

Er frohlockte zu früh.

Es war vor allem der Überraschungsschmerz, der Alaric davon zurückhielt, den Oberst am Verlassen der Hütte zu hindern, aber schon nach wenigen Sekunden schlüpfte er selbst durch den Eingang, rannte um die Hütte und hielt Ausschau nach Biggis Vater. Er entdeckte ihn auf einer Klippe über dem Teich, sah ihn sorglos dasitzen, vom Morgenrot übergossen. Einen anderen hätte diese Sorglosigkeit, diese Traulichkeit des Anblicks entwaffnet, Alaric nicht. Mit einigen Sätzen war er hinter ihm, packte ihn am Kragen und zog ihn hoch.

– Wissen Sie, was Sie sind, fragte er.

– Woher, sagte der Oberst betrübt, woher sollte ich das wissen? Die Gewißheit, die ich über mich habe, hat nur Annäherungswert.

– Sie sind ein heimtückischer Halunke, das sind Sie.

– Das wußte ich allerdings noch nicht, gestand der Oberst und lächelte.

– Eine interessante Einzelheit, die Sie mir da mitteilen, verdient durchaus, näher geprüft zu werden.

– Sie brauchen diese Einzelheit nicht zu prüfen, sagte Alaric, und er schüttelte den Mann, daß der Speichel, der sich am Mund des Obersten zeigte, abflog.

– Prüfen und bestätigen, sagte der Oberst, das ist eine der Aufgaben, die uns gestellt sind. Wer sich mit dem Dasein der Dinge zufrieden gibt, dem zeigt sich nur der Da-Schein. Die Welt ist nicht nur Existenz, sondern auch Funktion, und diese Funktion muß geprüft werden.

– Das trifft sich ja ausgezeichnet, sagte Alaric, dann können Sie gleich die Funktionen des Wassers prüfen.

Er ließ den Oberst lachend los, holte aus und schlug ihm gegen die Brust. Der Oberst taumelte, seine Windmühlenarme fuchtelten in der Luft herum, und dann verlor er das Gleichgewicht, flog über den Klippenrand und verschwand. Bevor Alaric selbst an den Klippenrand trat, hörte er einen brüchigen Schrei, und der Schrei wurde von den Felsen hin und her geworfen und schien noch eine ganze Weile über das Geröll zu irren.

Der Oberst stürzte rücklings hinab, überschlug sich einmal und landete, da der Felsen zum Teich hin weit ausgebuchtet war, im Wasser. Ein dumpfer, platschender Aufschlag erfolgte. Alaric wandte sich um und ging ruhig zum Zelt hinab, und als er den steilen Weg erreicht hatte, sah er, daß Horace aufgeregt aus dem Zelt trat, auf den Felsblock sprang und nervös Umschau hielt. Er sah, wie sein Bruder den Mann im Teich entdeckte – der Oberst war gerade zum erstenmal an die Oberfläche heraufgekommen, warf die Arme in die Luft und versank wieder. Horace sprang zum Ufer und hechtete ins Wasser, und dann schwamm er zu der Stelle, an der er Biggis Vater gesehen hatte und wartete. Da tauchte der Oberst dicht neben ihm auf, eine wühlende, gurgelnde und prustende Masse, und Horace überlegte, wie er ihn am besten packen könnte, bevor der Mann wieder unterging. Außerdem mußte er sich davor hüten, daß der Oberst sich so unglücklich an ihn klammerte, daß er selbst des Schwimmens nicht mehr fähig war und in Gefahr geriet, zu ertrinken. Er ging ihn von hinten an, erwischte ein dünnes Haarbüschel und zog daran, um den Oberst in die Waagerechte zu bekommen, aber das Haarbüschel befand sich auf einmal in seiner Hand, und der Mann versackte.

Es hilft nichts, dachte Horace, ich muß ihm nach, ich muß tauchen. Und er atmete tief ein, hob den Oberkörper und verschwand kopfüber. Das Wasser war kalt und klar, und an den Luftblasen, die ihm entgegenwackelten, erkannte er, wo sich der Oberst befand: er war fast senkrecht unter ihm und hatte bereits den tiefsten Punkt erreicht. Gleich würde er nach oben kommen.

Langsam trieb er herauf, wie ein Stück Holz, das sich aus unersichtlichen Motiven vom Boden löst, wo es lange gelegen hatte. Horace stand, mit dem Kopf nach unten, fast senkrecht im Wasser, beide Hände griffbereit, und als der Obert nahe genug herangekommen war, schob ihm Horace eine Hand unter das Kinn und ruderte mit der andern mächtig hinauf.

Als sie an der Oberfläche auftauchten, schob Horace dem Mann auch die andere Hand unter das Kinn, riß ihn nach hinten und schwamm, auf dem Rücken liegend, mit seiner Last ans Ufer. Er schleifte den Oberst über das Ufergeröll, und legte ihn vor einem Strauch nieder. Der Oberst sah sehr verändert aus: das Wasser schien ihn verjüngt zu haben. Die Falten am Hals schienen nicht mehr so schlaff zu sein, und das gemeinhin ausgetrocknete, durstige Gesicht glänzte.

Horace, den nassen Trainingsanzug auf der Haut, fröstelte, und er hüpfte ein paarmal hin und her und schlug die Hände nach Art der Fischer zusammen, um sich etwas Wärme zu verschaffen. Dann lud er sich den Oberst auf die Schulter und brachte ihn zum Zelt. Vor dem Zelt stand Alaric, grinsend, die Hände in den Taschen, und er blickte Horace belustigt entgegen und machte keine Anstalten, ihm zu Hilfe zu eilen. Selbst als Horace rief:

– Mach mal das Zelt auf! rührte sich Alaric nicht.

Er sagte:

– Der kommt mir nicht ins Zelt, Horse. Wenn du dein Mitleid durchaus anbringen willst, dann wirf ihn wieder in den Teich. Wir können ihn ja abwechselnd herausholen.

Der Oberst wurde sanft auf die Erde gelegt, und in Horaces gutmütigem Pferdegesicht glomm eine Frage:

– Was ist passiert, Alaric? Ist er von den Klippen gesprungen? Zuzutrauen ist ihm alles.

– Ich habe ihm dabei ein wenig geholfen, sagte Alaric.

– Warum? Du kannst ihn doch nicht grundlos in den Teich werfen.

– Es hat seine Gründe, mein lieber Horse. Wenn du wüßtest, was in den letzten Stunden passiert ist. Ist Biggi im Zelt?

– Nein, ich denke, du warst bei ihr? Ist sie immer noch in der Höhle?

– Sie wird dann wohl noch oben sein, an der Prügelbank.

– Prügelbank?

– Ja, dieser nasse Gentleman hat uns verprügelt, mit einem Stock. Falls du daran zweifelst: hier, meine Beulen sprechen genug. Außerdem ist am Hinterkopf die Haut aufgesprungen. Wenn du Lust hast, kannst du mal einen Blick darauf werfen.

– Später, sagte Horace, später. Aber was du sagst – hör mal – das kann doch – Horace sah prüfend auf den Oberst herab – der da soll –

– Ja, Horace, der da. Er sieht nicht danach aus, wie? Aber wenn du so willst, sieht niemand danach aus. Wie fühlt er sich übrigens? Hat er viel Wasser geschluckt?

Horace beugte sich über den am Boden liegenden Mann und betrachtete ihn eingehend. Der Oberst atmete regelmäßig, sein Mund war leicht geöffnet, und in den Mundwinkeln saß ein dünnes, überlegenes Lächeln.

– Können Sie uns verstehen, fragte Horace.

– Natürlich kann er uns verstehen, sagte Alaric. Er will es nur nicht.

Horace machte seinem Bruder ein erschrockenes Zeichen. Das Zeichen besagte: um Himmels willen, Alaric, so kannst du doch nicht mit ihm sprechen.

– Ah, was, sagte Alaric, du wirst noch dein Wunder mit dem erleben. Wart nur ab, bis er wieder auf den Beinen steht. Höflichkeit bei diesem Burschen ist blanke Verschwendung. Der wirft nur so mit Kinnhaken um sich, auch wenn es nur rhetorische sind. Laß dich ja nicht mit ihm ein.

– Ich werde ihn doch ins Zelt bringen, sagte Horace, und er richtete sich auf, schulterte den Oberst und bat Alaric, den Eingang zu öffnen. Aber Alaric sträubte sich. Er ergriff die Beine des Obersten und begann, ihn in die dem Zelt entgegengesetzte Richtung zu ziehen, während Horace den Mann unter den Achseln erfaßte und sich bemühte, ihn ins Zelt zu bringen. Sie zerrten und ruckten und zogen ihn, setzten sich mit dem ganzen Gewicht ihres Körpers für ihre einander widersprechenden Pläne ein, und in dem Betroffenen knackte und knisterte es; der Oberst dehnte sich, wurde wie auf einer Streckfolter auseinandergezogen, und plötzlich löste sich in seinem Innern ein Laut, ein gesprungener Laut, der die beiden Männer augenblicklich zur Vernunft brachte. Sie ließen Biggis Vater fast gleichzeitig los, der gerade Gerettete schlug auf den Boden, und beim Aufprall des Körpers zischte ein breiter Wasserstrahl aus seinem Mund.

– Na also, sagte Alaric, auf diese Art ist er sein Wasser losgeworden. Wenn du ihm jetzt noch ein Riechfläschchen unter die Nase hältst, steht er gewiß gleich auf.

– Das ist nicht nötig, sagte der Oberst undeutlich. Seine

Stimme klang verwaschen, es mußte sich immer noch Wasser in seinem Leib befinden.

– Ich liebe keine Erweckungsmittel, Sie angezogener Tarzan, ich werde mich auch ohne Riechfläschchen erheben. Sehen Sie her, wie leicht mir das fällt, wie mühelos ich aus meinen Trümmern wachse. Von Zeit zu Zeit muß man sich selbst in Trümmer legen. Triumphieren Sie nicht. Sie haben mir, indem Sie mich zusammenschlugen, einen Gefallen getan. Ich hatte es ohnehin mit mir vor.

Er rollte sich auf die eine Seite und drückte den Oberkörper unter gleichmäßigem Stöhnen empor, es sah aus, als ob eine Maschine ihm hülfe, und nachdem er den Oberkörper genügend hochgebracht hatte, zog er die Beine an, schob sie unter das Gesäß und holte die Hand ein, die ihm bisher als Stütze gedient hatte. Freischwebend hielt er sich eine beträchtliche Zeit in der Hocke und konzentrierte sich – wie jener Mensch, der als erster das einzigartige Wunder des aufrechten Standes und Ganges erkunden wollte. Der Oberst benahm sich, als hätte er eine Befreiungstat vor.

– Vorsichtig, sagte Alaric ironisch, in der Kiste ist Porzellan, leicht zerbrechlich.

Er fing einen beschwörenden Blick seines Bruders Horace auf. Horace schwankte zwischen Weinen und Lachen; er starrte gebannt auf den Mann, und es kam ihm so vor, als betrachte er eine Reihe von Höhlenzeichnungen, mit denen ein uralter Künstler die Phasen der Erhebung vom Erdboden hatte anschaulich machen wollen.

Der Oberst begann sich verbissen in die Höhe zu schrauben, die Schenkel stemmten, die Arme balancierten den Körper aus, und in spiralförmiger Drehung erlangte er zusehends Größe. Und dann stand er, stand und sah an sich herab, mit einer Art von Zufriedenheit, die Alaric aufs höchste reizte: die Zufriedenheit des Mannes war Hochmut, schnöde Überheblichkeit.

– Ich danke Ihnen, sagte der Oberst zu Horace, Sie haben mir dem Anschein nach das Leben gerettet. Leider werde ich Ihnen nicht dankbar bleiben können, denn ich hasse das Gefühl der Dankbarkeit mehr als alles andere.

– Und Sie, sagte er zu Alaric, Sie haben den Spiegel zerbrochen. Vielleicht wird Ihnen Biggi dafür danken, ich nicht. Ich wünsche Ihnen, daß der Hagel Sie zerschmettert. Daß ich Sie nicht zerschmettern kann, wissen Sie. Der Hagel wird Sie holen, Sie teetrinkender Tarzan, dessen können Sie sicher sein.

Er wandte sich um und stelzte in Richtung zur Hütte davon. Alaric wollte ihn zurückhalten, aber Horace winkte ab. Und als der Oberst nicht mehr zu sehen war, fragte Horace:

– Sag mal, was meinte er mit Biggi?

– Er weiß selbst nicht, was er meint, sagte Alaric beschwichtigend, diese komische Spinne hat Schlagseite, hast du das noch nicht bemerkt?

– Ich habe das, offen gestanden, noch nicht so gemerkt, sagte Horace mißtrauisch. Spinnen haben Beine genug, die können jede Schlagseite ausgleichen. Was mich nur stört, ist seine Überheblichkeit.

– Aber jetzt wollen wir ins Zelt gehen, sagte Alaric, was macht denn der Eremit? Schläft er?

Elftes Kapitel

Der Oberst war erstaunt, Biggi in der Hütte vorzufinden. Das Mädchen stand unter einer Fensteröffnung, ernst und entschlossen, und schaute zu, wie ihr Vater durch die Öffnung kroch, zögernd, wie ein mißtrauisches, die Fühler spreizendes Insekt. Er kroch durch den ganzen Raum, kroch bis vor ihre Füße und wollte sich an ihr emporziehen, aber Biggi bog die Finger auseinander, die sich in den Stoff ihres Kleides gekrallt hatten, packte den Mann bei den Handgelenken und stieß ihn von sich. Der Oberst taumelte durch den Raum und fiel auf das Lager. Er machte einen verwirrten Eindruck. Langsam drehte er den Kopf zur Seite und blickte Biggi von unten an. Er sagte:

– Was ist in dich gefahren, daß du mich fortwirfst wie einen alten Schuh? Hast du keine andere Möglichkeit, deine Kräfte zu verschleudern? Du hast stramme Oberarme, es genügt, wenn ich sie sehe. Fühlen lassen kannst du sie den, der Einlaß in dich begehrt.

– Sei still, befahl Biggi.

Sie sah ihn verächtlich an. Es gelang ihr nicht, ihre Empörung über ihn zu verbergen. Sie verspürte Lust, ihm einen Fußtritt zu versetzen und zu gehen. Aber dafür hatte sie nicht all ihre Kräfte gesammelt. Diesmal konnte sie nichts vertreiben, ihre Gegenwart hatte etwas absolut Entschiedenes. Sie würde bleiben, selbst gegen seinen Willen; sie würde so lange bleiben, bis sie Gewißheit hatte, Gewißheit über die Vergangenheit ihres Vaters und über ihren eigenen künftigen Weg. Sie fürchtete sich vor den Fragen, die sie an ihn stellen mußte, und am liebsten hätte sie seine Stirn mit einem scharfen, sägenden Blick aufgeschnitten und wortlos herumgeforscht.

Er streckte sich unbekümmert aus, lag flach und erbärmlich auf den Lumpen. Er war nur mitleidswürdig, wenn er schwieg.

Nach einer Weile sagte er:

– Öffne noch eine Büchse. Aber lies die Aufschrift, bevor du sie öffnest. Und wenn wir gegessen haben, wirst du mich entkleiden und meine Sachen zum Trocknen hinausbringen, denn auf die Dauer fühle ich mich nicht wohl in nassen Kleidern.

– Nein, sagte Biggi hart, ich werde weder die Dosen öffnen noch deine Kleider hinausbringen. Ich bin nicht hergekommen, um dir zu helfen.

– Oh, sagte der Oberst mit ironischer Verwunderung, du willst mir nicht helfen, was willst du denn? Hast du inzwischen etwas anderes hinzugelernt? Einem anderen helfen, das kann jeder. Du machst mich wirklich neugierig, eine Tatsache, die ich sonst noch nie feststellen konnte.

– Sei still, du, sagte Biggi, warnend, wenn du nicht gleich still bist, dann –

– Dann was? fragte der Oberst. Was geschieht, wenn ich nicht gleich still bin?

Biggi trat dicht neben ihn hin, mit geballten Fäusten. Das plötzliche Glück des Selbstvertrauens, das Gefühl, sich von diesem Mann endgültig befreit zu haben, machten sie mutig und unvorsichtig. Sie stand kampfbereit neben ihm, und obwohl sie zitterte und erschrocken war über ihren Schritt, und obwohl alles noch vor ihr lag, hatte sie doch schon jetzt gewonnen. Denn der Oberst sah sie eine Sekunde ungläubig an, so, als ob er etwas zu befürchten hätte; er verlor seine grundsätzliche Überlegenheit, das karge Lächeln in seinen Mundwinkeln gefror, und das Mädchen spürte seinen Vorteil und vergrößerte ihn. Sie hatte die Fassade eingerissen, die kalte Fassade der Arroganz, sie hatte durch ihre Entschlossenheit den Hochmut des Mannes zersplittert.

– Was willst du? fragte er bestürzt.

Die Bestürzung war echt. Er hatte Angst. Auf eine offene Rebellion war er nicht gefaßt gewesen, sie kam zu überraschend, sie ließ ihm keine Zeit, Gegenmittel zu ersinnen.

– Was hast du denn, Biggi? Diese Veränderung steht dir gut, mein liebes Kind.

– Ich bin nicht dein liebes Kind, sagte Biggi. Bitte, nenn mich nicht so.

Sie ging wieder zum Fenster zurück, ließ ihn aber nicht aus den Augen.

– Hör mir genau zu, sagte das Mädchen langsam. Ich habe dich durchschaut. Ich habe dich und deine Verstellungskünste durchschaut. Du hast mir oft genug gesagt, daß du mich verachtest. Ich verachte dich auch. Ich verachte dich so sehr, daß ich es nicht mehr aushalte bei dir. Ich werde dich allein lassen. Du kannst tun, was du willst, aber ohne mich. Obwohl ich ein Mädchen bin, hast du mich fast immer wie einen Mann behandelt, wie einen Burschen! Wundere dich deshalb auch nicht, daß ich wie ein Mann reagiere. Du hast schuld daran, daß ich so geworden bin.

Biggi empfand ein würgendes Gefühl in der Kehle, sie war dem Weinen nahe. Der Sog ihrer eigenen Worte schien sie umzureißen, und sie mußte sich zusammennehmen, um aufrecht stehenzubleiben.

– Warum sagst du nichts? rief sie gequält.

Das Schweigen härtete sie, und sie wollte wieder zu einem Angriff ansetzen, als der Oberst sagte:

– Du wirst bei mir bleiben, Biggi. Du wirst bei mir bleiben, obschon der Spiegel zerbrochen ist.

– Spiegel? – Von welchem Spiegel redest du überhaupt? Mach dich doch nicht lächerlich. Zwischen mir und den beiden Engländern ist nichts gewesen. Als du mit dem Stock kamst, wollte Alaric mich küssen, das ist richtig. Aber woher willst du wissen, daß auch ich ihn küssen wollte? Und vor diesem Kuß ist nichts geschehen, überhaupt nichts. Und du kommst und beginnst, ohne zu fragen, auf uns einzuschlagen. Mir tut es nicht leid, was Alaric später mit dir gemacht hat. Wenn ich in der Lage dazu gewesen wäre, hätte ich ihm gern dabei geholfen!

– Es ist nichts geschehen? fragte der Oberst müde. Der Spiegel ist nicht zerbrochen?

– Nein, sagte Biggi, es war nichts zwischen uns. Ich kann es schwören. Jedoch vor dir brauche ich mich nicht zu rechtfertigen. Du mußt dich vor mir rechtfertigen. Aber ich weiß: du kannst das nicht. Du bist zu hochmütig und zu feige dazu! Ja, du bist feige, Vater, das habe ich längst erkannt, und ich verachte dich deswegen. Du bist krank, und vielleicht bin ich hart zu dir, aber das ist die einzige Art, wie wir miteinander reden können. Du hast mich immer lächerlich gemacht, du hast mich verspottet und hast mich nie ernst genommen. Möglicherweise nimmst du mich auch jetzt nicht ernst. Das ist mir gleichgültig. Ich werde dich nie mehr ansehen. Ich kann es einfach nicht mehr zugeben, daß du mein Vater bist.

– Was verlangst du denn von mir? fragte der Oberst. Seine Stimme klang kläglich, fast flehend.

– Was ich verlange, weißt du genau! Warum sind wir hierhergefahren, he!

Biggi schrie ihn an, und unerwartet ergriff sie ein wilder Zorn, und sie ging auf ihn zu, riß ihn an den Schultern hoch und setzte ihn gegen die Wand.

– Setz dich gefälligst hin, du liegst immer so da, als ob die Welt dich nichts anginge, und dabei hast du ihr wer weiß was getan! Bleib sitzen du, wehe, wenn du dich wieder hinlegst. So. Und jetzt kannst du reden. Du hast mir doch allerhand zu erzählen, nicht wahr? Über deinen besten Freund und Vertrauten Mackenbrandt beispielsweise. Ihr liebtet euch doch, wie? Und was war mit der Jacke? Du kannst doch sonst so fein reden!

– Glaubst du das, was du hörtest, mein liebes Kind? fragte der Oberst traurig.

– Ja, sagte Biggi, ich glaube das. Ich vertraue Alaric mehr als dir. – Was war mit der Jacke? Ich will es jetzt wissen! Versuche nicht, mich anzulügen. Ich kenne Mackenbrandts Tagebuch. Wenn du lügst, werde ich dir aus diesem Buch vorlesen.

– Du hast mir das Buch gestohlen, sagte der Oberst. Er lag jämmerlich an der Wand, verfallen.

– Es war mein Recht, sagte Biggi, ich hatte ein Recht dazu. Das Buch gehört dir am allerwenigsten.

Der Oberst sank völlig in sich zusammen.

– Gut, sagte er, gut, mein Kind.

Sein Kinn lag auf der Brust, die Augen waren geschlossen. Das nasse Hemd klebte am Körper, und Biggi sah die kleinen Brustwarzen durch den Stoff schimmern.

Ich werde ihn, Gott sei Dank, nicht entkleiden, dachte sie. Ich hätte ihn nicht nackt sehen können. Er hätte mich nie dazu bringen können.

– Mein liebes Kind, sagte der Oberst leise, komm näher. Ich habe viel gesprochen in den letzten Tagen, und meine Stimme ist ein wenig heiser geworden. Fürchte dich nicht vor mir, komm. Vielleicht wirst du dich, wenn ich dir erzählt habe, anders entschließen. Du wirst bei mir bleiben.

Biggi witterte eine List, und in jäher Auflehnung gegen ihn sagte sie:

– Ich werde meinen Entschluß nicht ändern, Vater. Und ich werde nicht bei dir bleiben. Du mußt sehen, wie du fertig wirst.

– Ich liebe dich doch, mein Kind, sagte der Oberst. Wenn ich dich nicht lieb gehabt hätte, wäre ich nicht fähig gewesen, dich auch zu hassen. Bleib bei mir.

Er begann zu wimmern und zu betteln, er streckte flehend die Hand nach Biggi aus, versuchte, sie durch abwechselndes Krümmen der Finger heranzulocken. Aber das Mädchen blickte verächtlich auf seine Finger und rührte sich nicht.

– Biggi, mein liebes Kind, wimmerte er, bekämpfe mich nicht mit deinen Nerven. Wer die Nerven einsetzt, muß eine innere Qual verbergen. Komm zu mir und laß mich nicht warten. Ich bin dein Vater, wir sind unter uns.

– Wir sind nicht mehr unter uns, sagte Biggi. Du bist mein Vater und bist doch ein Fremder. Ich laß mich nicht ablenken.

– Wirst du bei mir bleiben, wenn ich es dir erzähle, mein Kind? Lange könnte ich es ohne dich nicht ertragen. Du weißt das, und du wirst bei mir bleiben, nicht wahr?

– Ich werde es mir überlegen, sagte Biggi.

Sie dachte: selbst unter diesen Umständen will er mich noch erpressen. Er weiß genau, was er will.

Und dann begann der Oberst zu erzählen, er sprach monoton, mit gleichbleibender Stimmkraft, und seine Erzählung füllte den Raum der Hütte. Die Erzählung war auf einmal gar nicht mehr an den Erzählenden gebunden; sie machte sich selbständig, sie erfolgte. Und Biggi, die anfangs noch unter dem Fenster gestanden hatte, trat zu ihm, und nachdem sie eine Zeitlang neben ihm gestanden hatte, ließ sie sich auf den Boden herab und hörte zu. Der Oberst erzählte, wie er Mackenbrandt kennengelernt hatte, er erzählte von den ersten Tagen in Libyen. Und Biggi wußte, daß er nicht log. Er konnte nicht lügen, denn es war nicht mehr ihr Vater, der hier sprach, es war die Vergangenheit selbst, die sich von ihm befreite. Und Biggi hütete sich davor, ihn zu unterbrechen. Sie war schließlich auch nicht mehr Zuhörende; denn das, was sich da selbst erzählte, geschah, es geschah noch einmal:

– Nachts rückten wir vor; wir waren bereits den ganzen Tag über vorgerückt, aber wir wollten die Wucht des Vorstoßes ausnutzen, und so fuhren wir weiter, selbst als die Dunkelheit hereinbrach. Der Mond schien einen Augenblick, warf auf alles ein jadegrünes Licht. Dann verschwand er. Er verschwand überraschend, und die Fahrer, die in seinem Licht besser vorwärtsgekommen waren, fluchten. Auch Mackenbrandt fluchte. Aber seine Augen gewöhnten sich bald an die Dunkelheit, und er fuhr sicher und still.

– Wir fuhren durch eine Schlucht, und dann über eine Hügelkette, und als wir die Hügelkette hinter uns hatten, senkten sich die Fahrzeuge in ein unendlich langes Tal. Ein Hain von Dattelpalmen zog sich neben der Straße hin, und die Kronen der Palmen waren gegen den Himmel zu erkennen. Ein kalter Regen setzte ein, prasselte in die Gesichter. Roter Schlamm bedeckte die Straße. Sie war aufgewühlt von den Kettenbissen der Panzer. Die Panzer mußten weit vorn sein, ein Wetterleuchten, ein hastiges, zuckendes Aufflammen am Horizont zeigte uns, wo sie stehen mußten. Das Wasser drang durch die Regenmäntel und Uniformen, aber es machte uns nichts aus. Es ging vorwärts, und alles andere galt nicht und wurde vergessen. Die Hütten neben der Straße standen leer. Ihre Bewohner waren geflüchtet. Sie hatten das Vieh fortgetrieben und mitgenommen, was sie tragen konnten. Das Tal ging nicht zu Ende. Es war, als ob das gemarterte, erschöpfte Land keinen voranlassen wollte, surrend bewegten sich die Räder, aber die Fahrzeuge kamen kaum von der Stelle.

– Schwarze Sturmwolken zogen von Norden heran, und der Regen wurde noch heftiger und trommelte klatschend auf die Männer. Das Wetterleuchten schlug einen Bogen und kam näher. In kurzen Abständen sprang der halbe Horizont glühend auf, ein grelles Zucken flog über den Himmel, und dann folgte ein gepeinigtes Röhren und Orgeln. Urlaute, Laute tiefen Zorns und unermeßlicher Gewalt.

– Es geht nicht mehr weiter, sagte Mackenbrandt, der Schlamm läßt uns nicht von der Stelle. Ich werde einen Benzinkanister vor die Reifen legen, vielleicht gelingt es. Und er sprang aus dem Fahrzeug und band einen Benzinkanister los. Er schob ihn unter ein Rad und hieb einige Male mit dem Fuß darauf. Und als der Kanister fest zwischen Rad und Erde eingeklemmt war, kletterte Mackenbrandt wieder auf seinen Sitz. Der Motor heulte auf, und das Fahrzeug wippte vor und zurück, wie wenn es Anlauf nehmen wollte. Mit einem Satz gelangte es aus dem Schlammloch heraus.

Der Oberst erzählte jetzt so, als vollziehe sich alles in der Gegenwart:

– Nun geht es wieder vorwärts. Der unergründbare Wahnsinn der Bewegung ergreift alle. Es geht vorwärts, und wir kommen dem Wetterleuchten näher. Oder nähert sich das Wetterleuchten uns? Es kann gut sein, daß wir nicht zur Front kommen, sondern daß die Front zu uns kommt. Aber wer will, wer kann das jetzt feststellen? Bewegung steckt an, entzündet den, der stillsteht. Das Tal scheint ohne Ende zu sein, und die Wipfel der Dattelpalmen knattern und rauschen. Wind und Regen drücken sie nieder, zerren an ihren Blättern. Will denn der Hain nicht aufhören? Nur die Bäume stehen uns bei, sonst niemand. Wenn Bäume in der Nähe sind, fühlen wir uns geborgen. Was wären wir ohne Bäume, ohne die aufrechten Gefährten?

– Die Fahrzeuge vor uns kommen nicht mehr voran. Jemand ruft, ruft immer wieder einen Namen, aber der, den er ruft, meldet sich nicht. Der Rufer läuft keuchend an den Fahrzeugen vorbei, beugt sich herein und nennt den Namen, und er watet durch den Schlamm und wird allmählich unhörbar; die Nacht greift ihn auf. Er kommt nicht mehr zurück. Die Sturmwolken senken sich tiefer herab, fliehen vor der Peitsche des Windes, und sie jagen über den Hain hin und werden aufgeschlitzt von den Wipfeln der Palmen. Und der Regen pickt an den Schutzscheiben.

– Wann geht's denn wieder vorwärts? ruft einer.

– Wann?

– Ferner, verdrossener Donner kommt näher.

– Wir haben sie eingeschlossen, sagt Mackenbrandt. Wir haben die Engländer eingeschlossen. Und in den Nachbarfahrzeugen denken sie alle: unsere Panzer haben sie umzingelt. Sie werden sich nicht mehr lange wehren. Bald werden wir Beute sammeln: Fleisch und Navy-Cut und Whisky. Aufgeschossene Panzer werden im Morgengrauen herumliegen, und die Habseligkeiten der Soldaten werden hervorquellen wie Eingeweide aus einem mächtigen Tier.

– Darum geht es nicht weiter, denken sie. Es darf nicht weitergehen. Wir müssen den Ring an dieser Stelle schließen. Viele glauben es, und manche nehmen die Gewehre aus den

Haltebügeln. Einer weiß es, einer, der das Rad hält und dreht, aber er ist weit fort, und selbst wenn er erreichbar wäre, würde er nichts verraten, denn er ist deshalb groß, weil er sich ausschweigt.

– Ein Befehl springt von Wagen zu Wagen: Aussteigen! Bald ist es soweit. Durch den Schlamm der Straße und in die rauschende Geborgenheit der Bäume. Wir haben sie eingeschlossen, und wir müssen verhindern, daß sie den Gürtel aufbrechen, den wir um sie gelegt haben. Der Hain steht uns bei, er verbirgt uns. Wir bleiben am Rand, setzen uns mit dem Rükken gegen die Bäume. Die Gewehre sind ungeduldig, ihnen kann es nie schnell genug gehen.

– Wie elastisch die Bäume sind! Wenn sie nur aufrecht wären, würden sie nicht bestehen können. Ratschlag für zweckmäßiges Verhalten: aufrechte Elastizität. Jetzt springt der ganze Horizont auf, der Ring ist geschlossen. Ein Horizont von Vernichtung nähert sich denen, die eingeschlossen sind. Die Panzer haben sie überrascht. Jetzt müssen wir warten.

– Wenn nur der Mond käme! Wenn er nur diese Nacht erhellte. Wir könnten sie sehen, verfolgt vom dumpfen Rasseln der Panzer. Sie würden uns in die Arme laufen.

– Niemand spürt mehr den Regen, denn die Abschüsse werden deutlicher, und in der Ferne ist bereits das trockene Knattern der Maschinengewehre zu hören. Sie kommen ahnungslos näher. Was werden sie tun, wenn sie uns hier vorfinden? Jeder denkt: Was werden sie tun? Sie werden sich ergeben, das Spiel aufgeben, und jetzt verstehen es alle: wir dürfen nicht weiter vorwärts, weil wir sie hier empfangen müssen.

– Mackenbrandt legt sich hin, er liegt dicht neben mir und schweigt. Zuweilen sieht er mich fragend an; ich merke es, sein Blick brennt in meinem Genick. Ich kann ihm auch nichts sagen. Niemand spricht mehr. Die scharfen Blätter der Palmen knattern und klatschen gegen die Stämme, und vor uns, auf der Höhe, wühlen sich schon die ersten Granaten in die aufgeweichte Erde. Gleich werden sie kommen.

– Sie kommen, ruft jemand, aber die, die wir erwarten, kommen nicht. Und dann fegt die erste Granate über den Hain, trifft die Straße.

– Sie schießen zu weit, sagt Mackenbrandt, unsere Panzer schießen zu weit. Es war nur *ein* Schuß, sagt ein anderer, es war ein Irrläufer. Die in den Panzern wissen doch, daß wir hier sind. Sie treiben sie uns ja in die Arme. Nur keine Angst!

– Wieder kommt eine Granate, rasiert eine Palmkrone herunter und schlägt ein. Die Erde zittert. Wie muß denen zumute sein, die von den Panzern getrieben werden? Zwei Granaten, das kann immer vorkommen. Die Nacht vergrößert das Risiko. Außerdem liegen wir in einem Tal, und eine winzige Neigung des Schußwinkels muß hier größere Folgen haben. Dafür sind die andern eingeschlossen.

– Dann kommt die dritte, kappt einige Wipfel, detoniert über den Köpfen der Männer. Splitter und Blattwerk sausen auf uns nieder. Einige springen auf, rufen unterdrückt, eilen hin und her.

– Es muß ein Versehen sein, keiner will daran zweifeln. Aber dann müssen sie daran zweifeln. Denn immer mehr Granaten fegen in den Hain, fahren wütend und schnell in die Stämme und bersten. Sie reißen Lücken in die Geborgenheit, und der Nachthimmel stürzt sich in die frei gewordenen Schächte. Der Regen läßt nicht nach.

– Vielleicht sind das gar nicht unsere Panzer, die da schießen? Einige denken: das können unsere nicht sein. Sie kommen ja nicht herab, wie wir gedacht haben, sie bleiben auf der Sei-

tenhöhe des Tals. Aber würden sie dort bleiben, wenn sie eingeschlossen wären? Wenn die Panzer sie verfolgten? Sie sind
nicht eingeschlossen, *wir* sind eingeschlossen. Wir sind im
Tal abgeschnitten, sie haben uns umstellt, und wir sind eingeschlossen. Einer sagt: wir sind eingeschlossen, und ein anderer
nimmt das auf und gibt es weiter, und das Wort surrt wie ein
Querschläger durch den Hain, und nach ein paar Herzschlä-
gen weiß es jeder: wir sind eingeschlossen, nicht die andern.

– Der glühende Horizont ist an das Tal herangerückt. Kurze
entschlossene Blitze zucken von den Höhen herab, und alle
im Hain wissen jetzt, daß auch schon die erste Granate ihnen
gegolten hatte. Schreie irren durch das Dunkel. Sie rufen einander bei Namen; die Männer unter den Bäumen rufen sich in
panischer Ratlosigkeit an, rufen, um sich der Gegenwart des
andern zu versichern. Und ununterbrochen kommen Granaten heran, bohren sich mit heißem Laut in die Erde, und die
Rufe der Männer gehen unter im betäubenden Splittern der
Nacht. Sie laufen durcheinander, einige schießen. Auf wen?

– Wir müssen hier heraus, jeder soll zusehen, wie er hier
herauskommt. Ich kann nichts machen, kann keinem zurufen.
Meine Stimme ist zu schwach. Niemand wird mich hören.
Wahrscheinlich wollen sie mich auch gar nicht hören. Jeder
soll versuchen, auf eigene Faust herauszukommen, auch die
einzelne Faust zählt.

– Mackenbrandt gibt es weiter, und wir beide springen auf
und laufen zur Straße. Einige Fahrzeuge brennen. Zurück können wir nicht, denn da ist die Straße verstopft. Möglicherweise
gelingt es uns, den Ring, den sie um das Tal gelegt haben, zu
durchbrechen, heimlich an ihnen vorbeizufahren. Die Sturmwolken stehen tief, sie stehen uns bei. Hoffentlich bleiben wir
allein. Wenn sich andere Fahrzeuge anschließen, wird man

uns entdecken. Wir müssen unter uns bleiben. Mackenbrandt fährt sicher, ich vertraue ihm. Nach vorn.

– Einige Fahrzeuge sind besetzt, sie versuchen, zurückzufahren. Aber beim Wenden sinken sie in den Schlamm und bleiben stecken. Wir wenden nicht, wir kommen gut voran. Einige erkennen mich, sie verhalten sich still, sehen mir stumm nach. Der Hain will kein Ende nehmen. Einer muß da sein, der ihn ständig vergrößert, jetzt, während wir fahren. Bäume kippen, es sind nicht genug. Wenn alle kippten, wäre der Hain zu Ende, und wir hätten die Illusion, weit fort zu sein von diesem Platz.

– Warum sagt Mackenbrandt nichts? Er sitzt nicht neben mir, weil ich es ihm befohlen habe, er hat sich selbst befohlen, von hier zu fliehen. Fontänen springen hinter uns empor, Schlamm wirbelt auf. Es muß ein Wunder sein, ein Zufall, daß wir nicht steckenbleiben. Wir kommen vorwärts.

– Zwei Fahrzeuge folgen uns; die Leute haben gemerkt, was wir vorhaben, und sie glauben, daß es hier eine Möglichkeit gibt, aus dem Tal herauszukommen. Sie haben mich erkannt, sie winken. Was bedeutet ihr Winken? Ist es ein Ausdruck der Freude? Sie begleiten uns nicht lange; eine Granate wirft ihr Fahrzeug um. Wir sind wieder allein.

– Es geht bergauf, sagt Mackenbrandt, bald sind wir oben. Warten sie auf uns? Wir fahren auf eine Lücke zu. Wir vermuten dort eine Lücke. Gleich wird es sich erweisen, ob wir Glück haben.

– Wir haben Glück, wir finden eine offene Stelle im Ring, wir fahren langsam hindurch. Mackenbrandt ist erschöpft, er ist ein kleiner, schwächlicher Mann. Ich kenne ihn nicht näher, obwohl wir bereits einige Monate zusammen sind. Ich habe das Gefühl, daß er mich verachtet. Ich weiß, daß er mir überlegen ist, ich weiß nur noch nicht worin. Er kann einen Menschen anschweigen, so daß man sich getroffen fühlt. Jetzt müssen wir schneller fahren und nach einer Weile einen Bogen schlagen, dann kommen wir zurück. Ich lege Mackenbrandt eine Hand auf die Schulter, seine Schulter vibriert. Warum sieht er mich nicht an? Das Fahrzeug gehorcht ihm nur widerwillig. Er hat uns aus dem Tal herausgebracht, das ist genug. Mehr konnte er nicht tun. Nun ist er erschöpft, er bewegt sich kaum. Seine Hände liegen auf dem Lenkrad, lose, als ob sie gleich abgleiten müßten. Hat er den Bogen schon geschlagen? Ich habe es gar nicht bemerkt.

– Wir fahren weiter, und das Morgengrauen setzt sich auf unsere Spur und verfolgt uns. Wo wird uns das Licht überraschen, preisgeben? Wir fahren gegen das Licht. Der Donner wird schwächer, bleibt zurück. Es ist kalt. Der Regen trifft uns von hinten. Er ist dünner geworden, wird wohl gleich aussetzen. Steif liegt der Körper auf dem Sitz, und das Herz pumpt verzweifelt Blut in die steilen Adern, pumpt und pumpt. Eine leere, einsame Mulde: wir rumpeln hinein. Das Fahrzeug bleibt plötzlich stehen, bockt, will nicht mehr. Wo befinden wir uns? Wir dürfen hier nicht stehenbleiben. Warum geht es nicht weiter? Was ist mit dem Motor? Müssen die Sturmwolken denn gerade jetzt abziehen?

– Sehen Sie nach dem Motor, Mackenbrandt. Steigen Sie aus. Warum warten Sie denn? Wir haben keine Zeit. Wer sich mit der Natur einläßt, ist grundsätzlich im Nachteil: sie hat die unerschöpflichen Silos mit Zeit zur Verfügung: ungleiche Gegner. Steigen Sie aus, ich befehle es Ihnen!

– Mackenbrandt schweigt und bleibt sitzen. Es regnet nicht mehr. Morgengrauen wälzt sich in die Mulde. Es hat uns aufgespürt. Ist es zu spät? Warum steigen Sie nicht aus, Mackenbrandt?

– Seine Hände gleiten vom Lenkrad, bleiben auf den Schenkeln liegen. Versteht er mich plötzlich nicht mehr? Was wäre, wenn er in einer Sekunde die Sprache vergessen hätte, in der wir uns bis jetzt verständigten? Zum letzten Male: Steigen Sie aus, Mackenbrandt. Ich rüttle ihn an der Schulter. Sein Oberkörper kippt zur Seite, fällt mir in den Schoß. Kann die Erschöpfung so weit gehen? Ich drehe ihn leicht herum, so daß ich sein Gesicht sehen kann. Sein Gesicht ist ernst und weiß, seine Augen sind geöffnet. Er sieht mich starr an, lange, länger als ich es ertragen könnte. Was ist denn, Mackenbrandt? Sie sind doch kein Weib. Warum sehen Sie mich so an? Verachtung sickert in sein Gesicht, stumme Verachtung für mich. Er liegt auf meinem Schoß. Und dann entdecke ich, daß er getroffen ist. Die rechte Brustseite ist blutig. Und er hat uns herausgebracht.

– Ich steige aus und laufe durch die Mulde, krieche den jenseitigen Abhang hinauf. Sie kommen. Ich weiß nicht, ob sie uns entdeckt haben, sie sind noch weit fort. Aber es kann nicht mehr lange dauern, bis sie an der Mulde stehen. Sie können uns nicht verfehlen. Jemand sagte mir, daß sie mich suchten! Er wußte auch nicht, warum. Aber ich kann es mir denken, daß es wegen des jungen Piloten ist. Ich habe nicht auf ihn geschossen; alle, die dabei waren, wissen es. Keiner von ihnen hat einen Schuß gehört, und doch ist der junge Pilot gestorben. Mag sein, daß es eine innere Verwundung war, die ihn umwarf. Alle, die damals dabei waren, können es bezeugen. Aber wo sind sie? Einige sind in Gefangenschaft. In Alexandria? In Kanada? Wie soll ich mich rechtfertigen. Offenbar hat es der andere Pilot gemeldet, der uns überflog, als ich mich über den Zusammengebrochenen beugte. Und sie haben unter den Gefangenen nachgeforscht und sind auf meinen Namen gestoßen. Langsam rutsche ich den Abhang hinab und gehe durch die Mulde zum Fahrzeug. Mackenbrandt liegt immer noch so da, wie ich ihn verließ, steif und bewegungslos. Eine Hand baumelt über den Sitz herab, und ich hebe diese Hand auf und lege sie auf seinen Leib. Dann klettere ich ins Fahrzeug, zerre Mackenbrandt hoch und lehne ihn gegen die Rückwand des Sitzes. Er sieht mich an mit unerklärlichem, überlegenem Lächeln. Ich versuche, ihm den Mantel auszuziehen. Er wehrt sich nicht dagegen, er kann sich nicht wehren, aber ich spüre, daß er mich jetzt haßt. Das Lächeln erlischt nicht. Können Sie mich verstehen, Mackenbrandt? Antworten Sie doch! Wir haben nicht mehr viel Zeit, wir müssen uns rasch entscheiden. Keine Antwort, nicht einmal eine Bewegung, aus der ich entnehmen könnte, daß er nicht antworten kann. Ist er tot? Ist Mackenbrandt heimlich, unter der Hand gestorben? Gestorben, ohne daß ich etwas gemerkt habe?

– Was macht sein Puls? Ich kriege ihn nicht zu fassen. Ich presse den Daumen in sein Gelenk, suche, lausche, presse – nichts. Ich suche meinen eigenen Puls – auch nichts. Ich finde ihn nicht. Sie kommen, Mackenbrandt, sie werden bald hier sein. Wir müssen uns jetzt entscheiden. Das fade Lächeln der Verachtung weicht nicht aus seinem Gesicht. Der Tod muß es eingefroren haben. Mackenbrandt muß tot sein. Wirklich? Du hast den eigenen Puls auch nicht gefunden, woher willst du das also wissen? Es würde mir gut passen, wenn er tot wäre. Er muß tot sein, denn als Lebender kann er mir nicht mehr helfen. Mir kann jetzt nur ein Toter helfen, und darum muß Mackenbrandt tot sein. Natürlich ist er tot. Wenn ich die Hand von ihm nehme, sackt er zusammen. Warum hat er nichts gesagt, als er getroffen wurde? Er hätte mir nur ein Wort zu sagen brauchen, und wir wären im Tal geblieben. Gewiß hätte er dann gerettet werden können. Aber er sagte nichts, er brachte uns heraus, obwohl er verwundet war. Es ist ein Wunder, daß er es schaffte. Aber ich wußte ja nicht, *wie* er es schaffte. Ich kann nichts dafür.

– Es ist nicht unmöglich, daß er schon unterwegs starb, als er neben mir saß. Er sah mich nie an; auch als ich ihm die Hand auf die Schulter legte, rührte er sich nicht. Es muß unterwegs passiert sein. Darum hat er auch nicht den Bogen geschlagen, was er hätte tun müssen, um uns völlig aus dem Kessel heraus zu bringen. Ich kann es mir nur auf diese Weise erklären. Aber warum lächelt er so? Es ist gar kein Lächeln, nein. Je länger ich ihn anblicke, desto sicherer werde ich, daß es der seltene Ausdruck eines außergewöhnlichen Schmerzes ist, der sein Gesicht zu diesem Lächeln entstellt hat. Er lächelt vor Schmerzen, weil das Weinen zu gewöhnlich ist, weil es nicht ausreicht für diesen einzigartigen Schmerz. Nein, und die Verachtung gilt nicht mir. Sie gilt allein dem Schmerz, mit dem er die ganze Zeit gekämpft hatte. Ich kann beruhigt sein, nicht wahr, Mackenbrandt?

– Wenn du antworten könntest, würdest du mir sagen, daß ich beruhigt sein könnte. Aber meine Gewißheit ist so groß, daß ich es auch ohne Antwort weiß.

– Dein Mantel würde mir passen, Mackenbrandt. Was sagst du nun? Aber den Mantel brauche ich nicht. Ich habe noch nie zuvor entdeckt, daß wir beide gleich groß sind. Jetzt erst komme ich dazu. Deine Jacke würde mir passen, deine Hosen. Wollen wir nicht tauschen? Du könntest bei diesem Tausch nur gewinnen. Ich würde natürlich auch dein Hemd nehmen, wenn du darauf bestehst, selbst, wenn es naß ist und blutig. Es wäre der glücklichste Tausch der Welt, denn beide Partner würden gewinnen. Wir haben nicht mehr viel Zeit zu verlieren.

Diesen Tausch darf niemand beobachten, nur dann haben wir beide etwas davon. Siehst du, wie schnell sich die Jacke aufknöpfen läßt. Auch sie ist dabei, auch sie drängt sich plötzlich unserm Tausch entgegen. Komm, nun muß ich dich an mich ziehen, um deine Arme aus den Ärmeln zu befreien. Wie kalt deine Stirn sich an meinem Hals anfühlt. Deine Stirn ist bei unserem Handel, alles ist wohl überlegt. So kann ich es doch deuten, Mackenbrandt, oder nicht? Die Jacke haben wir. Was in den Taschen ist, bleibt drin, das ist Bedingung. Ich werde es unterlassen, in meinen Taschen herumzukramen, damit mir nicht noch in letzter Minute bei einem teuren Stück Bedenken kommen. Wir wollen ganz tauschen, wir wollen einander auswechseln, soweit das möglich ist.

– Nun dein Hemd: das Blut macht mir nichts aus. Heute wird es mich wärmen, und morgen wird es schon bräunlich sein und nicht mehr zu spüren. Schnell, hebe die Arme über den Kopf, hebe sie über den Kopf, als wenn du dich ergibst. Ich erkenne das Loch gegen den Morgenhimmel, den Einschuß. Er ist sehr klein, viel zu klein für das, was er angerichtet hat. Ich will ihn nicht stopfen, ich will den Einschuß übernehmen, Mackenbrandt, denn er gehört ja mit zum Tausch.

– Wie weiß deine Haut ist! Ich habe dich noch nie nackt gesehen. Wie wir uns gleichen, du: auch ich habe fast keine Haare auf der Brust. Oder sind deine im Blut ertrunken? Nein, ich sehe keine Enden herausragen. Gleich wirst du mich auch nackt sehen; ich werde mich ebenso wenig schämen wie du vor mir. Es ist der vollkommenste Tausch der Welt. Selbst deine kurze Unterhose darfst du nicht behalten, keinen Strumpf, keinen Schuh. Wie klein und unansehnlich dein Geschlecht ist. Es gibt wohl niemanden, der sich so zu einem Tausch geeignet hätte wie du. In allem sind wir uns gleich. Die Trennung wird mich verlegen machen, sie wird ein höchst kompliziertes, kunstvoll verwickeltes Abenteuer werden; denn wenn ich gehe, werde ich weder wissen, wer zurückbleibt – du oder ich – noch beweisen können, wer es ist, der da fortgeht: du oder ich. Einer wird fortgehen, und einer wird zurückbleiben. Wer?

– So, nun liegst du da, wie man dich erschaffen hat; hier ist dein Einsatz, deine Kleidung. Ich muß jetzt meinen Einsatz dagegen halten. Die Erde zittert schon leise, das sind ihre Fahrzeuge. Sie kommen. Wir sind zu ihnen gefahren, ohne es zu wissen. Du hast uns nicht hierhergebracht, Mackenbrandt, dich trifft keine Schuld. Wenn es soweit ist, gibt es keine Schuldigen mehr. Siehst du, nun bin auch ich nackt. Gib mir das Hemd, oder nein, gib mir den Strumpf. Ich will unten beginnen. Sei unbesorgt, ich fürchte mich nicht vor dem Einschuß, es ist nur eine Gewohnheit von mir. Ich kenne deine Gewohnheiten nicht, aber ich bedaure das nicht. Gewohnheiten kann man sich ebenso schnell zulegen wie einen Bart. Sie werden mir zuwachsen, wenn wir getauscht haben, wenn ich erst deine Kleider trage. Sei nicht traurig, daß ich dich noch so liegen lasse, ich muß mich zuerst anziehen. Dafür ziehst du auch den größeren Gewinn aus dem Tausch. Dir macht die Kälte nichts mehr aus. Ich muß zittern. Ah, und nun dein Hemd; ich spüre die Wärme, ich spüre den Einschuß und das feuchte Blut; ich spüre dich, Mackenbrandt, nie spürte ich dich so zuvor. Das Risiko, das ich bei dem Tausch einging, war größer als deines. Ich frage nicht, wie lange du dein Hemd schon getragen hast, ich will es nicht wissen. Bei solchem Tausch darf niemand fragen.

– Wir wissen nun mehr voneinander, als man gemeinhin voneinander wissen darf. Zuviel darf man nicht voneinander wissen, es muß immer etwas Unausgesprochenes, einen taktischen Rest geben. Wenn es ihn nicht gäbe, könnte man einander nicht ertragen. Zwischen uns, Mackenbrandt, gibt es keinen taktischen Rest mehr. Wir haben uns in absoluter Nacktheit erfahren. Wir haben einander bis zum Boden ergründet: es war zuviel. Wir dürfen nicht zusammenbleiben, denn wir würden beide daran zugrunde gehen. Wir können uns auch nicht anderen mitteilen, anderen von diesem Tausch erzählen, um das Bedrückende dieser intimen Verschwörung loszuwerden. Denn es fände sich niemand, der es uns glaubte, in allen Einzelheiten glaubte. Es ist immer müßig, einem anderen das tiefste, erfahrbare Ereignis mitzuteilen. Man macht sich nur lächerlich. Die es erfahren, so erfahren wie wir beide, sind ausgezeichnet, aber sie müssen an dieser Auszeichnung zerbrechen, sie müssen scheitern. Alle Ausgezeichneten sind gescheitert, sind es von dem Augenblick an, da das Zeichen sie traf. Aber alle dürfen nicht scheitern, auch zum Scheitern wird man erkoren.

– Siehst du, Mackenbrandt, wie gut mir deine Hosen passen? Sie sind nicht allein für dich gemacht, sie sind auch für mich gemacht. Unser ganzes Leben lief auf diesen Punkt zu, mit unfehlbarem Kurs. Hier, in dieser Mulde, sollten unsere Schicksale einander rammen. Es ist geschehen. Wir sind zusammengestoßen, und die Wucht des Anpralls wird uns wieder auseinanderschleudern, und wir werden wieder unterwegs sein und den nächsten Schnittpunkt erwarten.

– Jetzt werde ich dich anziehen, ich werde mich dir übergeben, und dann muß ich gehen. So rasch kann man ein anderer werden, Mackenbrandt. Fürchtest du dich nicht? Warum lächelst du noch immer? Der Schmerz ist doch nun vorbei, oder nicht?

– Er ist angezogen, er liegt still neben mir. Ich muß gehen, ich kann nicht länger bei ihm bleiben. Ich sehe ihn noch einmal an, und mir ist zumute, als ob ich von mir selbst Abschied nehmen müßte. Leb wohl, denke ich zu mir, und dann springe ich aus dem Fahrzeug. Ich gehe geduckt durch die Mulde, und bevor ich hinaufsteige, um erkannt zu werden, blicke ich zurück. Und ich sehe Mackenbrandt eine Handbewegung machen. Er will die Hand heben und mich zu sich rufen. Will er es wirklich? Er ist doch tot. Nein, ich muß mich getäuscht haben. Er kann sich nicht bewegt haben, denn er ist tot. Genau weiß ich es nicht, ich habe seinen Puls nicht gefunden. Will er den Tausch reklamieren? Dazu ist es zu spät. Er muß tot sein, muß. Ich kann nicht zurückgehen. Ich gehe den Abhang hinauf und schaue mich um. Ich sehe ihre Fahrzeuge herankommen. Es ist nicht einmal sicher, ob sie auf die Mulde zuhalten. Vielleicht ist es besser so. Und ich gehe ihnen mit erhobenen Händen entgegen, und ich spüre den Einschuß und das Blut Mackenbrandts. Ich wanke dem ersten Fahrzeug entgegen und ändere etwas meine Richtung, so daß die Mulde nicht mehr in meinem Rücken ist.

Der Oberst schwieg und atmete laut. Und als Biggi sich erheben und zum Fenster der Lehmhütte gehen wollte, sagte er:

– Auch die Schöpfung hat ihre Buchhalter, mein Kind. Eines jeden Zeit wird sanft und unauffällig unter Soll und Haben verteilt. Die Leitz-Ordner des Daseins sind prall gefüllt. Wir sind hierher gefahren, weil ich glaubte, weil ich hoffte, wir würden etwas von Mackenbrandt finden. Es ist nichts nachgeblieben, zumindest haben wir nichts gefunden. Meine Chronologie wird auf ewig unterbrochen und lückenhaft sein. Nun weißt du alles. Es kann sein, daß ich vor dem Standgericht der Gegenwart bestehe, vor dem der Vergangenheit kann ich nicht bestehen.

Er hob den Kopf und blickte Biggi an, erwartungsvoll und flehend. Biggi stand auf und trat unter das Fenster. Sie sah den Himmel in seiner lichten Einfalt und die safrangelben Wände der Klippen. Es hatte nicht geregnet. In der Ferne erklang ein singendes Motorengeräusch, und dann sah Biggi ein einsames Flugzeug diagonal über den Himmelsausschnitt ihres Fensters fliegen.

– War Mackenbrandt tot? fragte Biggi leise.

– Ich weiß es nicht, sagte der Oberst. Ich möchte es nicht behaupten. Ich konnte es nicht mehr feststellen. Wirst du bei mir bleiben, mein Kind? Du wirst es, nicht wahr? Du kannst mich doch jetzt nicht verlassen?

– Sei still, sagte Biggi, darüber können wir zuletzt sprechen.

– Wie du willst, mein Kind, wie du willst, sagte der Oberst bescheiden.

Ein Ausdruck von Ängstlichkeit kam in sein Gesicht. So hatte Biggi ihren Vater noch nie erlebt. Er hatte sich auf eine so radikale Art geändert, daß es dem Mädchen unheimlich, unwirklich vorkam. Demütig lag der Mann auf den Lumpen, demütig hingen seine Blicke an ihrem Mund: die Veränderung war zu groß, als daß Biggi sie ohne Erschütterung hätte betrachten können. Sie mußte sich dazu zwingen, stehenzubleiben, denn zeitweilig empfand sie das Bedürfnis, sich in seine Arme zu stürzen und ›Vater, vergib‹ zu sagen. Sie hatte jedoch auch gleichzeitig das Empfinden, daß der Oberst wieder der alte werden würde, sobald sie nachgab, sobald sie ihn wissen ließ, wie es zeitweilig um sie stand. Aber die Verachtung für ihn war schon zu stark, sie hatte sie längst von ihm getrennt. Die Barriere, die die Verachtung zwischen sie gelegt hatte, war unüberwindbar. Die Trennung war bereits vollzogen.

– Vielleicht hätte Mackenbrandt noch gerettet werden können, wenn du zurückgegangen wärst. Das ist doch denkbar, meinst du nicht? Vielleicht war er nur bewußtlos, als du ihn auszogst.

– Es kann sein, sagte der Oberst. Es ist durchaus möglich, daß du recht hast, mein Kind. Aber was soll ich heute dafür tun? Immerhin hat meine Feigheit einen von uns gerettet. Wenn man sich durch Feigheit retten kann, wenn man durch Feigheit Leben erhalten kann, dann soll man feige sein, mein Kind. Dann wird die Feigheit sinnvoll.

– Aber man darf nicht auf Kosten anderer feige sein, sagte Biggi. Du hast dir das jetzt alles so wundervoll zurechtgelegt. Ich muß schon sagen, daß sich das alles ganz annehmbar und bestechend anhört. Aber ich kenne dich, du: mir kannst du nichts vormachen. Deine Taktik habe ich längst durchschaut. Soll ich dir mal was sagen, du? Du hast Mackenbrandt auf dem Gewissen. Er hat bestimmt noch gelebt, als du ihn allein ließest. Du hast ihn verrecken lassen. Auch wenn ihm nicht mehr zu helfen gewesen wäre, hättest du ihn nicht verlassen dürfen. Solange er lebte, durftest du das nicht. Und das weißt du auch.

– Hinterher läßt sich immer leicht Gericht halten, sagte der Oberst. Ich kann nur die Urteile gutheißen, die vorher gesprochen werden oder die sich aus der Gelegenheit ergeben. Urteile nur zu, mein Kind. Was du verurteilst, machst du dir für alle Zeit selbst unmöglich. Du bist so jung, Biggi.

– Du hast mich ständig belogen. Du hast mir erklärt, Mackenbrandt sei dein Vertrauter gewesen, dein bester Freund. Kennst du seine Meinung über dich? Ja, kennst du sie? Wenn du sie nicht kennst, kann ich sie dir vorlesen. Oh, wie gemein waren deine Lügen.

– Sei nicht ungerecht, mein Kind. Urteile nicht so schnell.

Mackenbrandt war mein Vertrauter, und er war auch mein bester Freund. Denn sieh, er war der einzige Zeuge. Vielleicht war er ja nicht tot. Ich habe ihn in ein ungeheures Vertrauen gezogen, als ich seine Uniform anzog und er die meine.

– *Du* hast ihm deine Uniform angezogen! schrie Biggi mit gellender Stimme.

– Gut, sagte der Oberst demütig, ich habe ihm meine Uniform angezogen. Aber bleibt er deswegen nicht mein Vertrauter? Und bleibt er überdies nicht auch mein bester Freund, da er mit allem einverstanden war, was ich tat? Freunde handeln immer in unausgesprochenem Einverständnis, mein liebes Kind. Ich habe die Pflicht, Mackenbrandt meinen besten Freund zu nennen.

– Das ist schon wieder so ein Schlich von dir, sagte Biggi. Du machst mir nichts mehr vor. Du gehörst zu denen, die mit jedem Wort, das sie sagen, sich selbst verteidigen wollen. Immer und bei jeder Gelegenheit bist du auf Selbstverteidigung aus. Und warum? Weil du nicht unschuldig bist. Die Selbstverteidigung ist auch eine Art Krankheit, eine Sucht. Du willst alles verteidigen, das, was du begangen hast, und das, was du unterlassen hast. Nichts wird zugegeben. Glaub mir, hinter deine Schliche bin ich längst gekommen. Mag sein, daß es dir und deinesgleichen nicht einmal bewußt ist. Das ändert jedoch nichts daran. Sei still, du hast mich lange genug für dumm verkauft. Jetzt möchte ich auch etwas sagen.

Biggi machte eine Pause und sah ihn an, sah die schlaffen Falten am Hals, die dünnen, gelblichen Arme und die schimmernden Punkte der Brustwarzen. Er tat ihr unsäglich leid. Sie konnte nicht weitersprechen und ging auf ihn zu.

Der Oberst sah ihr mit zager Erwartung entgegen, er war klein, hilflos und erbarmungswürdig. Er machte einen kläglichen Versuch, den Oberkörper zu straffen – für Biggi. Seine Hände irrten zitternd in der Luft herum.

– Es ist gut, mein Kind, sagte er, es ist gut. Ich will dich einer Antwort entheben. Hier werde ich dich nicht fragen, ob du bei mir bleiben willst. Es ist nicht der Ort, an dem man solche Fragen stellen kann. Das habe ich nun eingesehen. Setz dich zu mir, zögere nicht, mein Kind. Setz dich zu mir auf die Lumpen und gib mir deine Hand. In El Dabuh werden wir uns wiedersehen. Dort werde ich dir die Frage stellen.

– Was willst du tun, Vater? Biggi stand dicht neben ihm. Sie setzte sich nicht. Sie gab sich den Anschein der Gleichgültigkeit, indem sie kalt und teilnahmslos fragte. Sie hatte ihren Vater völlig in der Gewalt.

– Was willst du also tun? Ich denke, daß Horace in ein paar Stunden mit der Reparatur fertig ist. Er wird uns bestimmt nach El Dabuh bringen.

– Ich darf nicht mitfahren, mein Kind. Es ist mir jetzt unmöglich, diese Hilfe anzunehmen. Du kannst alles von mir verlangen, das nicht. Verstehst du denn nicht, daß ich Alaric, oder wie du ihn nennst, nicht mehr sehen darf! Er war es wirklich, der mich damals zurückbrachte. Wenn er mich jetzt noch einmal zurückbrächte, unter diesen Umständen, mein Kind, dann könnte ich vor Mackenbrandt überhaupt nicht mehr bestehen. Frag mich nicht nach weiteren Gründen. Wenn du sie selbst nicht findest, dann kann ich dir nicht helfen. Ich muß meinen eigenen Weg gehen. Du wirst im Hotel auf mich warten. Wahrscheinlich werde ich etwas später dort eintreffen, aber – wie du mich kennst – ich werde kommen.

– Willst du hierbleiben, in der Hütte?

– Nein, sagte der Oberst. Ich will mich gleich auf den Weg machen.

– Du willst zu Fuß gehen? rief Biggi erschrocken.

– Ja, mein Kind. Doch sei nicht besorgt. Ich werde mir zwei Büchsen mitnehmen und Wasser, und ich werde bald in El Dabuh sein. Hilf mir auf die Füße.

Biggi half ihm nicht gleich, sie sagte:

– Das ist unmöglich, Vater, du wirst es nicht durchstehen. Der Weg ist zu lang und zu anstrengend.

– Ich werde es durchstehen. Wenn ich Bedenken hätte, würde ich das Wagnis nicht auf mich nehmen. Das ist die erste Tat meines Lebens, die ich ohne Bedenken ausführe. Und nun hilf mir auf die Füße, ich möchte keine Zeit verlieren.

Biggi zog ihn empor, sie wich ihm aus, als er die Hände ausstreckte und sie an sich ziehen wollte. Sie dachte: es ist ein schwerer Weg, aber er wird es schaffen. Ich begehe immer noch den Fehler, ihm zu wenig zuzutrauen. Darum allein konnte er mich wieder und wieder überraschen. Aber warum nimmt er dies Wagnis auf sich? Will er Buße tun? Nein. Er ist zu feige. Er hat einfach Angst davor, Alaric wiederzusehen. Dieser Gedanke gab ihr die Kälte der Empfindung zurück. Sie sagte:

– Ich werde auf dich warten, Vater, in El Dabuh sehen wir uns wieder.

Dann reichte sie ihm zwei Dosen und den Büchsenöffner, und er steckte den Büchsenöffner in die Hemdtasche und nahm die Dosen unter den Arm. Er gab ihr die Hand. Biggi ergriff sie. Er küßte sie auf die Stirn, und Biggi erduldete den Kuß und schloß die Augen.

– Manchmal kommt die Zeit, mein liebes Kind, da wir uns selbst in die Wüste schicken müssen. Es ist ein komisches Bedürfnis, aber es ist wahr. Die Wahrheit hat ja manchmal etwas Komisches. Fahre du mit den jungen Leuten aus London. Sie werden dich gut hinbringen. Und mache dir keine Sorgen, wenn es mit mir etwas länger dauert. Ich werde zu gegebener Stunde ankommen. Auf welchen Tag diese Stunde fällt, vermag ich nicht zu sagen. Es ist auch einerlei. Leb wohl, mein liebes Kind, der Abschied macht mich froh – der Abschied allein rechtfertigt unsere Hoffnungen.

Der Oberst ließ sich auf alle viere hinab und kroch, die Dosen vor sich herrollend, durch den ovalen Einschlupf, und nach einer Weile hörte Biggi ihn über das Geröll gleiten. Sie stürzte zum Fenster, um ihm nachzusehen, aber sie konnte ihn von hier aus nicht entdecken. Hastig kroch sie hinaus. Da ging er, traurig und hölzern rutschte er einen geröllbesäten Abhang hinab, mit der freien Hand herumfuchtelnd, um sein Gleichgewicht zu behalten: ein müder, verfluchter Mann, der von dem lockeren Gestein zu lächerlich anmutender Akrobatik gezwungen wurde. Schließlich erreichte er die gnädige Ebene, und er wankte dem launischen Horizont entgegen und schrumpfte immer mehr zusammen. Und dann, als nur noch ein Punkt von ihm übriggeblieben war, blitzte es einmal flüchtig zu Biggi herüber – ein Sonnenstrahl, den eine der Dosen zurückwarf: ein rätselvoller, zwinkernder Gruß.

Zwölftes Kapitel

Horace trat aus dem Zelt, und Biggi sprang hinter einen Felsblock, um nicht gesehen zu werden. Es kam ihr töricht vor, daß sie sich vor ihm versteckte, zumal sie ja vorgehabt hatte, ins Zelt zu gehen. Ein unbegründetes Gefühl der Scham hielt sie zurück, der Scham für ihren Vater. Sie hatte von den Klippen aus beobachtet, unter welchen Umständen er von Horace gerettet worden war, und sie fürchtete, daß Alaric seinem Bruder erzählt hätte, weswegen der Oberst von ihm in den Teich gestoßen war. Horace ging ans Wasser, ging am Ufer entlang und verschwand dann in der Richtung, in der das Auto stehen mußte. Er blickte nicht ein einziges Mal zur Lehmhütte hinauf.

Das Mädchen schlich ans Zelt heran; es war kein vorbedachtes Schleichen, es war eine instinktive Maßnahme Alaric gegenüber, den sie im Zelt vermutete. Sie fürchtete, ihn allein zu treffen, und sie setzte den Fuß sorgfältig prüfend auf die festen Steine, um kein Geräusch hervorzurufen. Sie dachte: wenn Alaric nicht im Zelt ist, werde ich mir einige Kekse nehmen. Horace hat sie mir angeboten. Und wenn er den Schaden repariert hat und wir zurückfahren, werde ich ihn bitten, einen Umweg zu machen. Vielleicht werden wir Vater unterwegs treffen, und wenn er von uns allen aufgefordert wird, einzusteigen, wird er sich bestimmt nicht sträuben. Dann muß er mit uns fahren.

Aus dem Zelt drangen Stimmen, und Biggi ging vorsichtig ans Zelt heran, um das Gespräch verstehen zu können. Einer, der sprach, war Alaric, seine Stimme war Biggi vertraut. Die andere kannte sie nicht. Sie machte sich so an die Sprechenden heran, daß ihr Schatten nicht auf das Zelt fiel und ihre Anwesenheit verriet. Eine undurchsichtige Freude am Lauschen ergriff sie; es interessierte sie nicht so sehr, wer der Mann war, mit dem Alaric sprach, sie wollte nur hören, was Alaric sagte. Während sie im Zeltschatten niederkauerte, glaubte sie plötzlich wieder seine Umarmung zu spüren, seinen harten Atem. Ihr Rücken schmerzte, die Stockhiebe begannen jetzt nachzuwirken. Alaric sprach deutlich und selbstbewußt, die Worte des anderen hingegen schienen über den Gegenstand des Gesprächs hinwegzuhuschen, und Biggi hatte Mühe, sie zu verstehen.

– Genau das meine ich, sagte Alaric.

– Und genau das lehne ich ab, sagte der andere.

Was? dachte Biggi, was meinen und was lehnen sie ab?

– Man muß die Freiheit haben, alles im Stich zu lassen, sagte der andere. Wenn es einen überkommt, muß man in der Lage sein, den Arbeitsplatz, die Frau, die Kinder, alles zu verlassen. Dies Bedürfnis kennen Sie doch auch? Man empfindet es wie einen Schlag auf den Kopf, es stürzt wie ein Meteor in uns ein: weg von dem gewohnten Ort, irgendwohin, nur fort, und wenn es für einen Tag ist. Das ist für mich der höchste Begriff von Freiheit: allein sein zu können, wenn ich allein sein will.

– Nehmen Sie noch etwas Tee? fragte Alaric.

– Gern, ja, sagte der andere.

Und Biggi vernahm ein gluckerndes Geräusch. Dann hörte sie den Mann trinken. Er schlürfte und unterbrach sein Schlürfen durch zischende Seufzer.

Das kann nur der Einsiedler sein, dachte Biggi, der Mann aus der Lehmhütte, und sie blickte sich um und suchte unwillkürlich nach dem nächstliegenden Versteck. Es war mehr als zwanzig Schritte entfernt. Alaric sagte:

– Das belebt, nicht wahr? – Wissen Sie, man kann aus verschiedenen Gründen in die Wüste gehen, einmal, weil man bedingungslos kapituliert hat, dann handelt es sich einfach um Resignation. Und dann kann man in die Wüste gehen, um gewissermaßen neu aufzutanken, dafür gibt es wirklich keinen besseren Platz. Ich kann mir denken, daß man nirgendwo so auf sich angewiesen ist, sich so verlassen vorkommt wie hier. Und die Verlassenheit oder das Gefühl der Verlassenheit ist ja nötig, wenn man zu sich selbst kommen will. Man kann sich nur erst dann mit sich selbst versöhnen, wenn eine Entzweiung vorangegangen ist. Meinen Sie nicht auch?

– Möglicherweise haben Sie recht, sagte der Einsiedler, und ich verstehe auch, was Sie damit sagen wollen. – Würden Sie mir jetzt noch einen Keks geben?

Das Mädchen hörte Papier knistern, und dann begann der andere schnell und krachend zu kauen. Biggi stand auf und entfernte sich leise vom Zelt. Ein Hustenreiz quälte sie, und sie wollte verhindern, daß Alaric sie hier entdeckte. Sie legte die Hand vor den Mund, und nachdem sie das Versteck erreicht hatte, ließ sie dem Husten freien Lauf, und ihr Körper krümmte sich unter stoßweisen Erschütterungen, und Tränen traten in ihre Augen.

Die Entfernung war groß genug: Alaric bemerkte sie nicht. Sie blieb still hinter dem Gesteinsvorsprung sitzen und betastete ihren Nacken, über den sie einen Hieb erhalten hatte. Die Haut war nicht aufgesprungen, aber ein Brennen und Klopfen zeigte ihr an, wo der Schlag sie getroffen hatte.

Biggi blickte über das nackte, öde Land, blickte über die schweigenden Hügel, hinter denen ihr Vater verschwunden war. Und der einsame Raum, der stolze, unbesiegbare Raum war bis zum Bersten mit Schweigen gefüllt. Er setzte jeder Frage sein Schweigen entgegen, die Verschwiegenheit des Sandes und des Lichtes und des unaufhörlichen Windes. Frage nicht, ob er bestehen wird, frage nicht, ob er durchkommt. Warte, aber frage nicht, denn das Leben duldet keine Fragen.

Sie überblickte das vom Licht geblendete Leben, das geblendete Gestein, die wunderbar und tief geblendete Ebene, und auch dieses Leben war eigenartig und stolz und schön in seiner Verlorenheit und Prachtlosigkeit. Zitternd lag es vor ihr, in all seiner wehmütigen Sprachlosigkeit, in seiner seligen Erloschenheit und mit seinem unermeßlichen Durst.

Langsam schritt Biggi den Pfad hinab, der an die Ebene heranführte und der sich plötzlich unter den Füßen verlief, und sie blieb stehen und versuchte, sich die Fortsetzung des Pfades vorzustellen, aber es gelang ihr nicht. Die Ebene duldete keine Teilung, keine Beschränkung, sie tötete den Pfad, um groß und stolz und unbesiegbar zu bleiben.

Biggi entdeckte das Auto, und sie sah Horace hin und her gehen und sich lange über das Fahrzeug beugen. Sie überlegte, ob sie ihn anrufen oder ihm winken solle, aber da er zu weit entfernt war, unterließ sie es und ging zu ihm, gleichgültig, absichtslos. Horace pfiff, unterbrach das Pfeifen, sprach laut vor sich hin. Er sprach das Auto an und merkte nicht, daß das Mädchen lächelnd hinter ihm stand. Er sagte:

– Und wenn du uns jetzt sitzen läßt, Tantchen, dann soll dich der Sand holen. Noch einmal flicke ich dich nicht. Wenn du dein Korsett nicht dicht halten kannst, dann kommst du auf den Friedhof.

Er begann wieder zu pfeifen, unterbrach sich, zog ächzend eine Schraube an. Er hatte den Oberkörper nach vorn gelegt und stand auf den Zehenspitzen, und an seinen kräftigen Waden traten die Muskeln hervor. Sein Hemd hing aus der Hose und war auf die Schulter hinaufgerutscht, neben der Wirbelsäule leuchtete ein blaugrauer Ölfleck.

Biggi erschrak, als Horace sich unverhofft umwandte. Aber auch Horace prallte vor Überraschung zurück. Dann ging er auf sie zu, begrüßte sie freundlich und sagte:

– Ich ahnte doch, daß da jemand in der Nähe war. Gott sei Dank ist es keine Verwandte der Schlange, die die Familienrache übernommen hat. Würden Sie mir eine Zigarette anzünden? Sie stecken hier in meiner Hemdtasche.

Biggis Finger fuhren in seine Hemdtasche; sie zog das Zigarettenpäckchen heraus, steckte ihm eine in den Mund und zündete sie an. Sie schob das Päckchen wieder in die Tasche zurück und setzte sich auf das Trittbrett. Horace setzte sich neben sie, rauchte, die Hände auf die Oberschenkel gestützt.

– Wie geht es ihm? fragte Horace. Hat er sich inzwischen erholt? Es tut mir leid.

– Er ist fort, sagte Biggi, er ist gegangen, und ich konnte ihn nicht zurückhalten. Sein Entschluß stand unwiderruflich fest. Ich glaube, es ist gut so, Horace. Es ist gut für ihn und für uns. Ich bin sicher, daß er es schaffen wird.

Horace blickte über die antwortlose Ebene.

– Welche Richtung hat er eingeschlagen?

– Er ist geradeaus gegangen, sagte Biggi. Ich sah ihm nach, bis die Hügel ihn verbargen, und ich habe nicht sehen können, daß er die Richtung änderte.

– Wir werden ihm nachfahren, sagte Horace. Sein Vorsprung

kann nicht sehr groß sein. Wir werden ihn bald eingeholt haben.

Biggi musterte den Mann heimlich von der Seite, und sie fand Horace ernst, stark und gut. Sie hatte ihn nicht erst darum bitten müssen, ihrem Vater nachzufahren, er hatte es von sich aus gesagt, als ob es das Selbstverständlichste wäre, das sie zu tun hätten. Und sie berührte scheu seinen Arm und sagte:

– Ich danke Ihnen, Horace. Ich hoffe, wir sehen uns später einmal wieder.

– Warum später? sagte Horace. Sie können doch mit uns fahren. Wir wollen über Tunis, Tanger nach Gibraltar. Unser Urlaub ist bald zu Ende. Aber vielleicht kommen Sie einmal nach London?

– Daran dachte ich, sagte Biggi, und sie zog mit einem Absatz einen Kreis in den Sand, hob den Fuß und stieß ihn genau ins Zentrum.

– Wollen wir nicht gleich etwas ausmachen? fragte Horace. Sie können im Herbst zu uns kommen. London hat seine Reize im Herbst. Ich könnte Ihnen die Stadt zeigen, es gibt dort schon einiges zu sehen. Ich würde mich sehr freuen, Biggi. Haben Sie Lust? Sie brauchten sich nur in den Zug zu setzen, ich würde die Reise von drüben in Ordnung machen.

– Ja, sagte Biggi, ich glaube, ich werde bestimmt kommen. Ich freue mich schon jetzt darauf. Wissen Sie, Horace, ich liebe London.

Und während er erstaunt den Kopf nach ihr wandte, beugte sie sich unerwartet vor und küßte ihn auf die Wange, und der Mann legte ihr seinen sonnenverbrannten, muskulösen Arm um die Schulter und hinderte sie daran, aufzustehen.

– Bleib sitzen, Biggi, sagte er, ich bin fertig. Ich möchte nur noch die Zigarette zu Ende rauchen, dann können wir fahren.

Wir werden ihn bald eingeholt haben. Das Zelt ist rasch abgebrochen.

– Alaric ist im Zelt, er unterhält sich mit dem Einsiedler, sagte Biggi.

– Ich weiß, sagte Horace, er ist ein eigenartiger Mann. Er ist Pole. Ich bin gespannt, ob er mit uns fahren wird.

– Alaric hat unrecht, sagte Biggi. Ich weiß, was er über meinen Vater denkt, aber er hat unrecht. Ich kenne meinen Vater, und ich kenne auch seine Erlebnisse. Trauen Sie es ihm zu, Horace? Halten Sie es für möglich, daß er einen Freund erschießt, um unerkannt zu bleiben? Er ist nicht so schlecht, Horace, glauben Sie mir, er ist nicht so schlecht.

Horace dachte an den Augenblick, da der Oberst das Gewehr auf ihn angelegt hatte, und er sah wieder das dunkle, ruhige Mündungsloch vor sich. Ein Zittern lief über seinen Rücken, und er ließ das Mädchen los und sagte:

– Ich bin sicher, daß Alaric unrecht hat, Biggi. Sein Verdacht besagt noch nichts. Wir wollen nicht mehr darüber sprechen, denn es ist sinnlos. Und nun wollen wir uns beeilen.

Er erhob sich und half ihr in das Auto hinein, der Motor sprang an, und sie fuhren langsam zum Zelt zurück. Alaric und der Einsiedler hatten das Motorengeräusch gehört, und sie standen, während das Fahrzeug sich ihnen näherte, winkend vor dem Zelteingang. Als das Auto hielt, riß Alaric in seiner Begeisterung Heringe und Pflöcke aus dem Boden. Die gespannte Leinwand sank zusammen, hing nur noch schlaff auf den Zeltstöcken, wie die Haut eines fremdartigen Tiers. Horace half Biggi hinaus, und dann rollten die Brüder die Leinwand zusammen und verstauten lose Dinge in Kästen und Beuteln. Sie arbeiteten rasch und pfeifend, Alaric besonders, und dieser frohgemute Aufbruch erweckte den Anschein, als stehe ihnen eine Reise ins Paradies bevor. Was verschnürt und verschlossen war, wurde lachend zum Auto geschleppt und, je nach Inhalt, behutsam oder rücksichtslos abgestellt. Der Abschied von diesem Platz machte ihnen offenbar Freude.

Biggi stand abseits und beobachtete den Aufbruch, und auch der Einsiedler stand untätig da. Er wirkte verschlossen, verzweifelt, und nahm im Gegensatz zu Biggi keine Notiz von dem, was neben ihm vor sich ging. Er starrte auf den Boden, bewegungslos, sein knapper Schatten war starr wie der eines Pfahls. Das Mädchen sah zu ihm hinüber, und obwohl sie ihn nicht kannte, fast nichts über ihn wußte, kam er ihr vertraut vor. Biggi empfand Mitleid für ihn, der Anblick dieses Mannes rührte sie zutiefst, weil er von sichtbarer Einsamkeit umgeben war. An seiner Haltung, an seinem Gesicht konnte man es ablesen.

Er blickte auf, und sein Blick streifte Biggi und wanderte an den Klippen empor zur Lehmhütte. Biggi lächelte ihm zu, aber dieses Lächeln erreichte ihn nicht, und er erwiderte es nicht. Sie schaute ungefährdet in sein Gesicht; seine winzigen, zusammengekniffenen Augen waren auf die Hütte gerichtet und das Loch in seinem Bart hatte sich vergrößert. Er mußte die Lippen geöffnet haben.

Biggi wußte gar nicht, was sie tat, als sie plötzlich auf ihn zuging, und sie sah in hilflosem Erstaunen hinter sich, ob da vielleicht die Kraft zu entdecken wäre, die sie in Bewegung gesetzt hatte und nun voranstieß. Sie ging, unwiderstehlich angezogen, auf ihn zu, reichte ihm die Hand und sagte:

– Endlich sehe ich Sie mal.

Sie tat, als spräche sie zu einem alten Bekannten, und es fielen ihr auch keine anderen Worte zur Begrüßung ein. Der Einsiedler erschrak, als er angesprochen wurde, ergriff Biggis

Hand und schüttelte sie, aber er ließ sie sofort wieder fallen, denn ein Schuß zerriß die Stille. Dem Schuß folgte ein langgezogener, klagender Ruf, der Ruf eines Vogels. Und als Biggi sich umwandte, sah sie, daß Alaric auf einen großen schwarzweißen Vogel geschossen hatte. Er hatte den Vogel, der wohl auf den Klippen gelandet war, nicht getroffen, und das Tier schraubte sich schwerfällig und flügelklatschend in die Höhe, bis es nur noch als Punkt hoch über ihnen im Blau schwebte. Der Vogel flog nicht fort, sondern zog weite Kreise, ohne die Schwingen zu bewegen.

– Pack das Gewehr ein, sagte Horace mürrisch.

– Der hatte Ähnlichkeit mit der Spinne, sagte Alaric leise. Ehrenwort, ich wollte ihn gar nicht treffen, ich wollte ihn nur verscheuchen.

– Das ist dir ja wohl auch gelungen. Bring jetzt das Gewehr in den Wagen. In El Dabuh müssen wir es auseinandernehmen. Das wirst du tun. Hilf mir jetzt, die Stöcke zusammenzubinden. Wir haben nicht viel Zeit.

– Was macht er denn? fragte Alaric.

– Wer?

– Biggis Vater. Willst du ihn oben in der Hütte lassen. Ich glaube, das können wir nicht tun. Du solltest Biggi hinaufschicken und ihn untertänigst bitten, mit uns zu fahren. Hoffentlich stehen wir noch in seiner Gunst.

– Das ist nicht mehr nötig, sagte Horace. Er ist von sich aus fortgegangen. Zu Fuß.

– Zu Fuß nach El Dabuh? Das ist ja Wahnsinn. Ich möchte wetten –

– Wette nicht, Alaric, denn du könntest die Wette sehr leicht verlieren. Und jetzt nimm die Stöcke, wir wollen versuchen, ihn einzuholen.

Der Einsiedler reckte den Kopf und bog den Hals weit nach hinten. Er beobachtete den Vogel. Jetzt erkannte Biggi den dünnlippigen, verbissenen Mund des Mannes. Die Lippen waren blutleer, grau.

– Er wartet, sagte Biggi. Der Vogel wartet darauf, daß wir abfahren. Er will wiederkommen. Offenbar hat er Durst. Er möchte trinken, meinen Sie nicht auch?

– Nein, sagte der Einsiedler, er hat in den Klippen sein Nest, ich kenne ihn, ich habe ihn oft gesehen. Und er mich auch. Wir überraschten uns zuweilen gegenseitig, vor allem morgens, bevor er fortflog. Er kam sonst immer am Abend zurück. Ich weiß nicht, warum er diesmal so früh hier ist.

– Haben Sie nicht einmal versucht, den Vogel zu fangen? Nachts? Wenn es dunkel ist, müßte man ihn doch greifen können.

– Nein, ich habe es nie versucht.

Seine Worte waren ein wenig schroff, und Biggi hörte die Schroffheit heraus, lächelte und entfernte sich unter einem Vorwand. Sie ging zum Auto und half Horace, verschiedene Gegenstände zu verstauen. Alaric wich sie aus, wann immer er in ihre Nähe kam. Sie hütete sich davor, ihn direkt anzusehen. Sie fürchtete, er könnte aus dem Erlebnis der letzten Nacht ein Recht für den Tag ableiten, und sie wußte, wie Horace in solch einem Fall reagieren würde.

Dann waren sie zur Abfahrt bereit. Die beiden Brüder standen vor dem Auto und warteten. Sie warteten auf den Einsiedler, der noch immer nicht gesagt hatte, wofür er sich entschieden hatte. Man spürte die drängende, qualvolle Unentschiedenheit des Mannes selbst über die Entfernung hinweg. Biggi lehnte sich auf dem hinteren Sitz zurück. Das Fieber der Entscheidung griff auch auf sie über.

– Laß ihn nur, sagte Alaric. Wir wollen ihn nicht dazu zwingen, mit uns zu fahren. Wir wollen ihm die Entscheidung nicht abnehmen. Ich habe ihm gesagt, daß wir bereit sind, ihn bis Tunis mitzunehmen. Du hast doch nichts dagegen, Horse, oder?

– Ich nicht, sagte Horace, aber vielleicht hat er etwas dagegen. Will er denn mitfahren? Ich denke, er findet hier alles, was sein Herz begehrt – nichts nämlich.

Der Einsiedler, der bisher weggesehen hatte, musterte sie mit ausdruckslosem Blick und kam dann auf sie zu. Das Pathos seiner Entscheidung wirkte fast lächerlich. Er kam dicht an das Auto heran, so dicht, daß sie zuerst glaubten, die Entscheidung sei bereits gefallen und er wolle einsteigen. Vor Horace blieb er stehen.

– Nun, wie ist es, wollen Sie mitfahren? fragte Alaric. Wenn man schon desertiert, dann soll man nach vorn desertieren, die Wüste liegt immer hinten, nicht wahr, Horse?

Horace hob die Schultern, seufzte und ließ seine Hand auf den Kühler des Fahrzeugs fallen.

– Ich weiß nicht, sagte er, ich weiß es wirklich nicht, Alaric.

– Komm, sagte Alaric, wir können ja schon einsteigen. Dann fühlt sich der Herr nicht so gedrängt. Würdest du mich mal vorbeilassen?

Horace ließ seinen Bruder vorbei, und Alaric kletterte wortlos auf den Führersitz, legte die Hände auf das Lenkrad und betrachtete Biggi im Rückspiegel.

– Soweit ich mich erinnern kann, bin ich heute dran, nicht Horse. Das Reparieren zählt für zwei Fahrtage, einverstanden?

Horace wollte etwas entgegnen, doch er schwieg. Der Einsiedler hatte die Tür zum freien Vordersitz geöffnet, klopfte Alaric auf die Schulter und sagte:

– Von mir aus kann's losgehen. Ich komme mit. Wenn Sie mich bis Tunis bringen. In Tunis habe ich einen Bekannten. Vor dort aus kommt man leicht nach Neapel. Einmal muß ja jeder zurück.

Alaric blinzelte seinem Bruder zu, und Horace stieg hinten bei Biggi ein.

– Gratuliere zu Ihrem Geburtstag, rief Alaric in das Geräusch des Motors hinein.

– Danke, rief der Pole zurück, für mich ist jeder Tag ein Geburtstag.

Und dann fuhren sie los, und der gewaltige, stolze Raum warf sich ihnen entgegen, schickte die Ebene vor, schickte Hügel um Hügel gegen das Fahrzeug. Eine einzelne, breitrückige Düne befreite sich vom Horizont, war anfangs nur vage, flirrende Erscheinung, aber mit jeder Sekunde wurde sie mächtiger, bis sie nackt und wirklich vor ihnen lag. Zwischen den Hügeln öffneten sich die stumpfen, länglichen Mäuler der Täler: der Raum wehrte sich. Er bot alles gegen sie auf, gegen das winzige, verlorene Fahrzeug und seine Insassen, doch er konnte ihnen nichts anhaben. Der Raum nahm seine stumme Bedrohung zurück und schränkte sich ein.

– Alaric, du mußt mehr nach links halten, sagte Horace. Wir geraten sonst aus der Richtung.

– Ja, sagte Biggi, wir müssen mehr nach links halten.

Ein Geruch von Schweiß und Benzin lag über dem Auto; die Augenlider wurden schwach und schwer, und die Aufmerksamkeit ließ nach. Einmal entdeckten sie Spuren im Sand, aber niemand unter ihnen konnte das Alter der Spuren schätzen. Sie näherten sich immer mehr dem Zeitpunkt, da der Vorsprung des Obersten aufgehoben sein mußte. Und wenn sie einen höheren Hügel überfuhren, hielten sie nach allen Seiten angestrengt Ausschau, hoffend, den einsam marschierenden Mann ins Blickfeld zu bekommen. Doch er tauchte nicht auf, obwohl sie alle ihn herbeisehnten. Biggi wurde unruhig, und sie erhob sich und suchte mit Alarics Fernglas die Umgebung ab. Sie dachte: er kann sich doch nicht vor uns versteckt haben. Zurückgegangen ist er gewiß auch nicht. Wo ist er? Ist sein Vorsprung so groß? Oder ist er zufällig einem anderen Fahrzeug begegnet? Möglicherweise ist er früher in El Dabuh als wir. Diesmal werden wir ihn nicht suchen. Diesmal nicht.

Horace sagte:

– Ich kann es nicht verstehen, Biggi. Wir müßten ihn doch längst eingeholt haben. Irren Sie sich nicht in der Richtung?

– Nein, sagte Biggi, ich irre mich bestimmt nicht. Ich nehme an, daß er Glück hatte und von einem anderen Fahrzeug mitgenommen wurde. Wie ich ihn kenne, wird er noch vor uns in El Dabuh sein. Und ich schlage vor, daß wir jetzt ins Hotel fahren. Er tut immer das, was man am wenigsten von ihm erwartet. Seien Sie unbesorgt.

Sie rollten über ein Salzgebiet, und der undurchlässige Boden knirschte und knisterte. Alaric erhöhte die Geschwindigkeit. In der Ferne entdeckten sie einen einzelnen Reiter. Er hockte vornübergebeugt auf seinem träge dahinschreitenden Pferd. Biggi richtete das Fernglas auf ihn und sagte:

– Er schläft, wie mir scheint. Wollen Sie mal sehen, Horace?

– Danke, sagte Horace, ich habe kein Interesse für schlafende Männer. Alaric kann das bestätigen.

Alaric fuhr betroffen zusammen und fragte:

– Wieso? Was hast du denn?

– Es genügt, wenn wir drei schlafen, mein Lieber, sagte Horace. Ich nehme an, du träumtest gerade von einer Schlange, jedenfalls ließen die Bewegungen des Autos darauf schließen.

Außerdem ist dein Fuß auf dem Gaspedal eingeschlafen. Ich glaube nicht, daß Tantchen diese Geschwindigkeit verträgt. Fahr etwas langsamer.

Der Einsiedler nickte lachend. Er hatte die Hände ineinandergeschoben und sah unbewegt über das Land, über das Land der unvollendeten Ewigkeit. Und in seiner Vorstellung sah er die Galerie der toten, bestialischen Gottheiten, die einst über dieses Land geherrscht hatten. Er sah die zarten, hinfälligen Körper der ägyptischen Könige und die zerschundenen Rücken der Steinbrucharbeiter, die riesige Felsquadern für die tausendfach gesicherten Grabstätten losrissen. Er sah die Sinnbilder eines guten Wächters, die muskulösen Löwenmänner melancholisch lächelnd im Staub versinken. Er sah unzählige zerlumpte, todessüchtige Büßer mit irren Augen durch den Sand taumeln, sich aufraffen, wütend kasteien und wieder weitertaumeln. Er sah all die ausgezehrten Heiligen auf Fahrt und Fahndung nach dem Einzigen, die zornigen Gottsucher, die sich hierher geflüchtet hatten wie er, und die über Heuschrecken und Honig wegstarben. Er sah die scheinbar ursprungslosen Handelskarawanen über das Land ziehen, beladen mit Halsketten, Schwertern, Parfüms, Glasschalen und goldenem Gerät. Er sah ausgewählte Krieger Hannibals unterwegs zur Elefantenjagd, sah die Pässe der Alpen, und hörte das Dröhnen der Erde. Und er sah Flugzeuge und Tanks, sah Neuseeländer, Deutsche, Inder, Engländer, Südafrikaner, Italiener, Polen und Franzosen.

Das hier bleibt, dachte er, die Ewigkeit dieses Landes wird sich nie vollenden. Und in seine Bezauberung vertieft, schloß er die Augen und lehnte sich fest gegen die Rückwand seines Sitzes.

So fuhren sie über Salzflächen und Hügel und durch Täler,

und sie waren alle dem riesenhaften Rhythmus des Lebens unterworfen. Und sie fuhren an der Vergangenheit vorüber, an erwachter und unerwachter, aber es war ihre Vergangenheit, ausnahmslos. Sie waren unsichtbar umgeben von bestialischen Gottheiten, von elenden Arbeitern, von jungen Königen, von Büßern und längst verschwundenen Elefantenjägern.

Sie fuhren sicher dahin, und der Raum wurde geringer und kleiner und unterwarf sich ihnen. Und als die Dämmerung murmelnd heraufzog, flammten unter dem Horizont Lichter und Lichter auf, blinkende Signale der Obhut. Sie fuhren den Lichtern entgegen.

Das ist El Dabuh, sagte Alaric.

Dreizehntes Kapitel

Die erste Dose warf er in ein Salzgebüsch, weil er glaubte, die zweite werde ausreichen, sie werde ihn ans Ziel bringen. Aber dann war auch die zweite Dose nicht mehr da, und er wußte nicht einmal, wo sie geblieben war. Sie war ihm auf rätselhafte Art abhanden gekommen. Mitunter erinnerte er sich an sie so stark, daß er der Meinung war, sie noch immer zwischen Arm und Rippen zu fühlen, doch die Erinnerung täuschte ihn. Er mußte die zweite Dose verloren oder, was noch wahrscheinlicher war, vergessen haben. Er mußte sie vergessen haben, als er in eine heimliche Erdspalte geriet, hinfiel und sogleich eine Weile liegenblieb, um zu Kräften zu kommen. Bei seinem Sturz war die Dose davongerollt, aber er hatte sie, wenn er den Kopf hob, gut sehen können. Anfangs hatte er sich darüber gewundert, wie es kommen konnte, daß er die Dose vergessen hatte, jetzt war es ihm gleichgültig.

Der Oberst schritt phantastisch, wie träumend über ausgeglühtes Gestein. Er hatte sich ein Taschentuch über den Hinterkopf gelegt und die Enden unter dem Kinn verknotet. Der Terror der Sonne ließ keinen Schatten in seinem Gesicht. Er hatte seine Hände wie ein Blinder vorgeschoben und den Kopf zurückgelegt. Von weitem hatte man den Eindruck, als ob der Mann durch einen engen, dunklen Schacht ginge, an dessen Wänden er sich ständig stoßen könnte.

Er wußte nicht, daß er inzwischen aus der Richtung gekommen war. Seitdem er ohne Dose herumlief, ohne Gewicht, das seinen Gang bisher gesichert und reguliert hatte, schien er alle Orientierung verloren zu haben, und er bewegte sich – und erinnerte dabei an ein Schiff mit bedenklicher Krängung – in unregelmäßigen, großen Kreisen um eine Mulde. Dabei schritt er, an ihm selbst gemessen, durchaus rasch vorwärts. Der Hunger nach dem Ziel ließ ihn nicht ruhen, er hielt ihn aufrecht, er bewegte die Beine, aber er lenkte ihn nicht –, das konnte er ihm nicht abnehmen. Der Oberst bildete sich ein, Boden zu gewinnen, mit seinen X-Beinen eine unnachgiebige Strecke niederzuringen, und er triumphierte angesichts dieses vermeintlichen Erfolges. Er lächelte sarkastisch und zog Kreis um Kreis, und er besaß nichts mehr als den Traum, voranzukommen.

Gegen Mittag verlor er das Taschentuch, oder: das Taschentuch befreite sich von ihm. Die Knoten lockerten sich, gingen auf, und während der Mann ahnungslos weiterging, flatterte das Tuch fort und segelte herab. Der Oberst merkte es erst, als es schon zu spät war. Und da er um nichts in der Welt bereit gewesen wäre, umzukehren, auch nur einen einzigen erkämpften Schritt an die Strecke zurückzugeben, verzichtete er auf das Taschentuch, machte eine geringschätzige, wegwerfende Geste nach hinten und setzte seinen Weg fort. Er war wohlgemut und zuversichtlich, und er begann laut vor sich hinzusprechen. Er stellte sich selbst Fragen und versuchte, diese Fragen gewissenhaft zu beantworten. Er tat es nicht, um die Zeit zu verkürzen, um das Gefühl der Einsamkeit aufzuheben, denn das hatte er nicht nötig. Mit manchen Fragen, die er stellte, überraschte er sich selbst. Aufpasser, nannte er den in sich, den er ansprach, alter Aufpasser. Und er fragte: Wohin gehen wir, alter Aufpasser? Irgendwohin? Du weißt es.

Ich weiß es, aber es nützt dir nichts, wenn ich es dir sage. Sei unbesorgt, du wirst es früh genug erfahren. Deine Ankunft ist sorgfältig vorberechnet. Sei höflich und frage nie nach dem Ziel.

Werde ich denn mein Ziel erreichen, alter Aufpasser? Werde ich es groß und leuchtend vor mir sehen? Du weißt es, und du könntest es mir doch verraten. Sag: werde ich? –

Du wirst dein Ziel erreichen, aber ich darf dir nicht sagen, wann du es erreichen wirst und welch ein Ziel es sein wird. Das Risiko wäre zu groß, und du würdest unter der Last dieses Wissens zusammenbrechen.

Darf ich denn zuversichtlich sein?

Wenn du glaubst, daß die Zuversicht dir hilft, voranzukommen, dann sei allemal zuversichtlich. Ob sie dir helfen wird, ist eine andere Frage, eine Frage, die ich dir nicht beantworten darf.

Aber du bist doch dafür zuständig? Du müßtest wissen, ob ich ins Ziel eingehen werde.

Die Zuständigen müssen schweigen.

Der Oberst blieb erschöpft stehen und maß mit abschätzendem Blick die Weite, die vor ihm lag. Die Arme hingen ausgestreckt am Körper herab, sie waren steif und blutleer geworden in der Haltung des Tastens. Nach einer Weile wischte er den spärlichen Schweiß von seiner Stirn, den letzten Schweiß, den der grausame Weg aus seinem Körper herausgepreßt hatte, und dann betrachtete er wehmütig die schweißglitzernde Innenfläche seiner Hand. Sein Atem ging schnell, und die eingefallene Brust hob und senkte sich in verzweifeltem Zweitakt. Sie arbeitete ihm nicht geschwind genug, sie war der Anstrengung nicht gewachsen. Er verspürte den Drang, seine Brust zu öffnen und der Luft ungehindert Zutritt zur Lunge zu verschaffen. Mehr Luft, dachte er, alles liegt jetzt am Atmen. Wenn ich das geregelt habe, kann es endlos weitergehen, dann: wehe dir, Ziel!

Und er stelzte weiter, gebeugt und verloren, zog seine hoffnungslosen Kreise. Er hörte den kurzen Hall seiner Schritte und war der Meinung, daß diese Schritte ihn fort und voran brächten; doch während er Kreis um Kreis vollendete, begegnete er immer wieder nur sich selbst. Er kam sich näher, er ging an sich selbst vorbei, er traf sich wieder. Er ging ohne Gewinn.

Werde ich das Ziel groß und leuchtend vor mir sehen, alter Aufpasser? Wenn du nicht antwortest, muß ich zweifeln. Sag, werde ich das Ziel jemals sehen?

Ich muß auf die Gefahr hin schweigen, daß du zweifelst. Dein Fragen ist nutzlos.

Der Oberst keuchte, schlug sich leicht mit den Händen vor die Brust. Sein Gang war schleppend und ungenau, er strauchelte wiederholt, und er konnte sich nur noch unter Aufbietung aller Kräfte auf den Beinen halten. Luft! rief er in befehlendem Ton. Sein schmallippiger Mund stand nahezu rechteckig offen. Die Zunge war trocken, fuhr gierig das Spalier der angegilbten Zähne nach Speichel ab.

Der Mann bewegte sich nur noch mit lächerlichen Trippelschritten voran. Die Kreise wurden enger; es war, als ob er in spiralenförmiger Weise einem Zentrum zustrebte, von dem er annahm, daß es das Ziel sei, nach dem er so lange gehungert hatte.

Plötzlich fühlte er sich nicht mehr; er fühlte weder das Gewicht des Körpers auf den schiefen Beinen noch das lästige, drückende Gewicht des Kopfes auf dem dünnen, faltigen Hals. Die absolute Erschöpfung kündigte sich an. Der Oberst jedoch glaubte, einen Sieg errungen zu haben, er buchte die plötzliche Leichtigkeit als Erfolg über die intimen Hindernisse des Körpers, die sich ihm in den Weg gelegt hatten. Und ein Ausdruck von liebevoller Verachtung huschte über sein Gesicht. Die Atembeschwerden waren verflogen, die eingefallene, träge arbeitende Brust existierte nicht mehr.

Du brauchst mir nichts mehr zu sagen, alter Aufpasser, nun weiß ich allein, daß ich dem Ziel nahe bin. Behalte deine Antworten für dich. Ich habe mir die Gewißheit, daß ich es schaffen werde, selbst errungen. So gehört es sich wohl auch.

Seine Arme begannen zu schlenkern, die Knie brachen ein, und der Körper des Obersten sackte in sich zusammen. Die letzten Meter, die ihm noch geschenkt wurden, überwand er sozusagen mit eigener Begleitung. Er begleitete die letzten Meter mit stöhnendem, heiserem Gesang, der aus seinem Munde brach. Furchtbare Töne rissen sich von ihm los und schienen einen Augenblick über ihm zu schweben. Dann brach er, mit seligem Gesicht und einem knappen, geborstenen Lachen, am Rand der Mulde zusammen. Seine Schultern zuckten. Eine Hand fuhr suchend am Abhang entlang.

Ich weiß, daß ich nahe bin, dachte er. Das Ziel beginnt sich gegen meine Ankunft zu wehren. Es will verhindern, daß ich es erreiche. Aber ich werde es schaffen.

Zitternd brachte er die Hände in Stützbereitschaft, hob den bleiernen Schädel und glotzte lächelnd umher. Jetzt hat sich das Ziel versteckt, lallte er. Es will mich in die Irre führen. Das wird ihm nicht gelingen, denn ich weiß, daß es in der Nähe ist.

Sein Körper ruckte an, er wollte sich hochstemmen und auf die Füße gelangen, doch er hatte keinen Erfolg. So werde ich denn kriechen. Ihr Arme werdet euch mir nicht versagen, ich kenne eure Zuverlässigkeit. Los, vorwärts. Und ihr, Augen, seid wachsam, das, was wir suchen, geht auch euch an. Steht mir in aller Namen bei.

Zögernd kroch er um den Rand der Mulde, die Spitzen seiner Schuhe zogen zwei Schleifspuren in den Boden; der verlorene Mann bewegte noch einmal Erde, und als er die Mulde umrundet hatte und an seinen Ausgangspunkt zurückkehrte, entdeckte er seine eigene Spur. Und ein mattes Glück blühte in ihm auf, denn er sah seine eigene Spur für ein allmächtiges Wunder an, für ein unfehlbares Zeichen, dem er sich fügen und dem er folgen mußte. Und er kroch weiter mit fiebrigen Augen und hängendem Kinn, Runde für Runde; wildes Delirium der Wünsche. Aber auch diese gierige Reise, eine Reise tödlicher Torheit, mußte zu Ende gehen. So wie er kroch, kroch er sich selbst schaukelnd und schnüffelnd davon. Das Geröll schnitt seine Hände auf, schürfte die Haut von den Kniescheiben, und Blut und Staub feierten längst geplante Vereinigung.

Es ist einerlei, dachte der Oberst, die großen Ziele kann man nur als Verwundeter erreichen. Unversehrt geht niemand in sie ein. Erst zahlen, dann staunen. Als die Sonne pünktlich, rotes Kielwasser zurücklassend, den westlichen Horizont ansteuerte, wurde der Oberst von einem, eigens für ihn erdachten Unglück heimgesucht. Das Unglück, das in das unfaßbare Dickicht seiner Willenskraft einbrach, bestand in einem wankelmütigen Stein, der hart am Rand der Mulde lag und den er nie zuvor bei seinen Runden berührt hatte.

Als der Oberst verlangend die Hand nach ihm ausstreckte, um den Körper zu stützen, kippte der Stein zur Seite; der linke Arm des Mannes knickte ein, rutschte weg, und die linke Schulter prallte gegen den Abhang. Das Übergewicht war zu groß, als daß der Oberst es noch hätte aufhalten können; die linke Schulter zog den Oberkörper nach, und der Mann rollte den Abhang hinab, überschlug sich mehrmals und blieb auf dem Grund der Mulde bewegungslos liegen. Er hörte von ferne Rädergerassel und Klapperklang von eisenbeschlagenen Hufen, und ihm war, als käme das Geräusch näher und näher. Das Rädergerassel ging über ihn hinweg. Er spürte die Huf-schläge in seinem Innern, sah wirbelnde Fontänen von Staub aufspringen, und der Staub raubte das Licht und überflutete die Erscheinung des Mannes. Und da er dem Staub anheimfiel, entschwand er sich selbst, ließ seinen Durst zurück und das gierige Verlangen nach dem Ziel. Das Raketengeleucht seiner Wünsche erstarb. Das Duell mit dem weitreichenden Schatten war entschieden. Die Geleise des Geschickes entsträhnten sich und nahmen ihr Ende. Dunkelheit, abschließende Weisheit. Zerbrochene Scherben; verschüttet, verschüttet. Der Oberst flackerte aus, der Krampf gab seine Finger frei. Aber etwas in ihm dachte noch, dachte einen unfaßbaren, bangen Gedanken: werde ich wiederkommen? Werde ich mein Land jemals wie-dersehen, die Vergangenheit ordnen können?

Er hörte nicht mehr den Wind, der im Geröll klirrte. Er hörte nicht mehr den klagenden Ruf eines Vogels, der einsam über den Abendhimmel reiste, und er hörte nicht mehr die Stimme, die nach den erledigten Dingen fragt. Der Oberst hatte sich verlassen. Sein Gesicht war lauschend der Erde zugekehrt, als ob er von dorther etwas erwartete. Er lauschte lächelnd, als wäre nichts geschehen.

Und so fanden sie ihn im späten Licht, und ihr Halbtonner hielt mit laufendem Motor am Rand der Mulde. Helmuth watschelte an den Mann heran, legte ihn auf den Rücken und vergewisserte sich auf verschiedene Art, daß der Oberst tot war.

Dann erst rief er Max zu sich, und sie standen eine Weile unentschlossen neben ihm und sahen mißtrauisch auf ihn herab.

– Faß an, sagte Helmuth, diesmal lohnt es sich. Und Max
bückte sich und sagte:

– Ich wußte doch, daß der hierher gehört. Er hat sich nur
verspätet.

Editorische Notiz

Duell mit dem Schatten ist Siegfried Lenz' dritter Roman, erschienen im Frühjahr 1953 bei Hoffmann und Campe. Der Hamburger Verlag hatte zwei Jahre zuvor sein Debüt *Es waren Habichte in der Luft* veröffentlicht. Bestärkt durch die positive Aufnahme seines ersten Romans wagt Lenz den Schritt in die freie Schriftstellerexistenz. Vom dafür erhaltenen Honorar unternimmt er im Frühjahr 1951 mit seiner Frau Liselotte eine Reise nach Marokko.

Seine Reiseerlebnisse schlagen sich in zahlreichen journalistischen Arbeiten nieder: Außer Reportagen für Printmedien entstehen auch Features für den Rundfunk. Die während der Marokkoreise gesammelten Eindrücke liefern ihm darüber hinaus Stoff für seinen Afrikaroman *Duell mit dem Schatten*, den er in der Libyschen Wüste ansiedelt.

Die Romanhandlung setzt im Juni 1952 ein – es ist durchaus denkbar, dass die Aufnahme der Arbeit mit dem zeitlichen Einsetzen der Handlung übereinstimmt. Aus der Verlagskorrespondenz wird jedenfalls ersichtlich, dass Lenz spätestens im Dezember 1952 das Manuskript beim Verlag abgegeben hat. Er reicht es unter dem Titel *Die Staubwolke* ein. Dieses Motiv ist im Roman, etwa im Sinne von Wüstenstürmen, häufiger vertreten – bis hin zur Schluss-Szene des Romans, in der ihm eine zentrale Stellung zukommt.

In einem der erhaltenen Lektoratsgutachten ist die Rede

davon, dass *Duell mit dem Schatten* ein Buch sei, »in dem Lenz wieder seine Originalität verrät und sich aus dem Durchschnitt der jüngeren Autoren heraushebt.« Gerade »in Anbetracht der leidenschaftlichen Bemühungen anderer Verlage um den Autor« – wie etwa durch Ledig-Rowohlt bezeugt – dürfe man es nicht zurückweisen wie den zu Lenz' Lebzeiten unpubliziert gebliebenen Roman *Der Überläufer*. Zu dieser Zeit galt Lenz als eine der großen Hoffnungen der deutschen Nachkriegsliteratur, was auch der Verlag anerkennend zur Kenntnis nimmt. Bereits im Februar 1952 wird Lenz für *Es waren Habichte in der Luft* im Rahmen der Verleihung des René-Schickele-Preises neben Autoren wie Heinrich Böll und Luise Rinser eine Ehrung zuteil.

In *Duell mit dem Schatten* erzählt Lenz die Geschichte eines Oberst, den der Wunsch, am Ende seines Lebens Bilanz zu ziehen, an die Stätte einer ungesühnten Schuld zurücktreibt. Schauplatz ist die Libysche Wüste, in der der namenlos bleibende Veteran als Teilnehmer des Afrikafeldzugs im Zweiten Weltkrieg gekämpft hat. Hier hat er in einer Schlacht seinen Fahrer Mackenbrandt im Stich gelassen, indem er durch einen Uniformwechsel dessen Identität angenommen hat, um dem britischen Feind nicht unter eigenem Namen in die Hände zu fallen.

Mit der Frage nach individueller Schuld und eigenverantwortlichem Handeln lässt Lenz in *Duell mit dem Schatten* ein Thema anklingen, das für sein späteres Werk kennzeichnend bleibt. Das Wesen des Obersten ist durch militärischen Drill und buchhalterischen Kleinmut geprägt. Statt von eigenem Verantwortungsgefühl spricht er viel von »Pflicht«. Zugleich erzählt *Duell mit dem Schatten* die Geschichte einer geglückten Abnabelung. Biggi, die Tochter des Obersten, tritt aus dem Schatten des Vaters heraus und sagt sich von ihm und seiner Tyrannei los. Deutlich wird dies in Passagen wie der folgenden, in der Biggi ihren Vater heftig anklagt: »Du gehörst zu denen, die mit jedem Wort, das sie sagen, sich selbst verteidigen wollen. Immer und bei jeder Gelegenheit bist du auf Selbstverteidigung aus. Und warum? Weil du nicht unschuldig bist. Die Selbstverteidigung ist auch eine Art Krankheit, eine Sucht. Du willst alles verteidigen, das, was du begangen hast, und das, was du unterlassen hast. Nichts wird zugegeben.« Und so ist letztlich *Duell mit dem Schatten* eine schonungslose Abrechnung mit der Schuld der Väter, die sich nach 1945 zu einer Vergangenheitsbewältigung nicht fähig zeigten – der unerbittliche Blick des Verfassers auf seine teils grotesk gezeichnete Hauptfigur lässt keinen Zweifel daran. Vielleicht ist die Namensanalogie zwischen »Biggi« und »Siggi« in dieser Hinsicht nicht zufällig. Die Tochter des Obersten wird jedenfalls häufig als Vorläufer des Sohnes vom Dorfpolizisten Jens Ole Jepsen gesehen. Der in *Duell mit dem Schatten* geschilderte Grundkonflikt stellt damit eine wesentliche Basis für viele seiner späteren Romankonstruktionen bis hin zur *Deutschstunde* dar. Lenz greift hier die für ihn zeitlebens zentrale Frage nach der moralischen Verantwortung des Einzelnen auf, die einer gedankenlosen Pflichterfüllung entgegensteht.

Im Duell mit den Schatten seiner Vergangenheit zieht der alternde Oberst am Schluss den Kürzeren. Welches Schicksal seinem Fahrer damals widerfahren ist, kann nicht abschließend geklärt werden – aber es ist sehr wahrscheinlich, dass beide auf ähnliche Weise von der Wüste verschlungen werden. Und so steht im Zentrum von *Duell mit dem Schatten* wie häufig bei Lenz die Geschichte eines Scheiternden. Welch' großen Einfluss Hemingway, Faulkner und Dostojewski auf ihn ausübten, hat Lenz häufiger hervorgehoben. In den Werken dieses Triumvirats seiner Jugend fand er die Themen wieder, die ihn selbst als jungen Autor beschäftigten. Dies waren, so bringt es Lenz in seiner autobiographischen Skizze *Jahrgang 1926* auf den Punkt, die »Motive von Fall, Flucht und Verfolgung, von Gleichgültigkeit, Auflehnung und verfehlter Lebensgründung«.

Wenn sich der Autor bei der Nennung konkreter historischer Fakten auch bedeckt hält, lässt sich das Geschehen doch an einigen Anhaltspunkten dem Afrikafeldzug des Zweiten Weltkriegs zuordnen. Untrennbar verbunden ist diese militärische Aktion mit dem als »Wüstenfuchs« bekannten Erwin Rommel, ohne dass dessen Name auch nur ein einziges Mal im Buch fällt. Wenn der Oberst jedoch alle Briten als »Wellington« bezeichnet, spielt er auf die desaströse Niederlage der Deutschen in der zweiten Schlacht von El Alamein an, die in ihrem Ausmaß Napoleons »Waterloo« gleichkam.

Die Aufmerksamkeit, die Lenz im Zuge der öffentlichen Preisverleihungen erhält, schlägt sich auch in der Rezeption nieder. Viele Kritiker sehen sich darin bestätigt, mit Lenz' neuem Roman eine weitere Talentprobe seines Könnens vor sich zu haben. Der Schriftsteller und Journalist Karl Heinz Kramberg zeigt sich in seiner Besprechung für die *Süddeutsche Zeitung* Anfang Mai 1953 sehr angetan von Lenz' neuem Roman: »Da wir eben versucht sind, einen Superlativ niederzuschreiben, wollen wir uns aber vor uns selbst gegen den Verdacht rechtfertigen, tendenziöse Sympathie mit einem gegebenen Thema mache unser Urteil befangen. Unter vielen Zeitromanen, die nach dem Kriege erschienen, habe ich nämlich keinen gefunden, der deutsche Gegenwartsdeutung in einem so reinen und tiefen Sinne zu geben scheint, wie die zweite Arbeit des siebenundzwanzigjährigen Lenz: *Duell mit dem Schatten.*« Auch der Schriftsteller Hans Hellmut Kirst gehört zu jenen, die der Faszination des Buches erliegen: »Der blutjunge Siegfried Lenz hat mehr als nur Talent, er hat einen Funken Genie. Und er weiß vermutlich genau, was er will, bestimmt aber weiß er, was er nicht will. Sein *Duell mit dem Schatten* ist eine erbarmungslose Abrechnung mit den Fehlern der ›älteren Generation‹. Er schickt seine Hauptgestalt, einen ausgemergelten Obersten, in die Wüste Afrikas, dorthin, wo er einst seinen Krieg führte, der ihn nicht loslässt und an dem er erstickt. Lenz erzählt das grell und hart, heißblütig und eiskalt zugleich; wüsste man nicht, dass das einer von uns geschrieben hat, einer, der erst siebenundzwanzig Jahre alt ist, man könnte meinen, hier sei ein international hochgelobter Roman ganz vorzüglich ins Deutsche übertragen worden« (*Münchner Merkur*, 3. Juli 1953).

Der Einschätzung anderer Kritiker zufolge geht Lenz mit der »älteren Generation«, die er in der Figur des Obersten porträtiert, zu hart ins Gericht. Wieder andere führen stilistische Schwächen an, sodass man zusammenfassend sagen kann: Lenz' neuer Roman polarisiert. Nicht selten trifft begeisterte Zustimmung auf weniger wohlmeinende Kritik. Diesen Sachverhalt bringt eine in der Zeitung *Die Welt* erschienene Kritik vom 31. Oktober 1953 auf den Punkt: »Siegfried Lenz hat mit seinem zweiten Roman *Duell mit dem Schatten* Glück gehabt. Zwei Drittel seiner Leser waren begeistert, aber unter dem letzten Drittel regte sich hier und da heftiger Widerspruch. So entstand eine Debatte, die bekanntlich eines jeden Werkes beste Reklame ist.« Abschließend sei eine die Gegensätze in sich vereinende, sehr ausgewogene Darstellung aus der *Neuen Zeitung* vom 24. Mai 1953 wiedergegeben, die in der Gegenüberstellung des Für und Wider klar die Vorzüge des Buches überwiegen sieht: »Manchmal gleitet Lenz noch in die Kolportage ab; auch kokettiert er allzu sehr mit Metaphern, deren willkommener Hintergrund die Wüste ist. Die Wahrheiten werden bisweilen zu betont aphoristisch angeboten und in der Geschichte vom alten Oberst und seinem Opfer geht nicht alles auf. Doch bleibt zu vermerken: der Roman hat einige bestechende Sequenzen, er hat Farbe und Atmosphäre, er zeigt eine eigenständige Gedankenwelt und ist der Bote eines echten Talents, das nicht übersehen werden sollte.«

Astrid Roffmann

Siegfried Lenz
Brot und Spiele
Roman
256 Seiten, Taschenbuch
ISBN 978-3-455-01133-3
Hoffmann und Campe Verlag

»Bert lief allen davon, nur sich selbst konnte er nicht entkommen.«

Bert Buchner ist Sportler, erfolgreicher Langstreckenläufer und Inhaber mehrerer Rekorde; sein Publikum hat sich daran gewöhnt, bei seinem Namen an Sieg zu denken. Doch der Höhepunkt seiner Karriere liegt hinter ihm; sein Sieg ist nicht mehr selbstverständlich: Er läuft unter dem Zwang seines eigenen Ruhms. Und dennoch hat man ihn noch einmal für die Europameisterschaft aufgestellt. Aber wird er auch noch einmal siegen? Er muss, weil er weiß, dass die erste Niederlage all seine vergangenen Siege vergessen macht. Und so wird, in Siegfried Lenz' großem Sportroman, ein Lauf über fünfundzwanzig quälende Runden zum Resümee eines Lebens.

»Wer die Dinge so genau und treffend sieht,
der hat wohl einiges hinter sich gebracht.«
Frankfurter Allgemeine Zeitung

Siegfried Lenz
Florian der Karpfen
Ein Märchen und seine Geschichte
Mit einem Nachwort von Maren Ermisch
und zahlreichen Abbildungen
80 Seiten, gebunden
ISBN 978-3-455-01216-3
Hoffmann und Campe Verlag

Ein unbekannter Text von Siegfried Lenz – in einem
erstaunlichen Buch über Mensch und Fisch

Ein literarisches Juwel: Ein bisher noch nie in Buchform
erschienenes Märchen von Siegfried Lenz mit dem Titel *Florian,
der Karpfen* steht im Zentrum dieses bibliophilen Bandes mit
Texten über die besondere Beziehung des großen Erzählers zur
Natur, zum Wasser, zum Angeln – und zum Fisch.

»Als wir erfuhren, dass der Karpfen zum Fisch des
Jahrhunderts gewählt würde, hielt es uns nicht mehr im Haus.
Wir mussten schnell zu unserem Haus am Waldrand, um
unseren beschuppten Freunden beizubringen, welche Ehre
sie ereilt hatte. Das ist ja so gut wie der
Nobelpreis, dachten wir.«

Siegfried Lenz
Es waren Habichte in der Luft
Roman
256 Seiten, Taschenbuch
ISBN 978-3-455-01261-3
Hoffmann und Campe Verlag

Der berühmte Debütroman von Siegfried Lenz

Kurz nach dem Ersten Weltkrieg im russisch-finnischen Grenz-
gebiet: Der finnische Lehrer Stenka wird nach dem politischen
Umsturz von der Revolutionsregierung verfolgt. Er versucht,
in die Anonymität abzutauchen, aber seine Tarnungsmanöver
werden durchschaut. Die Erfahrung totalitärer Herrschaft und
die Flucht politisch Verfolgter – zwei Themen, die schon den jungen Lenz beschäftigten und ihn sein Leben lang begleitet haben.
Mit *Es waren Habichte in der Luft* etablierte sich Lenz mit
einem Schlag als einer der großen Schriftsteller der deutschen
Nachkriegsliteratur.

»Wie Figuren sich bewegen, auf andere reagieren,
das beschreibt Lenz mit großer Präzision, ohne zu sehr
mit dem Zeigefinger darauf zu deuten.«
Frankfurter Allgemeine Zeitung

Siegfried Lenz
Landesbühne
Novelle
160 Seiten, Taschenbuch
ISBN 978-3-455-01262-0
Hoffmann und Campe Verlag

Eine Novelle über die Kunst, das Leben und ein paar gewitzte Gefängnisinsassen

Rätselhafte Dinge geschehen im Gefängnis Isenbüttel. Während einer Theateraufführung verlassen Häftlinge ungehindert das Gelände. Und kurz darauf feiert ein idyllisches Städtchen talentierte Schauspieler – die gar keine sind.
Mit dem Hereinbrechen der Kunst und angetrieben von Gefühl, Leidenschaft und Phantasie entdeckt ein ganzes Gemeinwesen seine Möglichkeiten zu Größerem. Und niemand scheint Verdacht zu schöpfen. Oder sind alle – der Intendant der Landesbühne, der Gefängnisdirektor, der Bürgermeister und die Bürger von Grünau – Teil einer grandiosen Inszenierung?

»Manchmal kann die Wahrheit nur erfunden werden.«
Siegfried Lenz